Ich hab' was mitgebracht !

Viele drollige Tiere und Typen warten hier auf den Moment, in dem Sie zu Holz, Säge und Farbe greifen! Der erste Clou: Sie können die Figuren in Mini oder in Maxi kreieren, ganz nach Ihrer Vorliebe. Der zweite Clou: Die Kerle kommen mit vollen Händen! Sie haben dekorative Accessoires dabei, die sich sogar austauschen lassen: Aus dem Frosch wird per Krone ganz flugs der Thronfolger des Froschkönigs. Und womöglich stibitzt Ihr Nikolaus das Osterei des Hasen?! Einige Motive sind so einfach, dass sogar jeder Dreikäsehoch-Künstler beim Bemalen helfen kann. Hoffentlich gibt es noch viele Ehrenplätze in Ihrem Garten oder Ihrem Zuhause!

Lassen Sie sich von der guten Laune der Kerle anstecken!

Ihre

Heike Roland und Steffi Thomas

Die Motive lassen sich in folgende Schwierigkeitsgrade unterteilen:

○ ○ ○ einfach ○ ○ ○ etwas schwieriger ○ ○ ○ anspruchsvoll

Hinweis: Eine Anleitung zur Nutzung der Software „Vorlagen-Druckstudio“ befindet sich in der Mitte des Buches.

GRUNDAUSSTATTUNG

Folgende Materialien und Werkzeuge werden für fast jede Holzfigur hier im Buch benötigt:

- Massivholz, 1,8 cm stark
- Sperrholz, 4 mm, 6 mm und 1 cm stark
- Rundholz, ø 4 mm und 1,2 cm
- Bleistift
- Schere
- ggf. Kohle- bzw. Pauspapier
- ggf. Bleistift und Radiergummi
- ggf. Klebefilm
- Acrylfarbe in verschiedenen Farbtönen (oder Dispersionsfarbe und Acryllack, seidenmatt)
- wetterfester, seidenmatter Klarlack
- Permanentmarker in Schwarz
- Lackmalstift in Weiß
- Pinsel in verschiedenen Stärken
- Mischpalette (oder weißer Porzellanteller)
- Wasserglas
- Schmirgelpapier, 180er Körnung
- UHU Alleskleber kraft, Holzleim
- Stichsäge, Dekupiersäge oder Laubsäge
- Bohrer, ø 1,5 mm, 2 mm, 2,5 mm, 4 mm und 1,2 cm

So geht es

1 Die Vorlagen entweder durch „Drubbeln“ (siehe Anleitung Vorlagen-Druckstudio, Schritt 10) oder mithilfe von Kopierpapier auf das Holz übertragen. Körper und Füße werden bei allen Figuren aus Massivholz ausgesägt, Hände, Accessoires sowie Nasen, Hörner oder Haarschleifen aus dünnerem Sperrholz. Dafür das Kopierpapier mit der beschichteten Seite nach unten und darüber die Vorlage auf das Holz legen, mit Klebefilmstreifen fixieren und die Konturen des Motivs mit einem Bleistift nachziehen.

2 Alle großen Teile mit der Dekupier- oder Stichsäge aussägen; für kleinere Teile die Laub- oder Dekupiersäge verwenden. Sämtliche Kanten mit Schmirgelpapier abrunden und glätten. An den markierten Stellen die Löcher für die Rundhölzer (Arme und Beine) bohren. **Achtung:** Die Maße betragen für sämtliche Bohrungen, wenn nicht anders in der Materialliste und im Text angegeben, 1,2 cm. Das heißt, der Durchmesser der Bohrlöcher für die Befestigung der Arme, Hände, Beine und Füße beträgt bei allen Figuren bei der angegebenen Motivhöhe 1,2 cm. Lediglich die Bohrungen für die Befestigung der Haare von Figur Tobi (siehe Seite 15) haben einen Durchmesser von 4 mm. Die Bohrungen für die Schnürsenkelhalter von Jimmy (siehe Seite 23) haben einen Durchmesser von 2,5 mm. Die Bohrung für die Befestigung des Heiligenscheins beim kleinen Engel (siehe Seite 30) beträgt 1,5 mm. Für das kleine Küken auf Seite 7 wird ein 2 mm-Bohrer benötigt. Bitte unbedingt beachten, dass sich die Durchmesser-Angaben entsprechend ändern, wenn die Motive größer oder kleiner gearbeitet werden sollen! Um die Arme anbringen zu können, 1 cm tief in den Körper und 5 mm tief in die Hände bohren. **Achtung:** Die Teile nicht ganz durchbohren! Für die Beine von unten her 2 cm in den Körper und 1 cm tief in die Füße bohren. Nun die erforderlichen Rundhölzer zuschneiden: Kurze Rundholzstücke dienen als Arme, die langen Rundholzstücke für die Beine verwenden.

3 Die Motive mit Acrylfarbe in der Nass-in-nass-Technik bemalen: Dabei werden die noch feuchten Farben an den Übergängen und die Schattierungen direkt auf dem Holz ineinander gearbeitet, jedoch nicht komplett vermalt. So erhält man fließende, weiche Farbübergänge. Die Farben immer von der hellen Farbe ausgehend mischen! Alternativ kann auch Dispersionsfarbe verwendet werden, die mit Acryllack überzogen wird: Dadurch erzielt man eine schöne Farbintensität und die Modelle eignen sich (wie die mit wasserlöslicher Acrylfarbe und wetterfestem Klarlack bearbeiteten Figuren) auch für den Außenbereich. Beim Streichen der Arme und Beine darauf achten, dass die Rundhölzer an den Stellen, die in die Körperteile gesteckt werden, nicht zu dick bemalt werden, da sie sonst nicht mehr in die Bohrlöcher passen. Die Rundhölzer ggf. mit etwas Holzleim in den Händen, Füßen und im Körper fixieren.

4 Nach dem Trocknen frei Hand (oder durch „drubbeln" bzw. mithilfe des Kohlepapiers) die Innenlinien oder Muster übertragen und mit wasserfestem schwarzem Permanentmarker, farbigen Lackmalstiften oder Acrylfarbe nachziehen. Die Außenlinien der Figuren mit schwarzem Permanentmarker frei Hand aufmalen, schwarze Augen mit einem weißen Lichtpunkt versehen. Mit weißem Lackmalstift kleine Lichtreflexe auf die Figur setzen, das lässt sie plastischer wirken. Gut trocknen lassen und zum Schluss die Nasen und anderen ausgesägten und bemalten Teile, z. B. Nasen, mit UHU Alleskleber kraft oder Holzleim fixieren.

5 Das gewünschte Accessoire wie in Schritt 1 bis 4 beschrieben aussägen und bemalen. Die entsprechende Materialliste finden Sie in der Software „Vorlagen-Druckstudio" auf der beiliegenden CD-ROM (siehe auch Seite 32). Das kleine Motiv der Figur so in die Hände legen, dass es auf den Rundhölzern der Arme aufliegt. Ein paar Accessoires sind allerdings zu schmal für die Arm-

WEITERFÜHRUNG

So geht es

Abstände mancher Figuren, deshalb werden sie seitlich mit je einem ca. 3 cm langen Dübel – hergestellt aus einem Rundholz (ø 4 mm) – versehen: Dafür in die Schmalseiten des kleinen Motivs links und rechts ein Loch (ø 4 mm) bohren und die Dübel einleimen. Das Accessoire so zwischen die Arme der Figur schieben, dass es mit den Dübeln aufliegt und nicht hindurchrutscht.

Hinweise: Der Einfachheit halber werden die Vorderbeine, Pfoten o. Ä. der Tiere in den Anleitungstexten und Vorlagen „Arme", „Beine", „Hände" und „Füße" genannt.

Durch die Nass-in-nass-Technik sind die Farben auf den Motiven teilweise gemischt. Bitte lassen Sie sich durch diese Mischfarben nicht irritieren und verwenden Sie wirklich die in den jeweiligen Materiallisten angegebenen Farben.

Tipps & Tricks

- Sollen die Figuren Platz sparend aufbewahrt werden, die Arme und Füße nicht einleimen, damit Sie die Holzkerle in Einzelteile zerlegt verstauen können.
- Bemalen Sie die Motive am besten auch auf der Rückseite, damit sie hinten ebenfalls gut wirken.

Mäh & Möh

→ mit Blütenduft oder Kuschelwolle

1 Alle Teile gemäß Vorlage aussägen und schmirgeln. Die Löcher an den Markierungen bohren (Hinweise zu den ø-Angaben der Bohrungen siehe Seite 3).

2 Die kurzen Rundhölzer (Arme) in die Hände und die längeren Rundhölzer (Beine) in die Füße stecken.

3 Alle Teile gemäß Abbildung bemalen. Das Gesicht und die Hände des schwarz-weißen Schafs in Schwarz, mit wenig Weiß vermischt, anlegen. Für das Gesicht des grauen Schafs Weiß mit wenig Hellbraun mischen; mit dem Finger einen Hauch roter Farbe auf die Wangen reiben. Das Fell in Schwarz mit Weiß (graues Schaf) oder Weiß mit sehr wenig Schwarz (schwarz-weißes Schaf) nass in nass direkt auf dem Holz malen, um eine lebendige Wirkung zu erzielen. Die Beine und Füße schwarz bemalen.

4 Die Blume in Lila, mit weißen Effekten und gelbweißer Mitte, und die Wolle in Rot mit orange-gelber Banderole bemalen.

5 Alle Teile mit schwarzem Permanentmarker und weißem Lackmalstift konturieren und verzieren. Beim schwarz-weißen Schaf Wackelaugen aufkleben. Das Schaf zusammenstecken, ggf. mit Holzleim fixieren.

Tipp: Schafe sind Herdentiere und daher nicht gerne solo. Ein Salatkopf als Mitbringsel sieht übrigens auch witzig aus!

MOTIVHÖHE
ca. 47 cm

MATERIAL PRO SCHAF

- Massivholz, 1,8 cm stark, 65 cm x 30 cm
- Sperrholz, 1 cm stark, 20 cm x 10 cm (Hände), 16 cm x 16 cm (Blume) bzw. 17 cm x 12 cm (Wollknäuel)
- Rundholz, ø 1,2 cm, 2 x 3 cm und 2 x 10 cm lang
- Bohrer, ø 1,2 cm
- 2 Wackelaugen, ø 2 cm (Schaf in Schwarz-Weiß)
- Acrylfarbe in Weiß, Schwarz, Gelb und Lila (Schaf in Schwarz-Weiß und Blume) bzw. Weiß, Schwarz, Hellbraun, Rot, Gelb und Orange (graues Schaf und Wolle)

Andy, der Frosch

→ verzauberter Prinz mit Lieblings-Küken

MOTIVHÖHE
ca. 50 cm

MATERIAL
- Massivholz, 1,8 cm stark, 80 cm x 30 cm
- Sperrholz, 1 cm stark, 20 cm x 15 cm (Froschhände) und 12 cm x 17 cm (Kükenkörper und -füße)
- Sperrholz, 4 mm stark, 4 cm x 5 cm (Kükenschnabel)
- Rundholz, ø 1,2 cm, 2 x 3 cm und 2 x 13 cm lang
- Bohrer, ø 2 mm (Kükenbeine) und 1,2 cm
- Acrylfarbe in Weiß, Gelb, Rot, Grün und Orange
- Scoubidouband in Orange, 2 x 10 cm lang (Kükenbeine)

1 Alle Teile gemäß Vorlage aussägen und schmirgeln. Die Löcher an den Markierungen bohren (Hinweise zu den ø-Angaben der Bohrungen siehe Seite 3). Die Bohrlöcher für die Kükenbeine haben einen ø von 2 mm.

2 Die beiden kurzen Rundhölzer (Arme) in die Hände des Froschs und die längeren Rundhölzer (Beine) in den Körper stecken. Alle Teile grün bemalen; hierfür viel Gelb mit wenig Grün mischen. Für die Wangen etwas rote Farbe in die noch feuchte grüne Farbe tupfen.

3 Nach dem Trocknen weiße Farbe für die Augen auftragen oder den Lackmalstift verwenden. Den Körper und die Füße des Kükens in Gelb mit Orange anlegen; dabei für die Füße mehr Orange verwenden. Auch den Schnabel in Orange bemalen, dann aufkleben.

4 Die Scoubidoubänder als Beine jeweils von vorne durch den Körper und die Füße des Kükens fädeln und an den Rückseiten mit Knoten fixieren.

5 Alle Teile mit schwarzem Permanentmarker konturieren und verzieren sowie mit weißem Lackmalstift die Lichtreflexe einzeichnen. Den Frosch komplett zusammenstecken.

6 Als Alternative für das Küken eignen sich die Fliege und die Krone: Die Fliege schwarz streichen, die Flügel weiß bemalen und eine Spur Blau einarbeiten; Augen und Nase mit weißem bzw. rotem Lackmalstift zeichnen. Die Krone in Gelb anlegen und die kreisförmigen „Juwelen“ mit Orange tönen. Die Teile mit schwarzem Permanentmarker konturieren.

Hippel & Hoppel

→ wittu 'n Ei oder 'ne Blume?

MOTIVHÖHE
ca. 55 cm

MATERIAL PRO HASE

- Massivholz, 1,8 cm stark, 75 cm x 30 cm
- Sperrholz, 1 cm stark, 15 cm x 10 cm (Hände), 15 cm x 15 cm (Blume) und 14 cm x 17 cm (Ei)
- Sperrholz, 6 mm stark, 10 cm x 10 cm (Nase)
- Rundholz, ø 1,2 cm, 2 x 3 cm und 2 x 10 cm lang
- Bohrer, ø 1,2 cm
- Acrylfarbe in Weiß, Schwarz, Gelb, Rot, Orange, Dunkelbraun bzw. Mittelbraun
- Lackmalstifte in Blau, Gelb, Rot und Rosa (Osterei)

1 Alle Teile gemäß Vorlage aussägen und schmirgeln. Die Löcher an den Markierungen bohren (Hinweise zu den ø-Angaben der Bohrungen siehe Seite 3).

2 Die kurzen Rundhölzer (Arme) in die Hände und die längeren Rundhölzer (Beine) in die Bohrungen des Körpers stecken.

3 Körper, Füße und Hände im jeweiligen Braunton bemalen. Die Ohrinnenflächen mit etwas Weiß aufhellen, beim hellen Hasen zusätzlich sehr wenig Rot hinzufügen. Mit dem Finger etwas Rot auf die Wangen tupfen. Die Nase in Rot oder Schwarz bemalen.

4 Die Blume wird in Weiß gestrichen und mit wenig Gelb abgetönt. Nach dem Trocknen die gelb-orangefarbene Mitte auftragen.

5 Das Ei in Orange anlegen und mit Rot abtönen. Das Blumen- und Punktmuster gemäß Vorlage mit Lackmalstiften nachziehen, dabei die Blumenmitte jeweils gelb anmalen.

6 Alle Teile mit schwarzem Permanentmarker und weißem Lackmalstift verzieren. Die Nase aufkleben und den Hasen zusammenstecken.

7 Als Alternative für die Blume bzw. das Ei eignet sich die Karotte: Diese in Orange bemalen, dabei gelbe Effekte einziehen; dann das Kraut grün streichen. Mit schwarzem Permanentmarker die Linien einzeichnen.

Kuh Karla und Schwein Gusti

→ wohl bekommt's mit Milch und Fleisch!

MOTIVHÖHE
Schwein ca. 32 cm
Kuh ca. 50 cm

MATERIAL SCHWEIN

- Massivholz, 1,8 cm stark, 30 cm x 40 cm
- Sperrholz, 1 cm stark, 15 cm x 10 cm (Hände) und 21 cm x 11 cm (Fleischkeule)
- Sperrholz, 4 mm stark, 10 cm x 10 cm (Nase)
- Rundholz, ø 1,2 cm, 2 x 3 cm und 2 x 8 cm lang
- Bohrer, ø 8 mm (Nase) und 1,2 cm
- Acrylfarbe in Weiß, Gelb, Rot, Braun und Dunkelbraun

KUH

- Massivholz, 1,8 cm stark, 60 cm x 30 cm
- Sperrholz, 1 cm stark, 20 cm x 10 cm (Hände), 10 cm x 17 cm (Milchflasche) und 30 cm x 15 cm (Geweih)
- Rundholz, ø 4 mm, 2 x 3 cm lang (Dübel für Milchflasche)
- Rundholz, ø 1,2 cm, 2 x 3 cm und 2 x 12 cm lang
- Bohrer, ø 4 mm (Dübel) und 1,2 cm
- Acrylfarbe in Weiß, Schwarz, Blau, Gelb, Rot, Orange und Braun

Schwein

1 Alle Teile gemäß Vorlage aussägen, schmirgeln und an den Markierungen mit Bohrungen versehen (Hinweise zu den ø-Angaben der Bohrungen siehe Seite 3). Für die Löcher in der Schweinenase je ein Loch (ø 8 mm) bohren, um das Sägeblatt einführen zu können. Nun die Nasenlöcher aussägen.

2 Die kürzeren Rundhölzer (Arme) in die Hände und die längeren Rundhölzer (Beine) in den Körper stecken.

3 Das „Schweinchenrosa" wird aus Gelb mit Weiß und ein wenig Rot gemischt. An den Rändern und in die Ohren mehr Rot einarbeiten. Die Nase in Weiß mit wenig Rot anlegen. Das Gesicht unter der Nase sollte etwas rötlicher sein, damit die Nasenlöcher gut zur Geltung kommen.

4 Das „Fleisch" der Keule in Braun bemalen und am Rand mit Dunkelbraun abtönen. Den Knochen in Weiß mit Gelb streichen. Alle Teile mit schwarzem Permanentmarker und weißem Lackmalstift verzieren. Die Nase aufs Gesicht kleben. Zuletzt das Schwein zusammenstecken.

5 Als Alternative für die Keule eignet sich das Kleeblatt: Mit Grün bemalen und an einigen Stellen etwas Gelb einziehen.

Kuh

1 Alle Teile gemäß Vorlage aussägen und schmirgeln. Die Löcher an den Markierungen bohren (siehe auch Seite 3). Die kürzeren Rundhölzer (Arme) in die Hände und die längeren Rundhölzer (Beine) in den Körper stecken.

2 Bei den Hörnern in die weiße, noch feuchte Farbe etwas Braun einarbeiten. Den Kuhkörper und die Beine in Weiß mit wenig Schwarz bemalen. Nach dem Trocknen die Kuhflecken in Schwarz aufbringen. Die Schnauze in Hellgrau (Schwarz mit viel Weiß) mit einer Spur Rot abtönen. Für die Wangen einen Hauch roter Farbe mit den Fingern auftragen.

3 Die Milchflasche gemäß Abbildung in Weiß mit Gelb bzw. den Flaschenhals in Weiß mit wenig Blau bemalen. Das Etikett in Gelb mit Orange anlegen. Alle Teile mit schwarzem Permanentmarker und weißem Lackmalstift verzieren.

WEITERFÜHRUNG

Kuh Karla und Schwein Gusti

4 Die Hörner am Hinterkopf festkleben, dann die Kuh komplett zusammenstecken. Die Milchflasche, wie in der Anleitung auf Seite 3/4 beschrieben, mit Dübeln versehen.

5 Als Alternative für die Milchflasche eignet sich die rote Blume: Das Rot stellenweise mit Gelb mischen; die Blütenmitte in Gelb mit wenig Rot anlegen.

Küken Tick & Tack

→ two on tour mit Frosch und Mini-Küken

1 Alle Teile gemäß Vorlage aussägen und schmirgeln. Die Löcher an den Markierungen bohren (Hinweise zu den ø-Angaben der Bohrungen siehe Seite 3).

2 Die kurzen Rundhölzer (Arme) in die Rückseite der Hände und die langen Rundhölzer (Beine) in den Körper stecken.

3 Das Küken gemäß Abbildung in Gelb mit Weiß oder in Weiß mit Orange bemalen. Die Beine, Füße und den Schnabel in Orange streichen. Für das Mini-Küken Gelb mit Orange abtönen und den Schnabel in Rot mit Orange bemalen. Für den kleinen Frosch Gelb mit wenig Grün vermischen, zum Rand hin überwiegend pures Grün verwenden.

4 Alle Teile mit schwarzem Permanentmarker und weißem Lackmalstift verzieren. Die Schnäbel aufkleben. Zum Schluss das große Küken zusammenstecken.

MOTIVHÖHE
ca. 39 cm

MATERIAL PRO KÜKEN

- Massivholz, 1,8 cm stark, 50 cm x 30 cm
- Sperrholz, 1 cm stark, 15 cm x 10 cm (Hände) und 2 x 10 cm x 11 cm (Frosch und Mini-Küken)
- Sperrholz, 6 mm stark, 8 cm x 8 cm (Kükenschnabel)
- Sperrholz, 4 mm stark, 3 cm x 3 cm (Schnabel des Mini-Kükens)
- Rundholz, ø 1,2 cm stark, 2 x 3 cm und 2 x 11 cm lang
- Bohrer, ø 1,2 cm
- Acrylfarbe in Weiß, Gelb, Orange, Grün (Frosch) und Rot (Mini-Küken)

Tobi, der Plantschmeister

→ mit Rettungsring(en) und Plantsch-Ente schwimmt's sich besser

MOTIVHÖHE
ca. 50 cm

MATERIAL
- Massivholz, 1,8 cm stark, 30 cm x 70 cm
- Sperrholz, 1 cm stark, 25 cm x 45 cm (Hände), 13 cm x 11 cm (Ente) und 35 cm x 25 cm (Rettungsring)
- Rundholz, ø 1,2 cm, 2 x 3 cm und 2 x 12 cm lang
- Bohrer, ø 4 mm (Haare) und 1,2 cm
- Acrylfarbe in Weiß, Blau, Gelb, Rot, Grün, Orange und Hautfarbe
- Permanentmarker in Braun
- Bürste mit hellen Naturborsten (ca. 2 cm lang)

1 Alle Teile gemäß Vorlage aussägen, schmirgeln und an den Markierungen mit Bohrungen versehen (Hinweise zu den ø-Angaben der Bohrungen siehe Seite 3). Für die Öffnung im Schwimmring zuerst ein Loch (ø 1,2 cm) in die Kreisinnenfläche bohren, um das Sägeblatt einführen zu können. Nun den Innenkreis aussägen; die Kanten schmirgeln.

2 Die kurzen Rundhölzer (Arme) in die Hände und die längeren Rundhölzer (Beine) in den Körper stecken.

3 Sämtliche Teile gemäß Abbildung bemalen, dabei für den Körper und die Hände Hautfarbe mit Weiß abtönen. Für die Wangen mit den Fingern einen Hauch roter Farbe auftragen. Das Gelb für die Hose mit Weiß aufhellen. Für die Punkte auf der Badehose verschiedene Farben wählen. Die Sommersprossen von Tobi werden mit braunem Permanentmarker aufgetupft. Die Ente in Gelb mit Spuren von Orange bemalen und den Schnabel mit Orange anlegen. Alle Teile mit schwarzem Permanentmarker und weißem Lackmalstift verzieren. Achtung: Beim Rettungsring die schwarzen Linien rundherum zeichnen und keinen Rand malen!

4 Den Plantschmeister zusammenstecken. Etliche Borsten von der Bürste abschneiden und büschelweise in die Löcher auf dem Kopf kleben. Den Schwimmring umhängen.

Tipp: **Richtige Südsee- und Sommer-Sonne-Badestrand-Stimmung kommt auf, wenn Sie Tobi eine Hawaii-Blumenkette aus Stoff umhängen!**

Bruno Bär und Billi Biene

→ wer schmiert mir Honig um den Mund?

MOTIVHÖHE
ca. 50 cm

MATERIAL
- Massivholz, 1,8 cm stark, 70 cm x 35 cm
- Sperrholz, 1 cm stark, 20 cm x 10 cm (Hände) und 15 cm x 12 cm (Biene)
- Sperrholz, 4 mm stark, 15 cm x 10 cm (Nase)
- Rundholz, ø 1,2 cm, 2 x 3 cm und 2 x 11 cm lang
- Bohrer, ø 1,2 cm
- Acrylfarbe in Weiß, Schwarz, Blau, Gelb, Rot, Mittelbraun und Dunkelbraun
- Lackmalstift in Rot

1 Alle Teile gemäß Vorlage aussägen und schmirgeln. Die Löcher an den Markierungen bohren (Hinweise zu den ø-Angaben der Bohrungen siehe Seite 3). Die kurzen Rundhölzer (Arme) in die Hände und die langen Rundhölzer (Beine) in den Körper stecken.

2 Die Nase in Dunkelbraun mit weißen Lichteffekten anlegen. Die restlichen Teile in Mittelbraun bemalen, dabei in die Hände etwas Gelb einarbeiten. Für die Wangen wenig Rot mit dem Finger in die noch feuchte Farbe reiben. Die Ohrinnenflächen mit etwas Weiß aufhellen.

3 Alle Teile mit schwarzem Permanentmarker und weißem Lackmalstift verzieren. Die Bärennase aufkleben. Nun den Bär zusammenstecken.

4 Die Flügel der Biene in Weiß mit einem Hauch Blau bemalen und den Körper in Gelb. Dann Streifen in Schwarz auftragen. Mit den Lackmalstiften die weißen Augenpunkte und das rote Näschen einzeichnen.

5 Als Alternative für die Biene eignet sich der Honigtopf: Aus Weiß und etwas Braun drei verschiedene Töne mischen; den dunkelsten Ton für den Topfrand verwenden, den mittleren für die Außenseite des Topfes und den hellsten Ton für die Innenseite. Das Etikett in Grün mit Weiß anlegen. Schließlich die Ränder mit schwarzem Permanentmarker konturieren und den Schriftzug einzeichnen.

„Die clevere Vorlage“

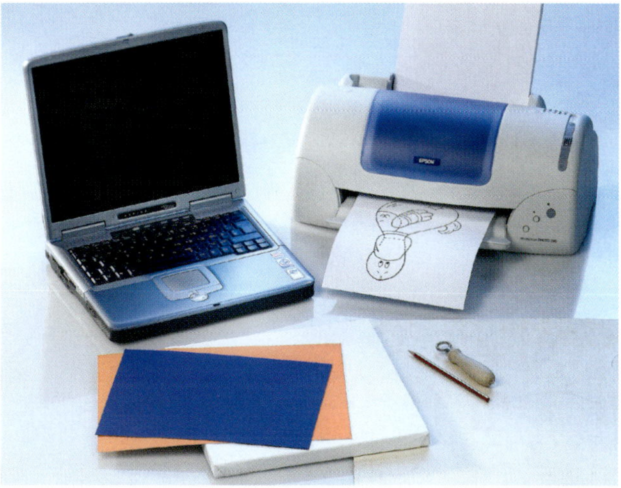

Anleitung für die Software „Vorlagen-Druckstudio“

Die beiliegende CD-ROM enthält sowohl das Computer-Programm „Vorlagen-Druckstudio“ als auch alle Vorlagen-Zeichnungen für die Modelle dieses Buches.
Zusätzlich sind ein oder mehrere Bonus-Modelle mit Foto, Anleitungstext, Materialangaben und Vorlagen-Zeichnungen enthalten. Hinweise zu den Systemvoraussetzungen finden Sie auf der hinteren Umschlagklappe.

1 Installation des Programms „Vorlagen-Druckstudio“

Legen Sie die CD-ROM in das Laufwerk Ihres PCs ein. Das Installations-Programm startet automatisch. Der Assistent führt Schritt für Schritt durch den Installations-Vorgang. Außerdem werden Verknüpfungen zum Start des Programms im Windows-Startmenü und – auf Wunsch – auf dem Windows-Desktop abgelegt.

2 Start des „Vorlagen-Druckstudios“

Gestartet werden kann die Software entweder durch einen Doppelklick auf das Programmsymbol

Druckstudio.exe

auf dem Windows-Desktop oder über den Eintrag im Windows-Startmenü. Wenn bei der Installation die Standard-Einstellungen übernommen wurden, ist dies zu finden unter

Start / Programme / TOPP Vorlagen-Druckstudio

3 Programmoberfläche

Das Programm enthält drei Hauptbereiche. Diese sind wie „Karteikarten“ aufgeteilt und mit „Karteireitern" beschriftet. Gestartet wird auf der ersten „Karteikarte" „Motiv auswählen".

Im Bereich „Aktuelles Buch" ist der Titel, der gestartet wurde, zu sehen. Wenn mehrere Bücher mit dem „Vorlagen-Druckstudio" installiert sind, kann durch einen Klick auf den Pfeil rechts eine Liste aller Bücher aufgeklappt werden.

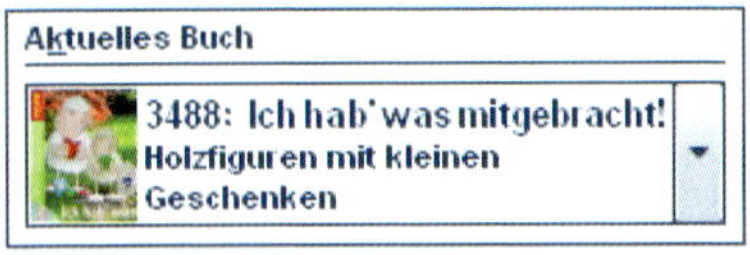

Verlassen können Sie das Programm entweder durch einen Klick auf das rote Kreuz rechts oben oder über den Eintrag „Beenden" im Menü „Datei".

4 Modell auswählen

Im Bereich „Modelle" befindet sich eine Liste mit allen Bastelanleitungen des Buches inklusive Modellnamen und Seitenzahl. Durch einen Klick auf einen Eintrag können Sie das Motiv auswählen, das Sie erstellen möchten. Im Vorschau-Fenster rechts erscheint daraufhin das Motivfoto.

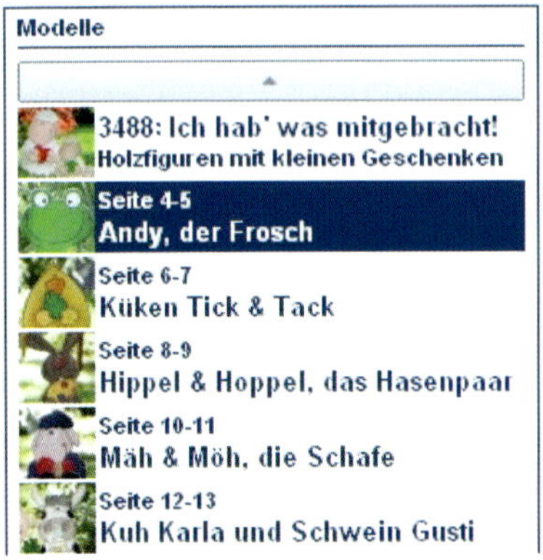

Unter dem Foto befinden sich zwei Schaltflächen. Hier kann zwischen der Motivansicht und der Vorlagenansicht umgeschaltet werden.

Klicken Sie anschließend auf Weiter ▸, um zur Karteikarte „Vorlagenzeichnung auswählen" zu wechseln.

5 Vorlagenzeichnung auswählen

Auf dieser „Karteikarte" sind alle Teile, die zu einem Modell gehören, dargestellt. Achtung! Die Größenverhältnisse der einzelnen Teile werden hier nicht maßstabsgetreu wiedergegeben. Wenn Sie nur einzelne Vorlagenzeichnungen eines Modelles ausdrucken möchten, können Sie durch einen Klick auf die Haken links neben der Bauteilbezeichnung auch einzelne Teile ab- und anwählen. Standardmäßig sind alle Einzelteile aktiviert.

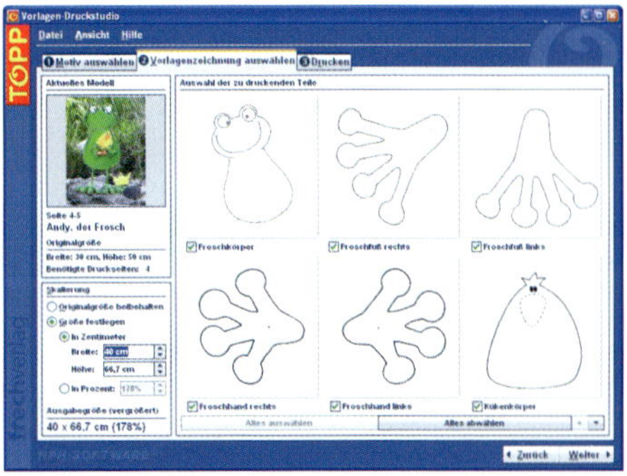

6 Modellgröße anpassen

Im Bereich „Skalierung" links unten können Sie nun die Größe, in der Sie das Modell erstellen wollen, verändern. Klicken Sie dafür auf die Schaltfläche „Größe festlegen".

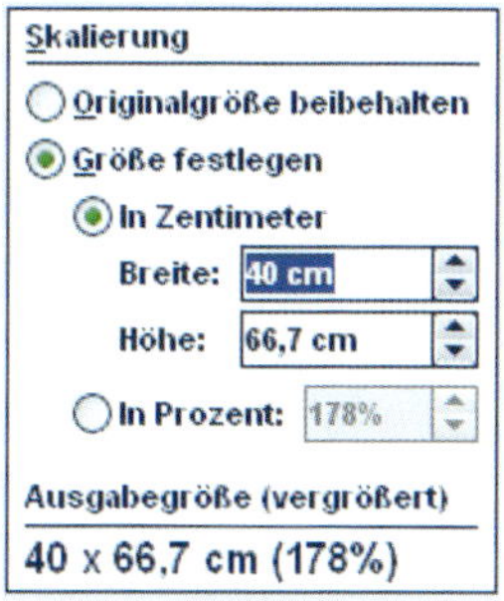

Nun können Sie die gewünschte Modellgröße bzw. -breite in Zentimetern eingeben. Dabei wird das richtige Seitenverhältnis automatisch beibehalten. Wenn Sie also den Wert für die Modellhöhe ändern, ermittelt das Programm automatisch den richtigen Wert für die Breite.

Alternativ können Sie – ähnlich wie bei einem Fotokopierer – auch die Modellgröße in Prozent zur Originalgröße angeben. Klicken Sie dafür auf die runde Schaltfläche „In Prozent" und geben Sie den gewünschten Wert ein.

Wenn Sie sich entscheiden, das Modell doch in der Originalgröße zu basteln, können Sie einfach auf „Originalgröße beibehalten" klicken, damit alle vorgenommenen Einstellungen zurückgenommen werden.

Klicken Sie anschließend auf Weiter ▸, um zur Karteikarte „Drucken" zu wechseln.

7 Druckeinstellungen

Auf dieser „Karteikarte" sehen Sie im rechten Bereich bereits eine Vorschau auf die Ausdrucke der ausgewählten Vorlagen-Zeichnungen.

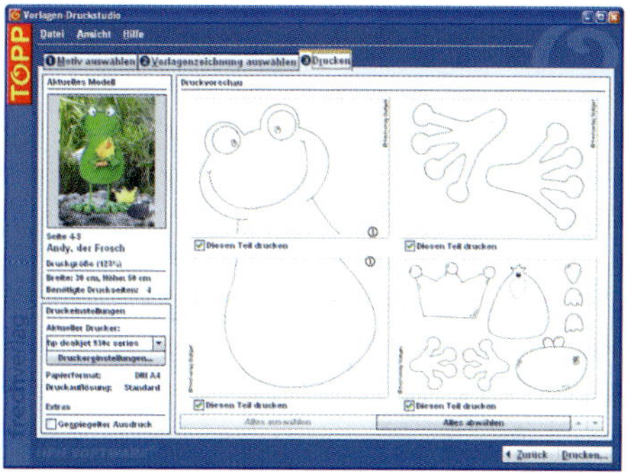

Links unten gibt es unter „Druckereinstellungen" die Möglichkeit, zwischen verschiedenen Druckern zu wechseln, wenn Sie mehrere Geräte an Ihren Computer oder in Ihrem Netzwerk angeschlossen haben.

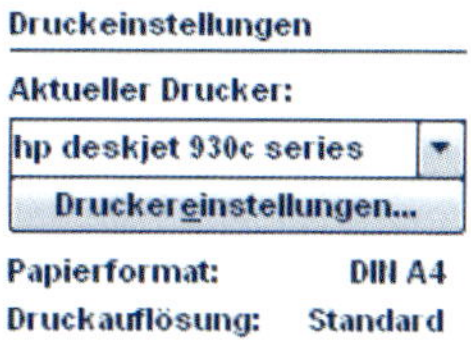

Wenn Sie einen Drucker besitzen, der auch DIN A3 Papier verarbeiten kann, so lässt sich dies in den „Druckereinstellungen" auswählen. Hinweise dazu finden Sie im Handbuch Ihres Druckers, da die entsprechenden Einstellungen bei jedem Hersteller und jedem Modell variieren.

8 Besondere Einstellungen für das Abrubbeln der Vorlagen

Wenn Sie die Vorlagen anschließend durch Abrubbeln direkt auf Ihr Material übertragen wollen (das so genannte „Drubbeln"), müssen die Vorlagenzeichnungen spiegelverkehrt ausgedruckt werden. Klicken Sie dafür auf die Schaltfläche

☐ Gespiegelter Ausdruck

Für das Abrubbeln eignet sich handelsübliches Kopierpapier oder das im Bastelfachhandel erhältliche Spezialpapier zum Übertragen von Vorlagen. Nicht geeignet sind spezielle Inkjet- oder Fotopapiere, da diese die gesamte Tinte aufsaugen. Am besten experimentieren Sie mit verschiedenen Papiersorten. Sollten Sie Probleme haben, dann hilft es, in den Druckereinstellungen die Papiersorte von „Normalpapier“ auf „Fotopapier“ (die höchste Druckqualität) zu wechseln, trotzdem aber normales Kopierpapier in den Drucker einzulegen (die genauen Bezeichnungen variieren von Hersteller zu Hersteller). Bei dieser Einstellung wird mehr Tinte auf das Papier gespritzt, als es normalerweise aufnehmen kann. Diese überschüssige Tinte lässt sich dann leicht durch Abrubbeln auf ein Werkstück übertragen.

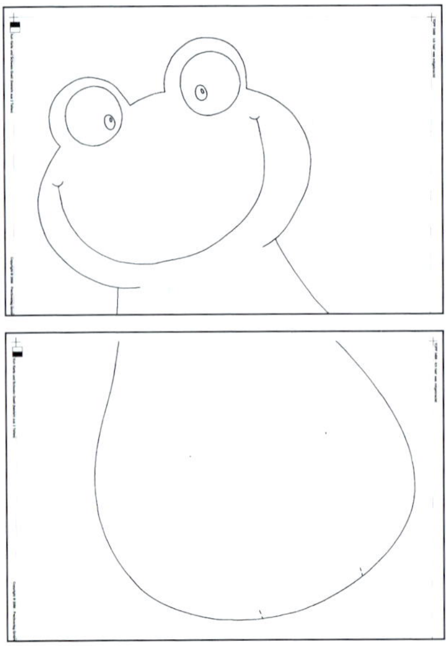

9 Drucken

Mit einem Klick auf die Schaltfläche **Drucken...** starten Sie den Druckvorgang. Große Vorlagenzeichnungen werden automatisch auf mehrere Blätter verteilt. Diese müssen Sie anschließend nur noch anhand der ebenfalls aufgedruckten Markierungen zusammen kleben. Schneiden Sie dafür jeweils den Rand eines Blattes entlang der Markierung ab und kleben Sie es auf den Rand des „Nachbar-Blattes“.

10 Vorlage durch „Drubbeln“ übertragen

„Drubbeln“ heißt „Drucken“ und „Rubbeln“ und ist eine neue, verblüffend einfache und sehr praktische Art, Vorlagen direkt auf ein Material zu übertragen. Das funktioniert auf Holz, Karton, Papier oder einen Keilrahmen und mit jedem Tintenstrahldrucker. Legen Sie einfach die ausgedruckte Vorlagenzeichnung mit der bedruckten Seite nach unten auf Ihr Werkstück und rubbeln sie die Linien z. B. mit der Rückseite eines Bleistiftes ab. Besonders leicht geht es mit dem Übertragungs-Werkzeug, das Sie auf dem Foto sehen und das im Bastelfachhandel erhältlich ist.

Selbstverständlich können Sie aber auch wie gewohnt die Vorlagen mit Transparentpapier, mit Kohlepapier oder mit der Schablonen-Technik übertragen.

Wir wünschen Ihnen viel Spaß und viel Erfolg mit der „Cleveren Vorlage“.

HONIG

Giraffe Gwendolin mit Eumel

→ interkontinentale oder außerirdische Begegnung

MOTIVHÖHE
ca. 72 cm

MATERIAL
- Massivholz, 1,8 cm stark, 85 cm x 35 cm
- Sperrholz, 1 cm stark, 20 cm x 10 cm (Hände) und 20 cm x 15 cm (Eumel)
- Rundholz, ø 1,2 cm, 2 x 3 cm und 2 x 18 cm lang
- Bohrer, ø 1,2 cm
- Acrylfarbe in Weiß, Gelb, Rot, Orange, Blau, Hellbraun und Dunkelbraun

1 Alle Teile gemäß Vorlage aussägen und schmirgeln. Die Löcher an den Markierungen bohren (Hinweise zu den ø-Angaben der Bohrungen siehe Seite 3). Die kürzeren Rundhölzer (Arme) in die Hände und die langen Rundhölzer (Beine) in den Körper stecken.

2 Die Mundpartie in Weiß mit etwas Gelb arbeiten. Den Giraffenkörper samt Augenpartie in Gelb streichen; bei den Ohrinnenflächen das Gelb mit Weiß, bei den kleinen Hörnern mit Orange und Braun und am restlichen Körper mit Orange abtönen. Für die Wangen mit dem Finger einen Hauch Rot auftragen und verreiben. Nach dem Trocknen die Flecken in Dunkelbraun aufbringen.

3 Den Eumel in Hellbraun und seine Hose mit Streifen in Rot und Blau bemalen.

4 Alle Teile mit schwarzem Permanentmarker und weißem Lackmalstift verzieren. Die Giraffe zusammenstecken.

5 Als Alternative für den Eumel eignet sich das Welcome-Schild: Dafür Gelb mit Weiß direkt auf dem Holz vermalen. Nach dem Trocknen mit schwarzem Permanentmarker beschriften und mit roten Tupfen versehen.

Tipp: Beschriften Sie das Schild mit Ihrem Familiennamen und ernennen Sie die Giraffe zu Ihrem „Haustür-Steher".

WELCOME

Charlie, die kesse Göre

→ mit Püppchen Nelli

MOTIVHÖHE
ca. 60 cm

MATERIAL
- Massivholz, 1,8 cm stark, 50 cm x 35 cm und 45 cm x 45 cm (Bodenplatte)
- Sperrholz, 1 cm stark, 2 x 15 cm x 20 cm (Hände und Haarschleifen) und 1 x 15 cm x 10 cm (Puppe)
- Rundholz, ø 1,2 cm, 2 x 3 cm und 2 x 22 cm lang
- Bohrer, ø 1,2 cm
- Heißkleber
- Acrylfarbe in Weiß, Gelb, Weinrot, Grün, Lila, Orange und Hautfarbe
- Lackmalstifte in Lila, Orange und Rot
- Strickschlauch, gelb-schwarz geringelt, 2,5 cm breit, 2 x 16 cm lang
- 1 Paar (gebrauchte) Kinderstiefel, ca. Gr. 21/22
- Lockenbast in Gelb, 3 x 15 cm lang (Puppe)
- Perlgarn in Pink, 2 x 5 cm lang (Puppe)

1 Alle Teile gemäß Vorlage aussägen und schmirgeln. Die Löcher an den Markierungen und durch die Absätze der Schuhe bohren (Hinweise zu den ø-Angaben der Bohrungen siehe Seite 3). Die kurzen Rundhölzer (Arme) in die Hände und die langen Rundhölzer (Beine) von unten in den Körper stecken.

2 Das Gesicht sowie Hände und Beine in Hautfarbe streichen. Für die Haare gelbe Farbe auftragen und mit Orange abtönen. Das Kleid in Weinrot und Lila anlegen; am gemusterten Saum viel mehr Weiß als Lila verwenden. Das Blumenmuster in Lila, Weiß und Flieder (Weiß mit Lila gemischt) malen. Für die Haarschleifen aus viel Weiß und wenig Weinrot ein Zartrosa mischen und in dunklerem Ton die Punkte auftragen. Mit dem Lackmalstift in Lila das Kleid mit Punkten verzieren, mit dem orangefarbenen Lackmalstift die Sommersprossen auftupfen.

3 Das Puppengesicht, die Arme und Beine in Hautfarbe und das Kleid in Grün bemalen. Mit Lackmalstiften das Muster einzeichnen. Alle Teile mit schwarzem Permanentmarker und den Lackmalstiften verzieren.

4 Die Strickschläuche über die Beine ziehen und den oberen Rand festkleben; dabei beachten, dass ein Strumpf ca. 2 cm, der andere ca. 4 cm unterhalb des Kleidersaums endet. Die Haarschleifen auf den Haarzöpfchen fixieren.

5 Die Beine durch die Löcher der Schuhabsätze in die Blume stecken; die Arme in den Bohrungen des Körpers fixieren. Lockenbast auf dem Kopf der Puppe festkleben und auf beiden Seiten mit Perlgarn zusammenbinden.

Tipp: Sie haben keine Kinderschuhe? Sägen Sie Holzschuhe aus – wie beim Fußballer Jimmy (siehe Seite 23)! Einfach in Lila bemalen. Mit einem Namensschild in der Hand wird Charlie zum Wachposten vor dem Kinderzimmer.

Jimmy, der Fußballstar

→ hier kick ich den Ball!

MOTIVHÖHE
ca. 58 cm

MATERIAL
- Massivholz, 1,8 cm stark, 35 cm x 75 cm
- Sperrholz, 1 cm stark, 20 cm x 10 cm (Hände) und 15 cm x 15 cm (Fußball)
- Sperrholz, 4 mm stark, 10 cm x 10 cm (Schnürsenkelhalter)
- Rundholz, ø 1,2 cm, 2 x 3 cm und 2 x 13 cm lang
- Bohrer, ø 2,5 mm (Schnürsenkel) und 1,2 cm
- Acrylfarbe in Weiß, Schwarz, Gelb, Rot, Grün, Orange, Hautfarbe, Blau und Braun
- Permanentmarker in Braun
- Scoubidouband in Orange, 2 x 80 cm lang

1 Alle Teile gemäß Vorlage aussägen und schmirgeln. Die Löcher an den Markierungen bohren (Hinweise zu den ø-Angaben der Bohrungen siehe Seite 3). Die kurzen Rundhölzer (Arme) in die Hände und die langen Rundhölzer (Beine) in den Körper stecken.

2 Gemäß Abbildung bemalen. Das Gesicht, die Hände und Beine in Hautfarbe anmalen. Die Haare in Braun gestalten, das T-Shirt in Grün, Orange und etwas Gelb. Sehr wenig Rot mit dem Finger auf die Wangen tupfen. Die Sommersprossen mit braunem Permanentmarker auftupfen und die rot-blauen Flicken auf der gelben Hose mit Acrylfarbe in Gelb, Weiß und Grün verzieren.

3 Die Leiste für die Schnürsenkel in Weiß mit wenig Schwarz streichen. Den Fußball gemäß Abbildung in Weiß, Schwarz und Rot anlegen. Alle Teile mit schwarzem Permanentmarker und weißem Lackmalstift verzieren.

4 Die Scoubidoubänder als Schnürsenkel einziehen und eine Schleife binden. Die Leisten mit Heißkleber auf die Schuhe kleben. Den Fußballspieler zusammenstecken.

5 Als Alternative für den Fußball eignet sich das blaue Auto: Für die Fensterscheiben Weiß mit wenig Blau mischen; die Reifen schwarz bemalen und in die Felgen etwas Weiß einarbeiten.

Tipp: **Stellen Sie den Fußballer Jimmy auf eine mit Kunstrasen bezogene Bodenplatte und ziehen Sie ihm die ausrangierten Fußballschuhe Ihres Sohnes an (siehe Charlie, Seite 21).**

Zwerg Fridolin

→ Konkurrenz für Gartenzwerge

MOTIVHÖHE
ca. 57 cm

MATERIAL
- Massivholz, 1,8 cm stark, 30 cm x 90 cm
- Sperrholz, 1 cm stark, 10 cm x 20 cm (Hände) und 15 cm x 15 cm (Pilz)
- Sperrholz, 6 mm stark, 10 cm x 10 cm (Nase)
- Rundholz, ø 1,2 cm, 2 x 3 cm und 2 x ca. 20 cm lang
- 1 Paar (gebrauchte) Kindergummistiefel, ca. Gr. 21
- Bohrer, ø 1,2 cm
- Acrylfarbe in Weiß, Schwarz, Blau, Gelb, Rot, Grün und Hautfarbe
- Lackmalstifte in Blau, Gelb, Rosa und Grün

1 Alle Teile gemäß Vorlage aussägen und schmirgeln. Die Löcher an den Markierungen und durch die Sohle der Stiefel bohren (Hinweise zu den ø-Angaben der Bohrungen siehe Seite 3). Die kurzen Rundhölzer (Arme) in die Hände und die langen Rundhölzer (Beine) in den Körper stecken.

2 Gemäß Abbildung bemalen. Dabei am Rand der roten Mütze in die feuchte Farbe weiße Lichtreflexe einarbeiten. Für die Wangen etwas Rot in die Hautfarbe reiben; bei der Nase ebenso verfahren. Dem Weiß des Barts einen Hauch Schwarz hinzufügen. Die beiden Flicken mit Lackmalstiften gestalten. Für das Gras viel Gelb mit wenig Grün nass in nass mischen. Den Stiel des Pilzes in Weiß mit Gelb bemalen. Den roten Hut des Pilzes mit Weiß abtönen.

3 Alle Teile mit schwarzem Permanentmarker und weißem Lackmalstift verzieren. Die Blumen auf der Wiese können anstatt mit Lackmalstiften alternativ mit Acrylfarbe gestaltet werden.

4 Die Beine durch die Löcher der Schuhe in die Grasfläche stecken; sie sollten so lang sein, dass der Zwergenkörper auf den Schuhen aufsitzt. Deshalb wird nun die Länge der Rundhölzer an die Höhe der Gummistiefel angepasst. Die Nase aufkleben und die Arme in den Körper stecken.

Nikolaus Klaus & Rentier Rudi

→ mit Sack und Tannenbäumchen

MOTIVHÖHE
Nikolaus ca. 60 cm
Rentier ca. 60 cm

MATERIAL NIKOLAUS

- Massivholz, 1,8 cm stark, 70 cm x 30 cm
- Sperrholz, 1 cm stark, 20 cm x 10 cm (Fäustlinge), 15 cm x 20 cm (Sack) und 25 cm x 15 cm (Mützenkrempe)
- Sperrholz, 4 mm stark, 15 cm x 20 cm (Bart und Nase)
- Rundholz, ø 1,2 cm, 2 x 3 cm und 2 x 12 cm lang
- Bohrer, ø 1,2 cm
- Acrylfarbe in Weiß, Schwarz, Gelb, Rot, Grün, Hautfarbe und Braun

RENTIER

- Massivholz, 1,8 cm stark, 30 cm x 70 cm
- Sperrholz, 1 cm stark, 70 cm x 20 cm (Geweih und Hände) und 15 cm x 20 cm (Tannenbaum)
- Sperrholz, 4 mm stark, 15 cm x 10 cm (Nase)
- Rundholz, ø 1,2 cm, 2 x 3 cm und 2 x 13 cm lang
- Bohrer, ø 1,2 cm
- Acrylfarbe in Weiß, Rot, Grün, Braun und Dunkelbraun

Nikolaus

1 Alle Teile gemäß Vorlage aussägen und schmirgeln. Die Löcher an den Markierungen bohren (Hinweise zu den ø-Angaben der Bohrungen siehe Seite 3). Die kurzen Rundhölzer (Arme) in die Hände und die langen Rundhölzer (Beine) in den Körper stecken.

2 Das Weiß des Fellbesatzes an der Mütze und am Mantelsaum mit etwas Gelb tönen. Den Bart in Weiß mit wenig Schwarz arbeiten. Gesicht und Nase in Hautfarbe bemalen; einen Hauch Rot auf die Wangen und die Nase reiben. Mütze und Mantel in Rot bemalen und Spuren von Schwarz als Effekte hinzufügen. Die Handschuhe grün streichen und mit weißen Bündchen versehen, Schuhe und Beine in Schwarz anlegen. Den Sack braun bemalen, dabei am Rand weiße Farbe einarbeiten und Flicken in Gelb und Rot auftragen.

3 Alle Teile mit schwarzem Permanentmarker und weißem Lackmalstift verzieren.

4 Den Fellbesatz der Mütze, den Schnurrbart und die Nase aufkleben. Den Nikolaus zusammenstecken.

5 Als Alternative für den Sack eignet sich der Lebkuchen: Aus Braun und Weiß zwei verschiedene Töne mischen, dann den dunkleren Ton für den Lebkuchen und den helleren für die Mandeln verwenden.

Tipp: Den Weihnachtsmann können Sie auch als Adventskalender benutzen: Legen Sie die Päckchen einfach zu seinen Füßen.

Rentier

1 Alle Teile gemäß Vorlage aussägen und schmirgeln. Die Löcher an den Markierungen bohren (siehe Seite 3). Die kurzen Rundhölzer (Arme) in die Hände und die langen Rundhölzer (Beine) in den Körper stecken.

2 Das Rentier bis auf den Haarschopf in Braun bemalen. Für die Wangen etwas Rot auftragen. Das Geweih in Weiß bemalen und mit wenig Braun abtönen. Die Nase in Rot anmalen, dabei

WEITERFÜHRUNG

Nikolaus Klaus & Rentier Rudi

mit Weiß einen Lichteffekt einarbeiten. Den Haarschopf in Dunkelbraun mit etwas Weiß streichen. Für den Tannenbaum Grün mit wenig Weiß tönen.

3 Alle Teile mit schwarzem Permanentmarker und weißem Lackmalstift verzieren. Die Nase auf das Gesicht und das Geweih von hinten an den Kopf kleben. Das Rentier zusammenstecken.

4 Als Alternative für den Tannenbaum eignet sich das Geschenk: Das Geschenkpapier in Blau anlegen, dabei weiße Effekte einziehen. Das Gelb des Bands stellenweise mit Orange tönen. Mit weißem Lackmalstift die Kreuzschraffur und mit rotem Lackmalstift die Punkte aufzeichnen; dann mit schwarzem Permanentmarker konturieren.

Thilo, der Pinguin

→ liebt frischen Fisch

1 Alle Teile gemäß Vorlage aussägen und schmirgeln. Die Löcher an den Markierungen bohren (Hinweise zu den ø-Angaben der Bohrungen siehe Seite 3). Die kurzen Rundhölzer (Arme) in die Hände und die langen Rundhölzer (Beine) in den Körper stecken.

2 Den Bauch in Weiß mit etwas Gelb abtönen, den Körper und die Flügel in Schwarz streichen. Beine, Füße und den Schnabel in Orange gestalten. Für den Fisch Blau mit weißen Effekten verwenden, die Flossen in Orange bemalen und Punkte mit roter Acrylfarbe und grünem Lackmalstift auftragen. Die Nase in Rot gestalten. Den Pinguinschnabel aufkleben und alle Teile mit schwarzem Permanentmarker und weißem Lackmalstift verzieren.

3 Den Pinguin zusammenstecken.

MOTIVHÖHE
ca. 48 cm

MATERIAL
- Massivholz, 1,8 cm stark, 30 cm x 60 cm
- Sperrholz, 1 cm stark, 15 cm x 20 cm (Flügel) und 12 cm x 17 cm (Fisch)
- Sperrholz, 4 mm stark, 10 cm x 10 cm (Schnabel)
- Rundholz, ø 1,2 cm, 2 x 3 cm und 2 x 11 cm lang
- Bohrer, ø 1,2 cm
- Acrylfarbe in Weiß, Schwarz, Orange, Gelb, Rot und Blau
- Lackmalstift in Grün

Sera & Phimi, die Engel

→ „himmlische“ Gäste mit Herz und Adventskerze

MOTIVHÖHE
Großer Engel
ca. 52 cm
Kleiner Engel
ca. 33 cm

MATERIAL GROSSER ENGEL

- Massivholz, 1,8 cm stark, 75 cm x 35 cm
- Sperrholz, 1 cm stark, 40 cm x 25 cm (Flügel und Hände) und 10 cm x 23 cm (Kerze)
- Rundholz, ø 1,2 cm, 2 x 3 cm und 2 x 11 cm lang
- Bohrer, ø 1,2 cm
- Acrylfarbe in Weiß, Dunkelblau, Gelb, Rot, Orange und Hautfarbe

KLEINER ENGEL

- Massivholz, 1,8 cm stark, 20 cm x 40 cm
- Sperrholz, 1 cm stark, 50 cm x 35 cm (Flügel, Hände und Standfläche Stern) und 13 cm x 13 cm (Herz)
- Rundholz, ø 1,2 cm, 2 x 3 cm und 2 x 7,5 cm lang
- Bohrer, ø 1,5 mm (Heiligenschein) und 1,2 cm
- Aludraht, ø 1,3 mm, ca. 25 cm lang
- Acrylfarbe in Schwarz, Weiß, Gelb, Rot, Orange und Hautfarbe
- Lackmalstift in Blau, Gelb und Rot

Großer Engel

1 Alle Teile gemäß Vorlage aussägen und schleifen. Die Löcher an den Markierungen bohren (Hinweise zu den ø-Angaben der Bohrungen siehe Seite 3). Die kurzen Rundhölzer (Arme) in die Hände und die langen Rundhölzer (Beine) in den Körper stecken.

2 Die Flügel in Weiß streichen und in die noch feuchte Farbe Gelb einarbeiten. Die Haare gelb mit etwas Orange bemalen, dabei weiße Effekte einziehen. Das Gesicht in Hautfarbe bemalen. An den Wangen und der Nase einen Hauch roter Farbe aufsetzen. Das Kleid und die Haarbänder in Dunkelblau anmalen, dabei Lichtstreifen in Weiß einziehen. Die Kerze in Rot mit Weiß und die Flamme in Orange malen.

3 Alle Teile mit schwarzem Permanentmarker und weißem Lackmalstift verzieren. Die Kerze wie in der Anleitung auf Seite 3/4 beschrieben mit Dübeln versehen. Die Flügel von hinten an den Körper kleben, dann den Engel zusammenstecken.

4 Als Alternative für die Kerze eignet sich der Stern: Dafür Gelb mit Orange direkt auf dem Holz mischen. Die gestrichelte Kontur mit schwarzem Permanentmarker einzeichnen.

Kleiner Engel

1 Alle Teile gemäß Vorlage aussägen und schmirgeln. Die Löcher an den Markierungen bohren (siehe auch Seite 3). Die kurzen Rundhölzer (Arme) in die Hände und die langen Rundhölzer (Beine) in den Körper stecken.

2 Den Engel gemäß Abbildung bemalen, dabei Gesicht, Hände, Beine und Füße in Hautfarbe anmalen. Auf das gelbe Kleid mit Lackmalstiften die gepunkteten Flicken in Rot und Blau setzen. Für die Flügel weiße Farbe mit etwas Gelb nass in nass auftragen. Beim Stern (Standfläche) ebenso mit Gelb und Orange verfahren. Auf die Wangen ein wenig Rot auftragen. Das Herz in Rot mit wenig Weiß bemalen und ein paar schwarzen Effekten versehen. Alle Teile mit schwarzem Permanentmarker und weißem Lackmalstift verzieren.

3 Die Flügel von hinten an den Körper kleben, dann die Figur zusammenstecken. Aus dem Draht einen Kreis (ø 6 cm) biegen, indem er um ein kleines Glas o. Ä. gelegt wird; das Drahtende mit dem Stiel des Heiligenscheins verhaken. Nun den Heiligenschein in die Bohrung des Kopfes stecken und ggf. mit Heißkleber fixieren.

4 Als Alternative für das Herz eignet sich der kleine Stern: Er wird in Gelb mit etwas Orange gestrichen; die Kontur mit schwarzem Permanentmarker nachziehen.

Acces-
soires

Sämtliche Accessoires sind leicht untereinander austauschbar. Ein Frosch mit königlicher Krone oder ein Küken mit Blume? Kein Problem! Einen vollständigen Überblick über alle Accessoires sowie deren Abmessungen samt Materialliste finden Sie in der Software „Vorlagen-Druckstudio“ auf der beiliegenden CD-ROM.

DIESES BUCH ENTHÄLT 1 CD-ROM

IMPRESSUM

FOTOS: frechverlag GmbH, 70499 Stuttgart; Fotostudio Ullrich & Co., Renningen
DRUCK: frechdruck GmbH, 70499 Stuttgart

Auflage: 7. 6. 5. 4.
Jahr: 2011 2010 2009 2008 [Letzte Zahlen maßgebend]

ISBN 978-3-7724-3488-4
Best.-Nr. 3488

Printed in Great Britain
by Amazon

33944803R00198

2

THE RAILROAD

MATT BROLLY

OBLONG
BOOKS

For the world's greatest living northerner,
Daniel Moore.

"Are you scared of driving on the ice or something?" asked Stacey, who was sitting next to him.

Mitch had been concentrating so hard on keeping the SUV on the road that he'd forgotten his colleague was there. "If you want to take the wheel, be my guest," he said, regretting his sarcastic tone immediately. He'd been working with Stacey for the whole eighteen months on the job, but their partnership was about to come to an end. Both of them had put in requests for different assignments following the firm's Christmas party where things had got out of hand and the pair slept together in Mitch's grubby, one-bedroomed studio in downtown Chicago.

"See, I got you here safely," said Mitch, pulling up outside the Andersons' house, a grotesque Tudor Revival palace that could have held a hundred apartments the same size as Mitch's.

Stacey snarled as she got out of the car. Mitch kept the engine running and followed, his feet crunching on the thick ice as he trailed her to the gate at the front of the property. The house was something to behold. Decorative lights illuminated the front of the building, its smooth exterior dusted with the falling snow. A family of four lived within, and Mitch wondered how they divided the eight bedrooms between them. A light was on in the upper floor, at the right of the building - according to the layout on his phone, this was the master bedroom – but the rest of the house was in darkness.

"Try them again," said Mitch. The patrol room had put a call through to Mr. and Mrs. Anderson when the alarm was activated, but neither had answered. The last thing Mitch wanted to do was ring the doorbell at this time of night. Bitter experience told him the gated community's residents didn't appreciate being made to leave their beds unless it was an emergency.

Stacey made the call to the patrol room, shaking her head when the response came in.

"You can have the honor," said Mitch, kicking the ice from

PROLOGUE

The call had come in over five minutes ago, but Mitch Hungerford was in no hurry.

He eased the SUV along the icy roads of the gated community in Forest Glen, Chicago, as if he had no care in the world. In truth, it was the highlight of his day. Every now and then an alarm would malfunction, or would be set off accidentally, and it gave him a reason to do something beyond a general patrol of the area. This time, a call had been registered from Sycamore Street, an alarm triggered at the Anderson residence, one of the more expensive properties in the community.

Mitch had been a private security guard here for eighteen months now and had never had to deal with anything more pressing than a missing cat. Alarms did go off all the time, mainly due to the paranoia of the residents, who placed crazy restrictions on their security. Take the Andersons, for instance. The call to head office was automatically triggered when the system detected that the back door of their property had been left open for more than two minutes. *Rich people and their concerns*, thought Mitch as he slowed down to take a corner.

ABOUT THE AUTHOR

Matt Brolly is the Amazon number one, and Wall Street Journal, bestselling author of the DI Blackwell novels set in Weston-super-Mare, as well as the DCI Lambert crime novels, the acclaimed near future crime novel, Zero, and the US thriller, The Controller.

Matt lives in London with his wife and their children. You can find out more about Matt at his website www.mattbrolly.com or by following him on twitter: @MattBrollyUK

his shoes as he rubbed his neck, which stung from the bitter breeze.

Stacey's face was now fixed in a permanent scowl, and she muttered something under her breath as she rang the doorbell. It was such a shame he'd ruined things between them. He hadn't been unkind, but that morning at his apartment he'd sensed Stacey wanted to take things further and he'd probably been a bit more dismissive than needed. It wasn't that he didn't like her - he'd been attracted to her ever since they first met – but had more to do with the legacy of his ex-wife, Milly. Anything beyond a one-night stand with Stacey would have led to some form of commitment, he was sure. She wasn't a one-night stand kind of woman. And two years on from his divorce he still wasn't ready, even for something shorter term.

Stacey rang the doorbell again, the clanging noise echoing within the house. The door was solid oak, the house a couple of steps up even from Milly's new place she shared with her investment banker boyfriend. And it may have been soulless, but it was another five or six steps up from the hovel where Mitch had been forced to live these last eighteen months.

They waited two more minutes before Mitch radioed it in, as was procedure.

"Still no response," he said.

"Goddammit," said Fowler on the other end of the line. Fowler was manning the security desk for the evening shift, and he didn't sound too happy about it. "You need to check the back of the property."

"You hear that?" said Mitch. "We need to check out back."

"I'm not deaf," said Stacey, trundling off to the side gate, crunching through the remnants of the snow and ice.

As Mitch followed behind her, noticing the shape of her body in her tight-fitting uniform, he thought this was probably the most thrilling thing that had happened to him during the

eighteen months on the job. But despite the pay, and the relative safety of the position, he missed his role in the Chicago Police Department, missed the excitement and camaraderie within the homicide division he'd been forced to leave after failing a random drugs test. The drugs in his system were painkillers for his neck, which had plagued him ever since a football injury in high school.

Stacey made her way to the back of the property, the large back yard decorated with a blanket of snow, and a line of burr oak trees which had yet reached maturity. "Shit," she said, stopping in her tracks, her body suddenly rigid.

"What is it?" said Mitch, his hand hitching close to the holster on his utility belt.

"The door's still open," she said, turning to face him.

The scowl disappeared, replaced by a look that was part fear, part excitement. Like Mitch, Stacey was ex-police, though she'd left the role for a much less inauspicious reason. She was a single mom to a four-year-old boy and her work as a cop had proved to be too dangerous, the shift patterns too unpredictable.

Mitch radioed it in. "The back door is ajar. Do we have permission to go inside?" he asked, his hand creeping nearer and nearer to the clip on his holster.

"Shit," said Fowler, his crackling voice echoing Stacey's earlier sentiments.

The situation was a new one for the three of them. Mitch had only ever drawn his firearm four times during his time with homicide and he never thought it would happen on this security detail.

"Let me try them once more," said Fowler.

The radio went silent, leaving them with the sound of the glacial breeze billowing through the trees. Stacey hopped from foot to foot as Mitch pulled out his flashlight. He shone it across the manicured lawn, stopping as he picked out the footsteps

deep in the snow going from the back door to the rear of the yard. This was enough for him, and he drew his gun and nodded to Stacey to do the same.

"No answer from the Andersons," said Fowler, the abrupt sound from the radio startling the pair of them.

"There's footsteps leading away from the back door," said Mitch. "We're going in."

"Switch on your bodycams, and be careful," said Fowler.

They did as instructed, any animosity between them evaporating as Mitch stepped through the back door and into the kitchen. Stacey followed behind, securing the area. Mitch knew they had to reach the master bedroom where they'd seen the light, but they cleared the ground floor first, not wanting any surprises. As he climbed the staircase, noting the framed pictures of the husband and wife and their two teenage boys, Mitch tried to temper his growing dread. He glanced at Stacey, her concerned face confirming she was thinking along the same lines as him. Maybe it was instinct, or the hint of copper in the air, but with each step he grew more confident that something bad was waiting for them beyond the door to the master bedroom.

Following the light to the room, he stopped by the entrance, the sound of his rapid breath echoing on the high-ceilinged landing.

"Ready?" he said to Stacey under his breath.

She nodded and Mitch called out, "Mr. and Mrs. Anderson," before stepping into the master bedroom, his gun held out in front of him.

It took his eyes a few seconds to adjust to the sight, the blood splatter decorating every inch of the room distracting his eyes from the scene at its center. Despite never having attended a murder scene of such magnitude, something about the arrangement of the bodies gave Mitch a sense of déjà vu.

All four members of the Anderson family were sat on metal patio chairs, their hands tied behind their backs. What remained of Mrs. Anderson and the teenage boys were positioned facing the fourth chair where Mr. Anderson sat, his head all but severed from his body. Mitch knew he shouldn't step further into the crime scene and although he wanted to look away, he couldn't quite close his eyes. The attack appeared to have been frenzied. There was no way, for now, to know who had been the first victim. Each of the four bodies was pitted with grievous injuries to their necks but Mr. Anderson had suffered the most. Mitch didn't want to so much as breathe, fearing the gentlest breeze would sever the man's head completely. A deep-rooted part of him wanted to run from the scene, to never return.

"What's that?" said Stacey, her steady voice bringing him into the present. She still had her gun held in front of her, and Mitch lowered his hand. Stacey holstered her pistol. As he turned back to the crime scene his eyes alighted on what Stacey was looking at. On the floor, in the center of the four bodies, decorated in a fresh coat of blood, was some type of ornament.

Mitch didn't want to step any closer. He took out his flashlight, the beam falling on the crimson-soaked blouse of Mrs. Anderson before he angled it at the object on the floor. He understood now his feelings of déjà vu. He'd studied a similar crime before while researching for the FBI exams he'd planned to take before his dismissal from the department. This had happened before, although nothing quite so unusual had been left at the scene that time.

"What is it?" said Stacey, stepping to his side.

Mitch turned off the flashlight, the outline of the figurine obvious now he'd seen it properly.

"It's a model locomotive," he said.

1

Special Agent Sandra Rose was in a bad mood by the time the private plane landed on the frosted runway of O'Hare International Airport in Chicago. What coffee they'd been offered on the journey from Washington had been a tasteless, watered-down mixture with little to no caffeine in it and Rose needed a fix. As they left the plane, her colleague, Special Agent McBride, donned his sunglasses against the early morning glare. It was an affectation he'd had since Rose met him four years ago, and now she wasn't sure if he wore them as a joke or not.

A Chicago Police Department vehicle was waiting for them on the apron. A man in a CPD jacket introducing himself as Detective George Watkins. In his late fifties, the detective had a spattering of salt and pepper hair pasted across his mainly bald scalp. "I can drive you to the crime scene immediately," he said.

"You have any coffee in that car?" said Rose.

"Sorry, ma'am," said Watkins. "We could stop on the way?"

Rose shook her head and climbed in the back of the car, McBride sitting next to her with his shades still on. The call had come in last night: security personnel had uncovered a multiple

homicide at a private residence in Forest Glen. It had been the young security guard, Mitch Hungerford, a former member of CPD, who'd mooted the link between the crime and an old investigation Rose had worked on.

She studied the crime scene images again as Watkins made slow progress along the snow-dusted I-90 out towards the gated community. Three of the family – Nadine Anderson, the mother, and her two teenage sons, Jacob and Riley - were positioned on sturdy metal chairs in a line facing the corpse of their father, Nathan Anderson. Each of the victims had wounds on their necks where the carotid artery had been slit. The marks on Nathan Anderson in particular were severe: hack wounds, suggesting that the killer had tried to sever the head from the body.

The similarities to the Razinski killings four years ago were unmistakable. The security guard had done a stellar job flagging that up. Rose remembered them as if they'd happened yesterday. Although she hadn't been the one to uncover the bodies, having directed the operational side, she'd watched the bodycam footage as her SWAT team entered the house of Alistair Gunn and found his family upstairs in the master bedroom, each tied to a chair, each brutally murdered. It later transpired that the killer had taken Alistair Gunn's life first and made his family watch. The photos Rose saw from the Anderson house suggested it was the act of the same killer.

Only that killer was dead.

Gregor Razinski had turned himself in on the day of the Gunn massacre, only to be killed a day later at an FBI compound by members of an organization called "the Railroad".

A patrol unit was waiting for them at Forest Glen, one of the officers surprising Rose with a fresh cup of coffee as she left the car, the steam rising into the bitter cold air.

"I called ahead," said Watkins, smiling as Rose accepted the drink.

McBride did the same, looking ludicrously conspicuous with his shades on as they stood outside the grand double-fronted house.

"We still have some CSIs working the lower floors, but the crime screen is clear," said Watkins.

"The security staff who found the family are here?" asked Rose.

"One of them. Mitch Hungerford's waiting for us inside."

Rose moved forward, her foot slipping on a patch of ice as she crunched up the snow-covered driveway. As she stepped through the front door, into a foyer the size of a small boutique hotel, she made eye contact with Mitch Hungerford, recognizing him from his photo in the images sent to her last night. Hungerford jumped to his feet and introduced himself.

"Special Agent Sandra Rose, and this is Special Agent McBride," she said, nodding to the stocky figure of her colleague who'd at least had the good grace to put away his sunglasses. "You found the bodies, is that correct?"

"That's right, ma'am," said Hungerford. "I thought something was off the second we arrived. The back door was open, and footsteps were leading away across the yard to the rear of the property."

Rose had seen images of the snowy footprints, size eleven Irish Setter hunting boots.

"That's when you called it in?"

"That's right, ma'am. My colleague and I stepped through the kitchen. We knew the lights were on upstairs, but we secured the lower level first. I could just tell something was off. There was a smell in the air, you know? We moved upstairs, past the photos of the family on the wall. We could smell the blood, and we had our guns out..."

"Slow down, Mitch," said Rose, the guard getting ahead of himself. "You were sure the intruder had gone by this point?"

Mitch took a breath. "As sure as we could be. I stepped through into the bedroom and I knew straight away where'd I'd seen this before."

"You'd heard of the Razinski killings?" said Rose.

"I was applying for the FBI before..." Mitch hesitated. "Before I left the police department," he said, shooting a look at Watkins. "This was a few years back. Obviously, I'd read about Mallard and I know this was how it all started, with the Razinski killings."

McBride pursed his lips and nodded, as if impressed by the security guard's knowledge. The Razinski killings had been the beginning of one of the most infamous periods in FBI history. In the proceeding weeks, hundreds of people died as Rose and McBride, with the help of a former ex-FBI agent by the name of Samuel Lynch, searched for a man called Wilberforce Mallard the 6th, who in some circles went by the moniker of "the Controller".

"Show me," said Rose, watching Hungerford as he walked tentatively to the staircase, clearly reliving last night's events in his head.

Rose had already seen photographs of the crime scene, as well as images of the family from happier times. She recalled some of them as she noted each and every picture of the Andersons hanging on the wall as they moved up the staircase. It may have been coincidence, but the staircase at the Gunn household had been decorated almost identically. Rose could still taste the scent of blood in the air as she'd glimpsed those images on the way to the crime scene back then.

"We had our guns out by this point." said Hungerford, edging along the landing. "We stopped at the door and called

out for Mr. and Mrs. Anderson. When there was no answer, we entered the room."

Rose stepped over the threshold, blinking at the blood-splattered walls, the copious patterns rich with crimson and something much darker. The local CSIs had cleared the scene, but the four chairs remained, somehow more unsettling without the bodies on them. Three chairs facing one, marks embedded in the wood where zip ties had bound the captive family. Rose uploaded the images she had on her tablet and matched them to her position, the chairs coming to life with their victims. Just like in the Razinski killings, a preliminary examination of the corpses suggested that Mr. Anderson had been killed first and his family made to watch.

"Tell me if I'm wrong, but this appears to be more frenzied than Razinski's attack," said McBride, glancing at the splatter patterns on the wall, and the sight of Mr. Anderson's all but severed neck on Rose's iPad. McBride hadn't been present at the Gunn house but knew the investigation as well as she did.

Rose flicked through the images on the tablet until she found the model train. "And you found the toy locomotive at the scene?" she asked Mitch.

"That's right, ma'am. I'd already deduced the similarities between this and the Razinski murders, but when I saw the train, I knew this had to have something to do with the Controller."

Rose wasn't surprised by the Mitch's leap of logic. Mallard - the Controller - was currently number one on the FBI's Most Wanted list, along with the former FBI agent Lawrence Balfour. The pair had gone missing after an explosion in St Bernadette's - an underground compound beneath the ruins of an old church in East Texas - where over two hundred people lost their lives. The story had made the international news. The underground compound was described by reporters as a living hell. An under-

ground city of shipping containers where Mallard's sycophants were free to indulge their every twisted desire. The Controller's organization was known as the Railroad because of the tracks the members had tattooed on their bodies.

Rose had subsequently been assigned the role of investigating what happened from top to bottom. Part of her remit involved finding Mallard and Balfour, but after four years of her chasing dubious leads and dead ends, it seemed unlikely either man was still alive.

"We have an updated image for you," said Watkins, handing her his phone. "Obviously everything's been tested by forensics, but we've had it cleaned up for you. It's a P42DC engine. We've checked and it's a common engine used by Amtrak, part of the Genesis series. However, we have uncovered an inscription on the base of the train. It looks to be handmade, not part of the original design."

"Don't keep us waiting," said Rose.

"It says, 'The Texas Eagle'," said Watkins, his somber face suggesting he understood the relevance of the words. "The name of a train that goes from Chicago – hell, I guess I don't have to tell you - all the way down to Texas."

[#]

Watkins showed them to the rear of the property. The snow was at least a foot deep, and Rose's pants were already soaked through, her fingers numb from the biting air.

"We believe the perpetrator exited this way," said Watkins, as they reached the low fence at the end of the yard that backed onto a second house.

"The neighbors – the Powells – are on vacation. Mitch Hungerford had the good sense to follow the footsteps after calling it in last night and he noted more steps going through

the Powells' back yard."

"How did they escape out of the area?" said Rose. "Isn't the whole area gated?"

"Technically there's only one way in and one way out, through the security gates you came through at the front. There's a perimeter fence around the community but if you have enough wherewithal, you'd be able to make your way over it. We've checked the whole perimeter: no sign of damage to the fence but it could have been breached."

"How tall is it?" asked McBride.

"A minimum of four yards, and there are security spikes at the top. It would have been a risky endeavor."

"Where did the footsteps end?" asked Rose, wondering how the residents would sleep tonight knowing their perceived security was a fallacy.

"Hungerford followed them to the front drive of the Powell residence and then nothing. Though it had started to snow heavily at that point."

"Cars in and out of the development?" asked McBride.

"The moment Hungerford called it in we secured the area. In the previous twenty-four hours, over forty cars came and went. Obviously we've already started questioning all the residents and the owners of the vehicles."

"Thank you, Detective," said Rose, waiting for Watkins to take the hint and leave them to it.

Together with McBride, Rose walked the perimeter of the Anderson's yard. The wind had picked up, lowering the temperature further. Rose's body was damp from the snow, the cold reaching her bones and causing her teeth to chatter.

"It's a shame Razinski isn't alive," said McBride, pushing against the fence at the side of the house to see if it had any give.

Rose thought back to the last time she'd seen Gregor Razinski at the compound near San Antonio. Razinski had

claimed to know the location of Daniel Lynch, the son of the former FBI Agent Samuel Lynch. Mallard had kidnapped Lynch's son years before, and ever since had toyed with the man.

Razinski had requested immunity for his cooperation, and was about to talk when the site was stormed by members of the Railroad. During the raid, most of the FBI agents at the facility were killed, Rose and Lynch escaping, but not before Razinski died.

Like much of the investigation into Mallard, both Razinski's death and the Gunn family massacre were public knowledge. Numerous books had been written about the period, - a number of Rose's former colleagues willing to talk to journalists - but none had really captured the truth. It would have been easy enough for a copycat killer to have recreated the scene from the Gunn household, and whoever had killed the Andersons had made a good likeness of that terrible scene. To what end, Rose still didn't know.

"I need some more coffee and some warmth," said Rose, the cold having spread to her cheeks and lips.

"I thought you'd never ask," said McBride, shuffling down the snow-covered yard into the interior of the Anderson house.

The change in temperature prickled Rose's skin. The last of the CSIs were busy in the pantry area. Forensics on the case had been rushed through and Watkins had promised them they would have DNA profiles by tomorrow.

"You think this has anything to do with Mallard?" asked McBride, when they were out of earshot of the CSI techs.

"It's too early to say," said Rose, though she couldn't deny the hint of adrenaline in her veins at the thought of the Controller's return.

Of the two hundred and seventeen people who died that day, it was believed over half had been on Mallard's payroll. Occasional arrests had been made over the last few years and if the

model train found at the crime scene was anything to go by, it was possible one of their members was responsible. And if they found that person, then maybe the investigation into finding Mallard could have new impetus. It more than rankled Rose that he'd never been brought to justice. Mallard had ruined the lives of so many people, including those close to her. Rose had even missed saying goodbye to her dying mother because she'd been too busy chasing him, and she couldn't simply let him fade away without facing the consequences of what he'd done. If he was alive, she needed to find him.

"I hope you packed your bags, McBride," said Rose. "I think we're going to be staying here a few nights."

2

Later that afternoon, Rose and McBride visited Chicago Police Department headquarters. At present, the killings were still officially CPD Homicide's investigation. Although Watkins and his colleagues were being cooperative, it was impossible not to notice the odd sly look as they waited in the canteen area for him to give them the lowdown on the latest developments.

"Is it that obvious we're Feds?" said McBride.

"It would be even more obvious if you were still wearing your stupid shades, so that's something," said Rose.

"When are we going to take charge here?" said McBride, under his breath.

Rose had been considering this for the last couple of hours. The link to Mallard and the Railroad was tentative, but the resemblance to the Razinski murders, and more importantly the model locomotive found at the scene, meant it was only a matter of time before they would need to take over the investigation. Rose had a direct line to the FBI's director, Dwayne Miller, who'd risen through the ranks in part because of Rose's work investigating Mallard. Closing the Railroad was the bureau's

number one priority, and one call to Miller suggesting that Mallard was still alive would ensure the Anderson investigation came to them. But there was no need to sour relations just yet. Watkins and his team seemed to be doing a good job of things and the fact they'd been able to rush through the DNA profiling meant Rose was prepared to give them a bit more time.

"Sorry about that," said Watkins, placing cups of coffee in front of them. "Had to get these signed off." He held a sheet of printouts.

The suspicious part of Rose – much more dominant after her encounter with Mallard and the Railroad – wondered why the detective was being so helpful. Perhaps it was simply collegiate cooperation, or perhaps Watkins feared losing the investigation, but she couldn't rule out other, more sinister, possibilities. During the Razinski investigation, Rose and her colleagues had been duped by the investigating officer, Sherriff Iain Haig. It was one of too many deceptions she endured during that period. As her investigation into Mallard deepened, it soon became apparent that his tentacles spread to all areas of law enforcement, and although it was unlikely Watkins was involved, she had no other option than to treat him with suspicion.

"As promised," said Watkins, turning over one of the papers to Rose. "We've preliminary DNA profiles from the homicide victims and the site itself. So far, we've uncovered eight separate profiles. Obviously, four match the victims. Of the other profiles found at the site, two belonged to the security personnel who arrived at the scene first and the other two are not showing on any database we have."

No DNA profile existed for Mallard, but Balfour's details were on the system. "How are things progressing with identifying those other two profiles?" said Rose, trying her best not to tell Watkins how to do his job.

"You've seen the house. The Andersons had a lot of help, cleaners, grounds people, handymen. It's a gated community so we have a full record of everyone who visited them in the last twelve months. We'll be getting DNA samples and eliminating them as soon as we can. The autopsies will be conducted tomorrow."

Rose nodded. If she was going to take the investigation away from Watkins, now would be the time. It could be beneficial having the FBI's pathology team conduct the autopsies. For one, it could negate any future complications if things did go wrong. "Tell me what you know about Nathan Anderson," she asked, still internally debating whether to make the call to Miller or not.

Watkins shifted in his seat. He'd been working the case for over twelve hours now and it was showing on his features. The bags beneath his eyes were heavy, the skin on his face pallid and laced with stubble. "Nathan Anderson was a partner in one of the top law firms in Chicago," he said.

Rose scratched the back of her head, noting the look from McBride. "Not the same profession as Alistair Gunn."

The detective would have made a poor poker player. Rose saw the defeat in his eyes as he sensed the case drifting away from him. "No, he was an architect, wasn't he? Didn't he build the tunnels at the East Texas complex?"

"You know your stuff," said Rose, noting a tetchiness in the way he answered. "Any money troubles we know about?"

"Not that we can see. Plenty in the bank, but all through legitimate sources. His wife, Nadine Anderson, was a stay-at-home mom, but she did lots of voluntary work for the charity sector. The boys, Jacob and Riley, went to a private school in central Chicago. Jacob was a varsity athlete, playing football. Riley a straight-A academic, nothing against their names whatsoever."

"You've spoken to Anderson's employers?" asked McBride.

"We had detectives there first thing. According to his colleagues, he spent most of his time at work, at least sixty hours per week. The family rarely went on holidays together. Mrs. Anderson would take the boys away every summer and at Christmas they would visit her parents in Boston."

An uneasy period of silence followed. Rose could tell the detective had something to say, and eventually he spoke his mind. "Look, I think I've been straight with you," he said. "We've cooperated to the full extent, but I need to know if you're going to take this from us. We're assigning manpower from other investigations as it is, so if you're just going to take it away from us in the next day or two, I'd like to know now."

Rose glanced at McBride, who looked away, doing his level best not to get involved.

"Looks like you run a tight ship here, Detective Watkins," said Rose. "I can't say for sure what will happen over the next few days but I'm sure you can see for yourself the similarities between this case and the Razinski murders are enough to warrant our attention. I need to speak to headquarters, but what I propose for now is a joint investigation. You'll still head things up, but we'll bring a small team into the office to work with Special Agent McBride and myself."

Watkins frowned. He had little choice but to accept the deal. "I'll let my people know," he said, standing up.

"Let them down easy, that's what I always say," said McBride, as the detective left the room.

[#]

It was past 10:00 p.m. when Rose finally got to her hotel room. She was somewhere on the 34th floor. Outside, snow was still falling over downtown Chicago. The lights from the hotel

illuminated the area, which looked something like a Christmas card.

The skeleton team from the FBI had arrived late in the afternoon and so far, Watkins and his people had continued to cooperate, though Rose anticipated that wouldn't last long. Sooner or later the case would be yanked from him and the detective was experienced enough to understand that.

She pulled the blinds, shutting herself off from the outside world, and unclipped her hairband, red hair cascading down to her shoulders. That was usually a sign her working day was over, but her mind was in overdrive, and it would be some time before she quit thinking about the investigation.

[#]

In many ways, the massacre at the Anderson house was the first real breakthrough they'd had in their continued investigations into the Railroad. There'd been other minor leads - two Railroad members who'd been arrested in California, but subsequently died in custody - but this was the first real, tangible, sign that Mallard might still exist in this world. And yet he still felt so out of reach.

Wilberforce Mallard had received the nickname "the Controller" some time before the events in East Texas. Until his identity was revealed, Mallard and the Railroad had been nothing but a myth, legend only whispered about by certain FBI agents. But the discovery at the compound, and the events leading to that discovery, had proven once and for all that the Railroad was real. At its heart, the organization was an underground group that facilitated psychopaths' twisted desires. How and why Mallard had formed the organization was still to be properly determined.

One of the main ways they'd tried to track Mallard since the

East Texas incident had been financially. Rose had studied thousands of transactions in the last four years, Mallard's money filtering through hundreds of bank accounts and dummy corporations that all eventually led to dead-ends. Mallard still had active lawyers, but despite numerous investigations into them, they were no closer to finding his location than they were after the set of explosions that had destroyed the compound four years ago.

Rose poured herself a miniature bottle of whisky from the minibar and winced as she took her first sip, the acrid liquid burning her throat. Her phone was in her hand, and she'd already scrolled down to the hidden number in her address book. No one understood Mallard and the Railroad better than Samuel Lynch, an ex-FBI agent who'd been studying it and its operations long before the events at the compound.

Rose had first met Lynch at the FBI black site where Razinski had died, and together they'd worked on finding Mallard against a backdrop of corrupt FBI involvement. At one point, Lynch was kidnapped by Mallard, and Rose was only reunited with him prior to the explosions being detonated at Mallard's compound. Lynch had rescued his son that day. Daniel Lynch was now a teenager and had spent the years in Mallard's captivity being tortured. He'd lost his sight, his eyes viciously removed, but he'd survived, and his existence had given Lynch a new lease of life.

Even so, Lynch insisted Daniel and his mother – along with Lynch's ex-wife's partner – were put into witness protection for their own sake. At the same time, Lynch also joined a version of witness protection which meant he had been estranged from his family for the last four years.

Both Rose and Lynch knew that until Mallard was found, neither Lynch nor his family were safe. Rose was one of only three people who knew Lynch's whereabouts. Despite which,

she hadn't risked speaking to the man in the last three years. His number was on her screen now, though she had long ago memorized it. For reasons that she still didn't quite understand, she was desperate to talk to him. But for now, the risk was too great. She switched her phone off, downed the remnants of the whisky and collapsed on the hotel bed, trying her best to fight the thoughts and theories battling for attention in her mind and forcing herself to sleep.

3

The interior of the bar in Hastings, Nebraska, was too bright for Samuel Lynch but had become a regular haunt since his arrival three years ago. It was relatively quiet - the staff were friendly and knew him by name, albeit his alias - and the beer was tolerable. He sat as usual at a stool on the far end of the bar so the whole of the interior was visible to him. He'd been nursing his fifth beer of the evening for the last forty minutes and was now down to the dregs.

"Another one, hun?" said Tracy, the barmaid who always worked here on a Thursday evening.

Lynch tapped his fingers against the glass, which was now warm. Tracy smiled at him, giving him an encouraging nod.

"What number is this?" said Lynch, a hint of hope in his voice despite already knowing the answer. He'd drunk beer practically every day for the last ten years, ever since his son had been kidnapped, but not once in that time had he drunk more than five, and that wasn't about to change.

"That's your fifth, hun."

"You weren't trying to trick me into a sixth, were you?"

Tracy propped both elbows onto the counter and gave him

the kind of look that in his youth would have destroyed him. "Now why would I want to go and do something like that?" she said, her eyes twinkling, her lips slightly upturned.

For a moment Lynch felt himself being sucked in. He understood it was only harmless flirting and that Tracy was way out of his league, even if she didn't have a boyfriend. But for the briefest of moments, he wondered what it would be like to gently place his hands on her face and pull her close to him. "I think I'd better pay my tab before you trick me anymore," he said, sitting back and breaking the trance.

"I admire a man who can stick to his principles," said Tracy. "Shame some of your good manners don't rub off on those guys." She nodded to the disparate groups of men scattered around the room as she placed his bill on the counter.

"They're not so bad." Lynch placed cash and his usual twenty percent tip for Tracy. "I've seen a hell of a lot worse," he added, standing up and pulling on his coat.

Outside, the cold night air came as a shock, the bitter breeze ripping into his forehead as soon as he opened the bar door. He glanced around the street, searching for anything out of place. On the left side of his body, he felt the weight of his gun in the holster, something he was never without even during his day job at a hardware store downtown.

His apartment was a twenty-minute walk away and he kept a steady pace, every now and then checking his balance as he came across a random piece of ice. The weather wasn't good for his ailments, the damaged tissue and scars on his body humming in tune, reminding him, as they did every day, of his time in captivity at the hands of Mallard. Reaching his apartment building, he took the steps to the fifth floor. He avoided elevators now as he'd developed a slight case of claustrophobia due to the time he'd spent in the shipping container prison in

Mallard's compound in East Texas. That period still haunted his dreams.

The only comfort had come from the empathy of his one-time jailer, a young man he'd known only as Ethan, who Lynch eventually killed. Lynch had no qualms about taking the man's life at the compound, especially after he later discovered the crimes Ethan had been responsible for, even if he was just a small cog in the greater machinery that was the Controller's Railroad organization.

A package was waiting for him outside his apartment. It was addressed to Lyle Cleverley, his alias, but Lynch couldn't remember ordering anything. He checked along the corridor with its dirty beige carpet before picking up the package and opening the three triple-locked deadbolts on his door.

He tried to keep the place clean but lacked the motivation. The floor was a drift of fast-food cartons and discarded newspapers. Lynch moved a pile of books from his desk and placed the package down before boiling the kettle. Every inch of wall in the apartment was covered. On the side above his bed was a map he'd seen nearly every day for the last ten years. A full railroad map of the United States, the map that had led him to Mallard in the first place. The red dots that littered it, all within a mile of a railroad track, marked a place where someone had either been murdered or disappeared.

After East Texas, and Mallard's disappearance, Lynch had maintained the map. It was more difficult to determine whether the disappearances were connected to the Railroad now that Mallard's operations had been disrupted. There were no distinct patterns to indicate any of the more recent ones were connected. It was simply a fact of life in the US: people were murdered, some went missing, but life went on.

Lynch made himself a decaf and sat in his lone armchair. The walls around him were plastered with newspaper clippings

and post-it notes. Lynch knew Sandra Rose and her team were doing their best to locate any remaining members of the Railroad, and even Mallard if he was still alive, but that wasn't about to stop him doing the same. After work, the bar, the few hours he slept every night, he spent every remaining hour searching for hints of the Controller's re-emergence. Some of that centered on the man himself, some on the disgraced former FBI agent Balfour, and some on the Railroad organization itself.

Over one hundred members of the Railroad had died at the East Texas compound. Eleven explosive devices had been set off. Both Lynch and Rose believed this was done at the Controller's hand. He had a legacy to protect, and wouldn't have given a second thought to the twisted sycophants who died at the scene. But despite four years of searching, Lynch didn't feel any nearer to finding Mallard. In his fantasies, that meant Mallard was dead, but until he had proof he wouldn't stop searching.

Lynch pulled out his phone, hovered his finger over the photos app. He tried not to think about Daniel, it was the only way he could cope, but even now his mind returned to that at once joyous and horrific reunion, when he'd seen Daniel in captivity, his eyes cruelly blinded by Mallard.

Lynch found himself crying as he recalled some days later waking in a hospital and being reunited with his son for a second time and Daniel, despite everything that had happened to him, calling him *Daddy*. He didn't want to be away from him, but what option did he have? As well as being a deranged psychopath, Mallard seemed to have the delusion that something linked him and Lynch, as though they shared some kind of essential trait that Lynch himself was, apparently, unaware of. It was why he had toyed with Lynch from the beginning. Why he'd kept Daniel alive.

Until Mallard was definitely no more, Lynch knew he would be ruled by the fear that sooner or later the Controller would

come for his revenge. And because Mallard believed they had that special link, Lynch knew that revenge wouldn't be directed at him, but at those close to him. So he knew he couldn't be near anyone he loved.

He put the phone down, the night's alcohol content having more of an effect than he'd realized. He threw the tasteless coffee down the sink, about to brush his teeth and go to bed, when he caught sight of the package again. He ripped open the outer layer, revealing a small box. He shook the contents, the weight reasonably heavy. He pulled out a kitchen knife to hack away at the taping, double checking the name on the outer packaging before removing the object, which was housed in bubble wrap.

Lynch slowly peeled away the layers, searching in his mind for what he must have ordered, his heart hammering when he saw what was inside. He searched again through the packaging for a note but there was nothing beyond the object in his hands. He placed it on the desk and realized his hand had instinctively settled on his gun as he stared in disbelief at the model locomotive.

4

Lynch was frozen for a few seconds, struggling to comprehend if what he saw was real. But it was there, and there was no denying what it meant. The toy train was a message. A very clear one. Only three other people knew of his current location and neither Director Miller, McBride, or Sandra Rose had a sense of humor that would have led them to send him the model locomotive.

Grunting with effort, he pulled the bed away from the wall, forced up the floorboards and retrieved his EVAC bag. From it he took a new set of identification and cash, a second firearm and a burner phone which he charged once a week. There was no message waiting for him and he placed it in his pocket and retrieved the rest of the necessary items.

He spent ten frantic minutes tearing down every map and newspaper article from the wall, filing them in a second EVAC bag before placing the keys on the dining table and leaving the apartment. Somehow his new address and alias had been leaked to the outside world. The package he'd received could be harmless enough - the Railroad investigation had attracted unprecedented

publicity and there were enough internet obsessives out there who would have thought it cute to send him the model locomotive - but there was an equal risk that the gift had been sent by someone else.

During those last moments at the compound, Wilberforce Mallard had seemingly decided he'd lost interest in Lynch and effectively sentenced him to death. He'd been obsessed with Lynch for years and saw him as some sort of kindred spirit, although that obsession was never demonstrated in the most positive of ways. He'd kidnapped and tortured his son, kidnapped Lynch himself and thrown him in one of the makeshift prisons. To this day, Lynch couldn't really understand what he'd hoped to achieve. But Mallard loved his games. If he knew Lynch's address, that put Lynch, and everyone he cared for, in grave danger.

Lynch walked along the corridor and through the fire door to the steel stairs at the rear of the property. Even through his thermal gloves, he felt the icy coldness of the railings. If someone knew his address, they also knew other details about him: his alias, where he worked, the bars he frequented and the car he drove. His Honda Accord was less than fifty yards away but Lynch couldn't take the risk of driving it. He dropped his keys into a trash can and threw the SIM card from his day-to-day phone next to them. Using a burner, he ordered an Uber under his new alias. Then he waited, his hand on his gun, for the vehicle to arrive.

The Prius arrived ten minutes later, Lynch demanding to see the driver's ID before getting inside the vehicle. The young man – his name was Jason Bradley – was in the fourth year of community college. He proved to be a talkative companion as they headed out of Hastings towards the parking lot where Lynch had stored an unregistered Jeep Wrangler. Lynch's hand was never more than a few inches from his gun as the driver

talked. There were between four to five people in Lynch's life he could trust, and young Jason Bradley wasn't one of them.

"Are you off anywhere nice?" asked the driver.

"Nowhere in particular," said Lynch, conducting a background search on him on his phone.

He found a photograph that matched Jason Bradley on the college website and the young man's social media accounts backed up his story. But that meant little to Lynch. His main concern was the driver being pressed for information later, so he'd arranged to be dropped half a mile from the parking lot, in a secluded backstreet that was poorly lit.

"Are you sure this is the place, sir?" asked Jason. "I wouldn't like to hang around here at this time of night."

"Don't worry about me, I'll be fine," said Lynch, slowly leaving the car. Shutting the door, he stood motionless, his hand inside his jacket, ready to reach for his gun, as he waited for the electric vehicle to ease away.

With the car gone, Lynch was left in total darkness. He waited for his eyes to adjust and strained to listen for hidden threats. He needed to make two phone calls but needed to do so from a secure location. He had the numbers memorized and didn't wish to give them away to any unknown attacker.

Keeping close to the side of the street, Lynch made his way towards the main drag. The sidewalk was treacherous, slick with black ice and Lynch was pleased to see the first streetlight as he rounded the corner. His heart skipped a beat every time a vehicle passed him. Despite his hand being inches from his gun, he understood he was an easy target. But the truth was, he'd been that all along. Whoever had sent him the model locomotive could have been watching him for months, and could have killed him at any time. Maybe that meant he was safe for the time being, but it still came as a relief when he reached the parking lot.

He paid one of the local attendants a biannual cash payment to keep the Jeep in good condition and ready to roll at a moments' notice. Sure enough, the keys were waiting for him beneath the wheel arch. Lynch opened the vehicle and sat behind the steering wheel. His teeth were chattering from the cold, and he brushed ice from his overcoat. He turned on the engine and waited a few minutes until it warmed up before switching on the heater. With the engine still running, he took out his burner phone and called a number he'd memorized almost four years before.

On the day Lynch had said goodbye to his ex-wife Sally and Daniel, he'd given Sally a SIM card and a phone and had told her to memorize his new number. It had been part of the agreement for situations like this.

The phone continued to ring. Lynch hadn't used the number in the last four years, though he'd often wanted to. Sally had gone through so much that he was sure she would keep it near her, but life went on. Lynch had no idea what part of the country she'd been relocated to and what time zone they were in. For all he knew it could be the middle of the day wherever they were and Sally could have been at work.

"Hello?" The call was answered on the twenty-first ring. A male voice. Hesitant.

"Who's speaking?" said Lynch.

"Is that you, Samuel? It's Rob."

Rob was Sally's new husband. They'd been married not long after Daniel was rescued. Lynch had even attended the wedding, holding Daniel's hand as Sally read out her vows. It had been a bittersweet moment for him. The jealous part of him didn't like the fact she was remarrying, but the truth was he could never provide for her in the way Rob could. Despite the petty quarrels they'd had over the months leading up to finding Daniel, Rob

had more than proven himself. Even so, Lynch couldn't resist a quick jibe.

"You're not supposed to use your real name, Rob. Ever."

"Why are you calling on this number?"

Lynch went to speak and hesitated. Rob sounded composed, maybe a little too much, considering he was being called on a phone that hadn't been used for four years.

"Is everything okay, Rob? If you're in any danger, start your next sentence with Sally."

"We're not in any danger, Samuel. At least none that I'm aware of. Why are you calling?"

"Are Sally and Daniel with you?" asked Lynch.

"They're both asleep. It's 2:00 a.m."

Another mistake on Rob's part, giving away his current time zone, though at that moment it felt like the least of their problems.

"Rob, you're going to have to listen to me and listen carefully. I believe my location has been compromised. If it's happened to me, then chances are high it's happened to you."

"What does that mean, exactly?" said Rob, who now sounded more alert to the possible danger.

"It means you have to leave the house in the next ten minutes. You have bags ready for such an eventuality?"

"Of course we do. But this is crazy."

"You need to wake Sally and Daniel, retrieve those bags, and get out of the house. The only electric device you should take is the phone you're holding, nothing else. No smart devices, phones, watches, computers. You leave them all behind. I want you to get into a car and drive a minimum of one hundred miles from your current destination in a random direction."

"You can't be serious," said Rob.

"Jesus Christ, Rob, I know we don't know each other that well,

but I think you understand me enough to know I wouldn't be wasting your time. You, Sally and Daniel are in potential danger and it's simply not worth taking any risks. Do you understand me?"

"Okay," said Rob. "I'll go and get them now."

"Before you go, listen carefully. Don't tell me your location. I presume you have an FBI handler?"

"We do," said Rob.

"That person is not to be trusted. From now on, you don't speak to anyone. No newfound friends, work colleagues... and definitely no one from the FBI. Do you understand me?"

"But that's not the protocol we were told," said Rob.

"Fuck the protocol, Rob. You take the burner phone you've got with you. The only person you answer to is me on this number, do you understand?"

"Okay, Samuel. What do we do when we're a hundred miles away from here?"

"Did the FBI give you a second alias in case something like this happened?"

"I think so. All the details are in the emergency bags."

Lynch scratched the back of his neck. The Jeep was still rumbling as if the engine was about to die.

"Take out as much cash as you can before you leave, max everything out. You won't be able to use your existing cards and I don't want you using any cards you've been given by the FBI for now. Book into a motel using cash, ideally under a different name to either your current alias or the new one the FBI gave you."

"This is crazy," said Rob. "Here, you speak to him."

"Samuel, is that you?"

Lynch closed his eyes at the sound of Sally's voice. He hadn't expected to be react so viscerally to it, his pulse spiking as adrenaline flooded his bloodstream. Lynch cursed himself for his easy

emotions. It was so good to hear his ex-wife's voice that he was on the brink of tears.

"Hello, Sally," he said. "I've explained everything to Rob. You need to get out of there. Get Daniel to safety and fast."

Lynch could hear her shallow breathing down the line, but she didn't answer. "Please, just trust me, Sally. I'll be in contact soon. As I've told Rob, do not answer the phone unless it's from me on this number, do you understand?"

"What about Sandra?" said Sally. "She gave us a second number before we left, she knows where we're staying."

"Okay," said Lynch. "If she calls, you can answer, but only her or me, do you understand?"

"Where are you, Samuel? Are you okay?"

"I'm fine, Sally, don't worry about me. Go and get Daniel and get the hell out of there. I'll speak to you soon. Now I've got to go," he said, hanging up before she had the opportunity to hear the worry and sadness in his voice.

5

Rose ate breakfast alone.

It was 6.30 a.m. and the Chicago skyline was already lit by the morning sun. Snow still peppered the building but in the harsh light of dawn, the night's rain having melted some of the covering, the city presented a less picturesque quality than last night.

Rose's sister, Abigail, would be getting ready for work. Rose finished her bowl of fruit salad and gave her a call. Things had been frosty between the sisters after their mother's death. Rose had been working on the Controller investigation, leaving Abigail to care for their mother during the last few months of palliative care. That Rose hadn't been there when their mother succumbed to her cancer had caused a rift that had never fully healed.

She tried to remember the last call she'd had with Abigail. Had she said something to upset her sister? Had the conversation somehow got around to their mom? Sometimes, that was an inevitability and it always meant downhill from there. It usually led to Abigail accusing her of putting her job first, and accusa-

tions that she'd abandoned the family during the last few weeks of her mother's life. The fact that she couldn't remember when they'd last talked was proof enough that it had been too long.

"Hello," said Abigail, answering just before Rose was about to hang up.

Rose's voice caught in her throat. "Hi, Abi."

"Everything okay?" Her sister sounded on good form, her voice bright and cheery.

"Just checking in. Feels like we haven't spoken for ages."

There was a pause before Abigail answered. Rose wondered if she was planning to dredge up old differences. "Just been busy with work. It would be good to catch up soon but I'm running late. You sure you're okay?"

It was Rose's turn to hesitate. Every time she spoke to her sister, she felt as if there were a hundred things she wanted to say but the words would never form. Even now, she wanted to tell her sister she loved her, but feared what she would say in response. "All good here. Let's catch up soon."

"Okay, bye," said Abigail, hanging up

Rose showered and changed, replaying the conversation with her sister in her head, wondering if she could have handled it in a different way. At least she sounded happy and not annoyed with her, which was her default position.

At 7:00 a.m. precisely, she opened her hotel room door and found McBride waiting for her in

THE HALL with two cups of coffee. "Jesus, McBride. Do you want to get shot?" she said.

"I thought you might need a morning's pick-me-up," said McBride, his sunglasses

. . .

DANGLING from the lapel of his suit jacket.

"KNOCK NEXT TIME. It beats lingering outside like a psycho."

"Roger."

As they headed to the elevators, Rose thought about how McBride was the only person in the FBI she could trust. After Balfour's defection, and the numerous other agents who'd been linked to the Railroad, there'd been a thorough investigation into the ranks. Everyone had had to undergo a medical. Members of the Railroad had tattoos of tracks burned into their skin like a brand. It was believed each crosstie represented one life taken. Over thirty-five FBI agents had refused the examination and subsequently left the bureau. Of those thirty-five, twenty were now missing, the other fifteen under close surveillance.

The snow was melting as they drove through the city, the pavement and sidewalks a dirty yellow-brown. They drove straight to the FBI field office, where the Andersons' bodies were being stored in preparation for the autopsies that day.

Detective Watkins met them in the foyer, the lanyard around his neck proudly displaying *guest*. Again, Rose was surprised there hadn't been more of a fuss about the bodies being moved here and the autopsy being conducted by the FBI.

"I think there's time for coffee," he said as Rose and McBride cleared security.

Rose's stomach lurched at the thought of ingesting anything. She knew what was in store. One coffee rattling around her stomach was enough.

"I'm fine," she said. A message pinged on her phone. "They're ready for us."

They were greeted in the pathology department in the base-

ment by Dr Angela Cook, who had put together a team at short notice so they could get all four autopsies conducted on the same day. The white walls of the department were a constant throughout the bureau and at that moment Rose could have been anywhere in the country.

She introduced herself, McBride and Watkins to the pathologist.

"We have a long day ahead of us," said Cook. "We'd better get cracking."

"A long day" proved to be an understatement. With only an occasional break, despite the number of pathologists working in tandem, they were there for nine hours. They watched from behind a screen. Each of the pathologists was mic'd up so that the FBI agents could hear the commentary as they began cutting into the corpses.

It never got any easier to witness. Rose had learned to tune out of the grizzly reality of what she saw during autopsies, but that didn't mean she wasn't affected. The Andersons had been brutally murdered and she had no way of rectifying that, but there was a chance she could find those responsible and the autopsies were the first step to that.

Each of the four family members had died from wounds to the back of the neck. The blows had been brutal, the doctor suggesting the same pickaxe with a blade width of four inches had been used to kill all of them. Despite the ferocity of the blows – which in Mr. Anderson's case were particularly violent, severing the back of his neck, making a three-inch laceration between his third and fourth cervical vertebrae – Dr Cook believed each family member had died from the first or second impact. Each of them had bled out as their carotid artery was severed.

"We can estimate the time of death for each," said Dr Cook,

once the autopsies were finished. "I would suggest there was a gap between each killing of possibly forty-five minutes."

"I'm not sure I want to hear this," said Rose, noting once more the similarities with the Gunn massacre, where Alistair Gunn's son had been forced to watch his parents and brother die at Gregor Razinski's hand.

"Obviously I have no idea why, that will be up to you," said Dr Cook, "but the father was the first to go, then the mother, and finally the teenage boys. The eldest son was killed approximately an hour after the youngest. These are approximations, of course."

Rose's chest tightened. It was impossible to imagine how the scene from the Anderson house could have been any worse. But having to sit in fear while your parents and brother were killed was something beyond her comprehension. She didn't want to guess what Jacob Anderson had been thinking in those last few minutes, the remains of his family left for him to view as he waited to die. If it had been her, she would have willed the killing blade to come.

It was still possible this had simply been a random killing, but the staging made it appear personal in nature. What at first had seemed frenzied now felt calculated and cold, making it easier to imagine that someone like Wilberforce Mallard was behind it.

[#]

It was after 9.00 p.m. when Rose returned to the hotel. She had a late dinner in the downstairs restaurant with McBride, which she barely touched. The sights and smells of the autopsy were still too fresh in her mind.

"You would have thought there would have been a message

by now," said McBride, biting into his sirloin steak as if he didn't have a care in the world.

"That's presuming it's Mallard or one of his sycophants," said Rose, the sight of the blood in McBride's steak enough for her to fold her cutlery onto her plate and push it in front of her.

McBride was right. If it was Mallard or one of the Railroad then they would probably already have confirmed responsibility. It was a power play Mallard liked to use. He thought he was cleverer than anyone else.

After the explosion at the compound, Lynch had described the conversations he'd had with the man. Mallard believed he'd evolved beyond the human condition to become something else, something superior. This was a typical trait in psychopaths: the certain belief that they were not like other people. If Mallard was involved in the Anderson murder, then she expected to hear from him from one way or another, and soon.

"It could be a copycat killing," she said, trying to convince herself that he wasn't involved.

"They have some of the details right, I suppose, though Razinski never escaped after his spree." McBride finished off his steak and wiped the side of his mouth. "It all seems very personal as well. Perhaps it was a punishment for something Anderson did."

Every inch of Anderson's life was currently being examined by Rose's team. If, like Alistair Gunn, who'd designed the underground complex and tunnels in East Texas, Anderson had any connection to the Railroad, they would uncover it sooner or later.

Could Mallard really still be alive? The explosions that had eventually destroyed his compound had been detonated from inside. The working hypothesis was that Mallard had destroyed the place himself.

Rose still thought that he had wanted to go out on his own terms, demolishing his kingdom, and possibly himself, before someone else did it for him. But this potentially changed everything. It raised so many questions about what he'd been doing for the last four years, but the more pertinent question was what he was intending to do now.

McBride tried to interest her in a nightcap at the hotel bar, but a day of seeing bodies being cut up had destroyed her enthusiasm for socializing of any kind. They said their goodbyes in the foyer and Rose took the elevator upstairs, her mind working overtime as she thought of the Andersons' last moments on earth, each suffering in their own distinct way as the killer took them one by one.

Back in the hotel room, she put the chain on the door. It was little more than a ceremonial gesture, but she felt more comfortable being secured in the room. Despite refusing McBride's invitation, she found herself opening the minibar and pouring herself two measures of vodka. "This is starting to become a habit," she said to herself, sipping at the clear liquid, which was much smoother than last night's whisky.

It was late, but she decided to call Abigail again. Trawling through her messages, Rose realized that would never have happened when they'd been younger.

Rose recalled her first few weeks in Quantico training with the FBI, and how she'd spoken to Abigail every day, her sister's voice a calming balm after the arduous hours of physical and mental strain. And now it had come to this, a tired message on an answering machine.

"Call me if you get this," she said, even though she knew her sister never listened to her messages.

A knock on the door came a few minutes later, a steady rap of six beats. Rose was immediately put on alert. She hadn't

called room service and McBride would have called ahead if he'd wanted to speak to her. She drew her firearm. It may have been an overreaction to the situation, but these were not normal times.

She knew better than to look through the peephole. "Who is it?" she said, standing to the side of the door.

"It's me," came a voice, at once familiar and unfamiliar, as if the person on the other side was doing a poor impersonation of someone she'd once known.

Rose considered calling McBride, but if the Railroad were here for her then they would have their sights on him too. She glanced down at her Glock 17m. The gun didn't have a manual safety and she wanted to check the weapon was still there, the magazine firmly in place, the weight comforting in her hand. She pulled off the chain and opened the door in one quick movement, standing out of sight to the side, her gun held down in front of her.

"It's me, Rose," came the voice.

"Why didn't you call?" said Rose, still not looking round into the corridor.

"I was going to but then I thought it too risky."

"What was the number you were going to call?"

The man quoted her phone number verbatim without a hint of hesitation. If he'd been saying it under duress, then he would have purposely missed one of the digits. Still, she kept the gun in front of her as she leaned out to face him. She hadn't seen him in nearly four years and those years hadn't been kind. He'd lost weight. His frame was wiry, and his thinning hair now a patch of silver grey.

"Good to see you," said Samuel Lynch.

"It's good to see you too, Samuel. Though you could have done it in a less nerve-wracking way. Come in," she said, checking the corridor as she ushered him in.

“I had to make sure no one was following me,” said Lynch, moving his hands slowly to his pocket. “I’ve something to show you.” He withdrew a gleaming silver-blue metallic model of a locomotive.

One that was identical to the model train found at the Andersons’ crime scene.

6

Lynch all but stumbled into the hotel room. As when he'd spoken to Sally, seeing Sandra Rose again affected him more than he'd anticipated. As she stood in the entrance, the gun finally lowered by her side, he'd wanted to embrace her. He sensed she wanted to do the same, but there remained a residual awkwardness between them.

She offered him the solitary armchair, which he took after scanning the area for danger. They tiptoed around each other or a few minutes, Lynch holding the model of the locomotive, wrapped in a plastic evidence bag, in his hands like a security blanket.

The first time he'd met Rose had been at the secret compound where Razinski had been held prisoner. At first, she'd treated him with suspicion, but soon they were escaping the explosions together and Rose drove him to a safehouse. To this day he didn't know how it happened. Maybe it was the effect of the adrenaline or the sheer relief of surviving when so many others had died, but after they reached the house, they'd slept together. He'd never told her, but he felt a connection that day he hadn't felt since Sally.

Now, however, he felt ugly and worthless in her presence. He'd been out of her league then, and now they were definitely in different universes. His hair was unkempt, his clothes disheveled and his skin felt papery and loose.

He was relieved when Rose looked him up and down and smiled. "Drink?" she said.

"I thought you'd never ask," he said, playing with the toy locomotive.

Her fingers brushed against his as she handed him a bottle of beer from the mini-fridge. Maybe twenty years ago when he'd been more confident, his life not destroyed by years of experience, he might have reached out for her. Instead, he accepted the bottle with a nervous smile.

"It's good to see you again, Samuel," said Rose, sipping from her own bottle of beer.

"Oh, we're on first name terms now, are we?" said Lynch. "In that case it's great to see you too, Sandra."

"Only my sister calls me Sandra."

"Curse of having two first names, I guess."

"I think I've heard that somewhere before. Cheers." They clinked bottles, Lynch sneaking a glance at Rose as she took another drink.

They sat in silence for a while, Lynch feeling more rested than he'd felt in months. "So, would you like to tell me how the hell you have that?" said Rose, placing her bottle on the floor next to her.

Lynch placed the evidence bag on the side and told her how he'd received the package yesterday.

"An Amazon delivery?" asked Rose, incredulous.

"Yes. Addressed to my alias. So I knew my cover had been blown."

"Have you looked it over?"

"Yes. You can order them online but there was an inscription."

"'Texas Eagle'?" said Rose.

"Bingo."

Rose sighed. "What about Sally and Daniel?"

"I spoke to Rob yesterday. I told him not to speak to his handler and to leave immediately. I called them enroute to here; they're over one hundred miles away from their safehouse. They're waiting on a call from you."

"And why didn't you call me?" said Rose. "I have your number memorized."

"I did. At least, I pressed the call button, but I hung up before the first ring. I thought if I was compromised, they might be onto you as well. So instead of calling you, I managed to track you down – a federal agent in the course of their work." Lynch shook his head, before taking another sip of beer. "You really need to work on your security, Special Agent Rose."

"What are we going to do about Sally? I've had no call from the handler, but that doesn't mean anything. They've been in witness protection for over three years so they won't be checking in that often. I doubt they know they've gone yet."

"Unless they're involved," said Lynch. "Who do you have looking after them?"

"You won't know him, a young agent called Marcus Rutherford. I conducted his checks personally."

"You think that matters?" said Lynch.

The pair of them had suffered so much betrayal during the period of the Controller investigation, and had seen so much corruption within their own organization, that it was hard for Lynch to trust anyone and he was sure Rose was the same.

"I'm sure as I can be. They're safe at the moment though?" she asked.

"Safe as they can be, living on the run."

"I'll speak to McBride. You're probably right. We should leave Rutherford out of this for now. Do you know their new location?"

"No, and I don't want to," said Lynch.

"I understand. I take it that now you've found me, you want to know what I'm doing here."

"My source updated me. When I found out, I knew I had to see you face-to-face. It sounds like a Razinski copycat murder."

Rose gave him the full details of what had happened at the Andersons' house. "And you know one of those was found at the crime scene? Waiting for us, covered in the family's blood," she said at the end, pointing to Lynch's locomotive.

"It looks like Wilberforce Mallard VI has finally got bored of being invisible, don't you think?" said Lynch.

"I'm not going to be jumping to any presumptions, but we need to be careful."

Out of nowhere a surge of anger rushed through Lynch as he remembered everything Mallard had done to destroy his life. From that first moment when he'd kidnapped Daniel, when Lynch had been on the verge of uncovering the Railroad, to last night when his new life, boring and comfortable as it had been, was ripped away from underneath him.

"We need to find him, Rose. And you know what we need to do then."

"I'm a law enforcement agent, Samuel."

Lynch finished his beer. "Yes, well, I'm not."

"What say we sleep on it? Reconvene 7:00 a.m. tomorrow morning? In the meantime, I'll speak to McBride. I'll send him over to Sally, get them somewhere safe."

If she was going to send McBride, it meant that Sally, Daniel and Rob had been reasonably close by, but Lynch didn't push.

However much he felt he had a handle on things, he knew Mallard had the type of resources which meant he could be taken at any time. And although it would need the devil himself to get the details from him, it felt much safer not knowing where his family were.

"Where are you staying?" said Rose, interrupting his maudlin thoughts.

Lynch produced a hotel card. "My new alter ego is staying just down the corridor."

"And what should we be calling you?"

"You know full well, Rose. You arranged it for me."

"I'd still like to hear it from you," said Rose with a grin.

Lynch shook his head. For a brief second, Mallard and the Railroad assassins escaped his mind. "Lyle Cleverley."

"You sound very intelligent." She smirked.

"You can call me Lyle," said Lynch, getting to his feet.

"I'll see you at seven for breakfast, Lyle. Don't be late," she said as Lynch handed her the evidence bag.

[#]

Lynch struggled to sleep. He wanted to call Sally again. He'd spoken to her again earlier on the drive to Chicago, and her voice had been a mixture of impatience and fear. He understood how she had to be feeling, her life uprooted once more. Although she had not come out and blamed him directly, he still felt the guilt deep within him.

The truth was that her life would have been infinitely better if they had never met, or if he'd ignored his preliminary research into the Railroad all those years ago. He'd been all but derided by his colleagues at the time, but continued following his leads until he was seconds from uncovering everything. It was then that Mallard took Daniel.

Rather than being deterred, Lynch had vowed to find his son. That quest killed his relationship with his wife.

It was a couple more hours before he eventually fell asleep fully clothed, four more beers nestled in his stomach. He jumped awake as his alarm sounded. It took him a few seconds to adjust to his new surroundings, and for a brief time he was back in captivity in one of Mallard's shipping containers, living in his own waste as he waited to die. He shook his head, banishing the memory, and struggled towards the bathroom. His body still carried the marks of his injuries and he felt his age as he stepped in the shower and allowed the hot jets to wash away the grime of the last twenty-four hours.

Rose was already at breakfast by the time he arrived downstairs. She was at the back of the room, watching everyone who entered and left.

"I had a call from McBride an hour ago. He's with Sally and Rob... and Daniel, of course. We have a safehouse, the location of which is known only to myself and McBride. We'll keep them there until this blows over. I'll leave McBride with them until we can find a suitable replacement."

"You're sure you can trust anyone else?" said Lynch, taking a seat opposite her, his back to the rest of the room.

Rose went to touch his hand, before hesitating and pouring him some coffee. "I won't put them in any danger," she said. "Now, what are you going to eat?"

[#]

Lynch looked better for having a night's sleep, though the tiredness was still evident in his eyes. He'd obviously showered and changed, his hair no longer the greasy, matted mess it had been last night. As they ate breakfast together, Rose wondered if she should tell him that Sally and her family had relocated to

Iowa City four years ago. He obviously didn't want to know where they were now, but the relevance of their location had to be considered. Iowa City was less than a four-hour drive away. They'd driven northwest after Lynch's call but were still close enough for McBride to reach their location in the early morning. For now, she had to hope that it was a coincidence they were so close.

"I've been given permission for you to work with us," said Rose, sipping on her coffee, her eyes alighting on two heavy-set men who had just entered the dining area.

"You've been busy. Your stock must be pretty high if they're letting me work with you."

Rose had been offered an assistant directorship after East Texas, but had declined it to head up the Railroad investigation. "Are you carrying?" she asked.

Lynch frowned. "You need to know?"

"We're going to the FBI field office, Lynch, so yes."

"I think you know that I'm carrying, Rose, but it's all legal."

"You'll have to hand it in when we get there."

"Are the bureau going to issue me a firearm?"

"You're working with me, Lynch, not for the FBI. They won't be giving you anything except a list of mediocre powers and a contract that says you'll do what you're told."

"Just like old times."

"So it is, Lyle," said Rose, standing up. "Meet you in the foyer in thirty minutes."

She felt his gaze on her as she walked past the food counter. The two heavy-set me she'd seen entering were busy heaping their plates with waffles and bacon. They appeared harmless enough but she memorized their appearances.

Back in her hotel room, she brushed her teeth and called Abigail again. She hung up as the call went to voicemail, then

collected the evidence bag with Lynch's locomotive before leaving the room.

[#]

Lynch was processed by the team at the FBI's Chicago field office. The SAC there wanted to put Lynch through a formal hiring process so Rose was forced to pull rank and get him appointed directly by Director Miller. Lynch was given the role of consultant agent under Rose's oversight.

In the incident room, Rose's small team worked through everything they had on the Anderson family. Although CPD were still involved, Rose sent agents to question Nathan Anderson's colleagues at his law firm, as well as the people Nadine Anderson worked with in her charity organizations. Rose managed the data as it came through, as analysts searched through Nathan Anderson's law clients searching for a link, however minor, to Mallard.

Rose took her first break late afternoon. She left the incident room with a sigh. The air in the corridor was stale, and there was a hint of dampness to the walls she hadn't noticed before. She pressed the button for the elevator, and was about to step inside when her phone went off. Her first thought was that Abigail was returning her calls, but she looked down to see Detective Watkins' name on the display.

"Watkins," she answered, moving away from the elevator and the bemused looks of two women who'd been waiting for her to enter.

"Agent Rose, there's been a development."

She'd already spoken to Watkins twice that day, and she wondered why he was calling on her cell phone. Her mind was racing in a hundred different directions as she asked for details,

and she began to convince herself that Watkins was going to say Abigail's name.

"There's been another killing," he said. "A different MO, but one consistent thing with the Anderson killings."

"Let me guess. A model locomotive was left at the scene."

"Almost," said Watkins. "This time it was a railroad car. Whoever's doing this is building themselves a little train."

7

The body had been found in Joliet, an hour southwest from downtown Chicago.

Rose drove them out on I-90, barely saying a word. It was all Lynch could do to tear his eyes away from her. Seeing her again had triggered something in him and he didn't know how to respond.

He leaned back in his seat and closed his eyes, attuning himself to the motion of the car on the interstate. He marveled at how quickly life could change. A decade or so ago he'd been riding high in the bureau, but within a matter of weeks it had all ended. His obsession with the Railroad had destroyed his career and led to Daniel being kidnapped. Since then, his life had revolved around the Railroad, and although he'd managed to find moments of stability, here he was again.

Rose had clearly understood the subtext the other evening when he told her what they would have to do if they ever found Mallard. She'd made some vague excuse about being a law enforcement agent, but Lynch was sure if he got the opportunity to kill Mallard, she wouldn't stand in his way.

As for him, he wouldn't hesitate.

Mallard was a dangerous and complicated predator and was central to every bad thing that had ever happened to Lynch. If he had the chance, he would kill him without a second thought. And if that opportunity didn't arise, then soon he would have to consider another option to stop Mallard hounding the ones he loved.

The police had cordoned off the crime scene at the Washington Road parking lot. The temperature in Joliet was a couple of degrees colder than Chicago. Lynch slipped on a pane of ice as he left the car, pulling his left thigh muscle. He grunted under his breath and stood still for ten seconds to let the pain subside. Snow was falling, and the majority of the cars in the parking lot were beneath white blankets. To the southeast of the lot, the CSIs had already erected a tent to cover the body.

Watkins had arrived just before them. He'd just left his car and was already walking over to the crime scene without waiting, something Rose had clearly noticed. "You'd better put this on, *Acting Agent Lynch*," she said, throwing him a lanyard.

Lynch looked at his name on the plastic badge. It looked official enough, but didn't feel real to him. "Is this even a thing?" he asked.

"You can thank Director Miller for that one," said Rose, and was in pursuit of Watkins before Lynch had even put his ID on.

Lynch showed his lanyard to the officers guarding the scene and made his way over to the CSI tent, where Rose was in deep conversation with Watkins and two officers from Joliet. His feet made deep footprints in the snow. He was stopped at the tent by another Joliet officer, a bored-looking man in his fifties who stood with his arms folded.

"I can't let you in yet, sir," said the officer, glancing at the lanyard around Lynch's neck. The man wore sergeant stripes. His round face was cleanly shaven, and Lynch could see no trace of hair poking out from his JPD hat.

"Have you seen the scene?" said Lynch, noting a hint of hostility in the officer's voice.

"A brief glimpse. I'm sure you know as much as I do. Anonymous call came in at 2.40 p.m. It looks like someone has hacked the neck of the victim."

"And the railroad car?" said Lynch, trying not to shiver as the freezing air reached his bones.

The officer looked him up and down, squinting his eyes as he peered again at Lynch's lanyard. "It's you, isn't it?"

Lynch was well-known in police circles, but not necessarily in a good way. He might have been the one to finally bring the Railroad to light, and save some of the poor unfortunate souls in Mallard's compound, but he'd also been present for the multiple FBI agents' deaths both at the compound and East Texas. Hundreds of people had died on Lynch's watch, including many police officers and agents. The fact that many of them had been corrupt didn't always register with his colleagues. Lynch knew that because of this, he was treated with suspicion wherever he went, and that many people even blamed him for what had happened. It was pointless engaging when he came across someone like that.

Lynch was glad to see Rose shuffling through the snow towards them. "Thank you, Sergeant," he said, receiving a curt nod of the head from the officer as he walked away.

"They won't let me in. This means nothing." He held up his lanyard to Rose, and pretended to pout.

Rose raised her eyebrows. "Don't worry, I'll see if I can get you a big boy badge at some point. But it's not going to be a problem for much longer. I've just spoken to Director Miller. We're taking over everything now. I can't risk having local police involved. I have my own team flying in from Washington. I need to be able to trust everyone."

Lynch could see her breath as she spoke. Both of them knew

it was going to be impossible to trust everyone, even if she did bring in her own team, but he was sure she'd made the right decision. "Mind if I tell baldie over there myself?" he asked.

"Let's wait a while, shall we," said Rose, "keep them on our side while we can?"

Thirty minutes later, the pair of them were donning white protective suits and had been allowed inside the tent. The temperature inside was only a little warmer. The CSIs were still recording the scene, two of them working on the corpse who lay in the corner of the tent dusted in a covering of snow like a Christmas ornament.

"Cause of death speaks for itself," said one of the CSIs as they walked over, pointing to a large patch of maroon at the back of the victim's head where the blood had melted the snow. "I've counted at least five wounds, all on the neck. Appears the artery was severed."

"What sort of weapon was used?" asked Lynch.

"Some sort of axe, four-inch blade. I read the report of the case back in Chicago. Again, I'm not saying anything for sure, but I'd be surprised if it wasn't the same weapon, or at least the same type of weapon."

"And the railroad car?"

"It's on the evidence counter. Next to the victim's neck. Just in case we couldn't find it."

"And do we have an ID?"

"Not yet, he doesn't seem to have been carrying any. No phone, wallet or keys. It could have been a robbery but there's easier ways to go about it, I guess."

They both stepped outside, a flurry of snow dropping onto their heads. Lynch took off his CSI mask in time to see Detective Watkins walking over to them with some purpose.

"Looks like our cooperative detective as has been given the bad news," said Lynch under his breath.

Rose tore off her mask, the array of freckles on the bridge of her nose prominent in the glare of the mid-afternoon sun. "It's nothing personal, Detective, it's orders," she said, before Watkins had chance to speak. "We can still liaise with each other. But we're just going to head the investigation."

"Is that right? Well, cooperation's a two-way street," said the detective, turning and walking away, his left foot catching in the snow.

"Another satisfied customer," said Lynch, as the crime tent opened and the CSI they'd been speaking to earlier took off his mask before speaking. "I think you'll want to come back in here. We just moved the body and found something on the victim's skin."

Lynch felt his energy drain from him as he put the mask back on and stepped inside. The tented area felt smaller than before, more congested with CSIs crowding the body. He already knew what he was going to see, but he followed Rose to the corpse where a second CSI pulled up the victim's coat and shirt.

"I can take it up further, but we need to cut into the material," she said.

Rose nodded and the CSI cut away the shirt and coat, revealing the victim's back. Lynch shook his head, viewing something he'd seen too many times in the past. The victim had one of the Railroad's infamous tattoos, traditionally made with a machete. Two vertical lines – the tracks - had been cut and inked down the victim's back. Across the tracks were six jagged lines – the ties - each line supposedly representing one of the corpse's victims.

[#]

By evening, Rose had assumed oversight on the whole inves-

tigation. She'd been allocated a whole floor of the Chicago FBI office, and had a combination of agents from Washington and Chicago assigned to the murders.

Alone in the office she'd been allocated, she called McBride to get an update from his location. As she'd expected, McBride was not best pleased.

"I'm nothing more than a glorified babysitter," he said.

"I know, but you're the best babysitter I have," said Rose. "I have a pair of agents arriving tomorrow for you. You just need to hold tight until then."

She updated him on the recent developments. They now had a name for the victim found in the parking lot. Bradley Shepard was a former con who'd spent twelve years at the Stateville Correctional Center for aggravated battery. She shared the images she had of the Railroad tattoos found on his body.

"You think they're genuine?" asked McBride.

"They're identical to the tattoos we've found on members of the Railroad. Lynch can confirm it."

"How old's the scar tissue?"

"The doc thinks each of the crossties could be ten years plus, hard to tell for sure."

"So Shepard may not have been in prison when he got these?" asked McBride.

"Possibly not."

"So, we're thinking... genuine member of the Railroad?"

"It's a possibility."

"Great. Well, I'll just stay here being helpless as you get on with the proper work."

"Now, now, McBride, don't sulk. You *are* doing proper work. You know the hold Lynch seems to have over Mallard. I'm sure he'll be eternally grateful for you protecting his family, even if perhaps he won't show it. Take care now." She hung up before he could raise more objections.

Rose loaded the images of Shepard's Railroad tattoos onto the smartboard on the wall opposite. There was a knock on the door and Lynch entered before she had time to answer.

"Late night movie?" he said, glancing at the display and the ragged scars on Shepard's back: the two vertical lines and the six ragged crossties all peppered with blue ink. "It still looks genuine to me." He took a seat in one of the office's armchairs. "Although I've seen fakes before. I once ran into this man called Cooper who'd been giving these tattoos away to the highest bidder."

"I've heard about Mr. Cooper," said Rose. The tattoo artist had been found at his parlor, all the bones in both hands broken.

"At least we know he didn't do these ones."

Rose changed the image on the board to the Washington Road parking lot where Shepard's body had been discovered. It was an older image, this one not layered in snow. With the dirty greys, and sun-bleached concrete, the scene looked much more mundane and ordinary than today.

"You've noticed, I guess," she said, nodding towards the display.

"Train station less than a mile from the murder site?"

"Do you think it's just another stupid game?"

"That's why I wanted to speak to you," said Lynch, turning his laptop round so she could see the timetable on the screen. "What time do we have as the estimated death for the Andersons?"

"The pathologist thinks from 11.00 a.m. to 4.00 p.m.'"

"And the anonymous tip we had for Shepard was called in at exactly 2.40 p.m.?"

"What are you getting at, Lynch?"

Lynch clicked a button on his screen. "I have these timetables memorized but I thought I'd double check. There are four

Texas Eagle trains running at any given time, south- and northbound. One of these leaves Chicago at 1.40 p.m. on a daily basis. An hour later, at 2.40 p.m., it arrives in Joliet."

"What's the destination of the train?" said Rose.

"San Antonio."

Rose lowered her eyes. San Antonio was her old field office, the same office where the former agent Balfour had worked.

"It gets worse," said Lynch, clicking the last button. "Before each train gets there, there are another twenty-six stops. Potentially another twenty-six bodies."

8

Rose loaded the timetable of the Texas Eagle onto the smartboard, and asked two of her agents from Washington – Deborah Rodriguez and Mike Phelan – to join her and Lynch in her office. After Joliet, the timetable showed twenty-six more stations before the train would reach its destination in San Antonio. As Lynch stated, there were four trains running at any given time with the journey from Chicago to San Antonio taking over thirty hours. And that wasn't taking into account the days when the train continued on from San Antonio to Los Angeles.

"At least they're not killing every day," said Phelan.

The Andersons had been killed on Monday, Shepard's death occurring two days later.

"I don't think we can presume anything at this time. I'm not sure the killer is working to a timetable beyond the one on the board," said Rose, loading an aerial shot of Pontiac, Illinois onto the display. "If the pattern is the southbound timetable, then this is the next station."

"That's a small place," said Rodriguez, fiddling with her long,

black hair. "If we get enough bodies in the area, we could catch them in the act. Or hopefully before it."

"I say we put a number of people into the town undercover," said Lynch. "I'm happy to go. Check out the local bars, hotels, guest rooms, what there are of them, see if anything unusual has been happening of late. If there's anyone in town that shouldn't be. But I also think we have to be careful not to overrun the place. In a town that small, we'd be marked as outsiders immediately."

"Maybe we should be looking further along the line. If they're killing someone at every stop, they must have plans in motion for the other towns," said Phelan. Phelan had been present at the Gunn massacre. He'd led the SWAT team into the house where he'd been the first to witness what had happened to the family. Like so many from that time, he'd grown obsessed with the Railroad and finding its leader once and for all. "I can't believe this is the act of one person, even if it is Mallard. The killer must have people preparing things further down the route."

"It's to what end I don't understand," said Rodriguez. "What do they gain from killing people in this way beyond making a show?"

"Maybe that's the reason," said Rose. "As for the significance of the victims, that's still to be ascertained. We need more intel on Anderson. As for Shepard, it's looking more and more likely that he has some affiliation to the Railroad, either in the past or the present day. Why the killings are following the route of the Texas Eagle, I don't know, and we don't know for sure that they are. Lynch, I'll take you up on your offer. Get down there, start talking to the locals. We'll get onto local law enforcement. I'd rather they weren't involved, but we need some doors kicking down. Everyone in the area with records, anyone just out of prison. It goes without saying: we search for anyone in a fifty-

mile radius of that place who has any former links to Mallard or the Railroad whatsoever."

She shut off her laptop, the image of Pontiac train station disappearing from the smartboard. A signal for everyone to leave.

"Lynch," she said, "a word."

Lynch shut the door as Rodriguez and Phelan left the room. He wore his tiredness as he returned to his chair. Beyond the debrief, he'd never really spoken to her personally about what had happened to him at Mallard's compound. She knew he'd endured days of confinement, but he'd never shared with her the mental strain he'd suffered. And if he hadn't talked to her, she doubted he'd talked to anyone.

"You sure you're ready for this?" she asked, noting the patchwork of fine lines around his eyes.

"I may look out of shape, Special Agent Rose, but I'll have you know I keep fit. The nearest bar to me in Nebraska was a good eight-hundred-yard walk."

"That's not what I mean, and you know it."

"What else am I going to do?" said Lynch, holding up his hands. "You've heard from McBride? Sally and Daniel okay?"

"I spoke to him less than an hour ago."

"This could all be a cover, you know, a diversion. If Mallard is preparing a return, then he's going to do it with a bang."

"Twenty-six killings along the line of the Texas Eagle would certainly do it," said Rose.

"I suppose so. But don't you feel something is off here?"

"In what way?"

"Beyond the obvious? It's something's that's been nagging at me, and it's probably nothing, but it just doesn't feel like him. You know what I mean?"

It was laughable to discuss the killer in such terms, but Rose understood. The enormity of what they'd found in East Texas,

the expense and planning, the sheer scale of recruitment and the tragic crimes they'd uncovered made these latest killings, however atrocious, pale into insignificance. "We can only do what we can do," she said. "We treat this like we would any investigation and we'll just have to wait for Mallard to reveal himself."

Lynch sighed. "Let's hope we can do it before his metaphorical train reaches its destination."

9

Lynch pulled on his overcoat and gloves and left the small hotel room. He'd spent the last couple of hours pottering around, growing more and more restless. He'd considered pinning up his railroad map, but it felt like a wasted effort. He would only be here for a matter of days and all of his work was now digitized, stored away securely on a number of servers. Besides, he'd committed everything to memory, and it accompanied him in his head.

That same head was pounding as he left the building. Last night he'd found the local bar for his five nightly beers, enduring the semi-hostile looks from the locals as he sipped at every one and tried to make small talk with anyone who'd give him the time. He could still taste the dry, acrid taste, and regretted his decision-making with every step.

Fine snow dusted the streets as he made steady progress along Main Street on the hunt for somewhere to have breakfast. It should have felt good to be working again but the circumstances made that impossible.

Beyond the melancholy, there was the fear that Mallard would find him, or worse come for Sally and Daniel. Thinking

about his son always sent a flood of remorse and dread through his system. Daniel was seventeen now, nearly a man. But he'd spent most of his life in captivity without Lynch. It had taken Lynch six years to find his son, and the irony that, after finding him, Daniel had chosen not to be with his father was not lost on Lynch. The bitter truth was that Lynch was no longer his real father. Biologically, perhaps. But that was where Lynch's role ended. Rob had taken on the mantle of father-figure. Despite Lynch's early misgivings, he couldn't have wished for a better substitute father for his son.

Rose had told him yesterday that Daniel was doing well in school and had blossomed into a mature young man. But Lynch knew the years he'd stayed in Mallard's captivity would have a lasting effect on Daniel. The physical signs were obvious enough – his blindness, the difficult way he walked from the numerous fractures he'd suffered – but it was the psychological injuries Lynch feared.

Lynch himself had already had a taste of what Mallard and his followers were capable of, although his own physical suffering had been nothing in comparison to Daniel's. But those few, brutal days often caused him to wake in a sweat and made him doubt his sanity. Maybe Daniel's youth and the love of Sally and Rob would save him. There was nothing Lynch could do now except continue to pursue the man who had caused all the anguish in their lives.

He stopped at a small diner offering all-day breakfast. The change in temperature was overbearing as he entered. A little bell rang as he shut the door behind him. His skin burst out in prickles of sweat as the locals gave him a cursory glance before turning back to their food.

A booth was available at the far end. Lynch took it so he could see everyone entering and leaving. He nodded as the waitress brought him coffee, and ordered eggs over easy on rye toast.

"Have I done something wrong?" he said when the waitress returned ten minutes later with his food.

The waitress raised her eyebrows. Lynch imagined she was the same age as him and was probably pretty beneath the tired eyes and poorly applied makeup.

"What makes you think you've done something wrong?" she asked.

"Just the general vibe I'm getting from everyone."

"I think you're being a bit paranoid. Folks are just curious seeing someone new here, that's all. We're a friendly bunch here, even if we don't look it."

"So you don't get many strangers then?" asked Lynch.

The waitress held his gaze, a look of curiosity forming in her eyes. "It's hardly the Wild West."

"No, but it looks like a strong community. Do you get many people just passing through?"

"Are you after someone?" said the waitress with a smile.

"Is it that obvious?" Lynch matched her grin. "No, nothing like that, I'm just a journalist. I'm working a longform piece about smalltown America, just curious as to who decides to visit such wonderful places," he said, rehashing the routine he'd been using since arriving in the town.

"Wonderful places, huh?" said the waitress.

"I guess everywhere looks nice in the snow."

"I guess you're right. We're not overrun with strangers, but we get our share."

"Any stay in the memory?"

"Now that would be telling," said the waitress, filling his coffee. "All that said, I think you'll be there for a little while." She turned and walked away.

Lynch was out of practice at talking to women. He couldn't tell if the waitress had been flirting with him or just humoring the sad sack sitting alone in a booth, asking eccentric questions.

He studied the other patrons as he ate his eggs. Ordinary people getting on with their lives: the young family in one booth, a number of blue-collar workers at the counter, a couple holding hands by the front door. But ordinary didn't apply when it came to Mallard. His web spread everywhere and Lynch knew from bitter experience the depths of depravity seemingly innocuous people could stoop to.

His jailer, Ethan, had been harmless looking. He'd been in his early twenties: polite, shy, and easily led. Lynch had been forced to shoot him after using him as a means of escape and it was only later that he'd learned of the crimes Ethan had committed, the depravity he'd brushed aside during their long conversations in the cell.

Lynch could count the number of people he could fully trust on one hand. Anyone in the diner, perhaps except for the two young children giggling with their father in an adjacent booth, could be a member of the Railroad. It wasn't an ideal way to live, treating everyone he met as if they were capable of the most heinous crimes, but it was the way he'd lived for the last decade or so and would be the way he lived until the day he died.

Lynch left a big tip for the waitress and pulled on his gloves before stepping out into the town. He double checked the train times on his phone. It was still five hours until the Texas Eagle made its brief stop in Pontiac. It was hard to assign any pattern to the killer's actions yet. Even the suggestion that they were following the Texas Eagle timetable was still conjecture. But if they were staging a kill every other day, as the pattern was so far, then nothing would be happening until tomorrow.

That didn't make the job of gathering information any easier. The streets were all but deserted because of the snow, and Lynch was forced to enter every store he passed: a hardware store, a bakery where he bought himself a pastry for later, another diner where he drank more coffee and tried to strike up conversations

with the locals. But what could he really ask them? "I don't suppose you've seen any pickaxe-wielding psychopaths on your travels lately? Only, we think they're going to kill again and it's going to happen somewhere in your small town."

Lynch continued walking until he felt he'd covered every inch of the place. He could have been in any small town in middle America. With the steady snowfall, the place didn't feel much different to Hastings. Not that he'd had any feelings either way for his hometown these last four years. It had been just another place to live out his existence. He could as easily settle here in Pontiac and not know the difference. Here, if he wanted, he could grab breakfast daily at the diner and walk the streets until his weary body was fatigued, before heading home to try and sleep. Rinse and repeat.

He arrived at the train station an hour before the Texas Eagle was due. He clocked Phelan a hundred yards away, taking photographs of everyone entering and leaving the building. He considered waving at the agent but decided it was a dick move. Rose trusted the man and that was good enough for him.

The station was smaller than he'd anticipated: a single counter – behind which the clerk was reading a book – and two platforms, both outside the main building. He showed his identification to the clerk, who looked nonplussed as she granted him access to the platforms where the tracks bisected the station parallel to the highway.

Lynch hated trains. The last time he'd been on one had been Mallard's almost futuristic private train with its gleaming chrome shell, sleek interior, and impossibly quiet engine. It was where he'd first known for sure of the Railroad's existence and the scope and magnitude of the people involved.

If he had his way, he would never step on a train again after the events of the last few years. As the platform began to fill, a knot formed in his stomach. Again, he treated everyone on the

platform as a potential suspect, but save for arresting them all there was no way to know of their involvement, and probabilities were high that they had no role to play.

He felt the train before it arrived, a tremor vibrating through the bench he sat on as the tracks took the pressure of the oncoming locomotive. He thought back to those two blood-soaked train models that had been found at the crime scenes, and the gleaming metal version that had been sent to him. Neither were like the tired-looking vehicle that passed by with its exterior of dirty chrome, silver and blue. He watched the passengers get on and off as if he were an old-style porter, and waited until the platform was deserted before leaving the station.

No doubt Special Agent Phelan would have a nice stash of digitized photographs of the same passengers, which were already being analyzed. But Lynch doubted the killer would be found in any of those images.

The snow was falling heavily as he left the building. He glanced down the street, this time deeming it acceptable to offer Phelan a quick wave. He walked back towards the diner, the flurries increasing in intensity. He briefly wondered if the waitress would still be inside, but even if she was, what would he have to say to her? He gave a cursory glance but the windows were all frosted over so he continued walking, his body growing numb in the plummeting temperatures, the snow blurring his vision so he could see less than a couple of yards in front of him. Now would be the perfect time for Mallard to strike. Lynch half expected, half welcomed the idea.

He hated feeling sorry for himself and was sure it was a familiar refrain of middle-aged men throughout the country, but he had to wonder at the point of his existence. Once it had been his career, then his family *and* career, and finally it had been

finding Daniel. With that achieved and his son living his life away from him, there didn't seem much point going on.

Lynch had glanced at his firearm many evenings after returning from the local bar. There were ways to do it and ways not to. But Lynch knew he could take that gun, press it firmly under his chin and put an end to all of this misery. Why he'd kept strong, he didn't know. Maybe it was for a moment like this, that certain knowledge that Mallard would return and threaten everything. Or maybe deep down, he'd been too scared.

He walked through the door of the small hotel, shivering as hot air descended from the heater above. The attacker had missed their chance. He exchanged smiles with the receptionist and made the slow trudge to his room. He checked the corridor before entering and secured the room before sitting down on the bed. Had Rose been humoring him by sending him here? He hadn't been an agent for almost a decade, and his new plastic ID didn't change anything. The truth was, his family would be better off without him, as would Rose and this investigation. He'd never felt so irrelevant in his life, and as he lay back on his pillows, he considered whether he should just disappear for good.

10

There were many parts of the city Agent Tariq Ramović would have liked to have been in at this time of night, but the back alleys of north side St Louis wasn't one of them. The call from Travis Mayweather had come late last evening. Tariq hadn't heard from Mayweather in nearly four years, and Tariq was treating the call with suspicion. Mayweather was a conduit of sorts, and an old CHS – confidential human source - but had disappeared off Tariq's radar until recently. His call couldn't be ignored, but as the sound of scurrying rodents reached his ears, Tariq regretting not meeting him in a more public place.

The alley led to a blackened door which appeared to be fused to the wall. Tariq knocked on the door, aware of the smell of piss and garbage intensifying the cold night air. He'd been here only once before. He hadn't liked it then and he didn't like it now. But Travis had promised him information on a set of armed robberies in the east side of the city and Tariq needed something to get his career back on track after a recent botched investigation.

He knocked on the back door again, glancing behind him at

further signs of the night-time wildlife. The haze of the city's lights was evident in the distance, but this was no picture postcard scene. There was no sightline of the Gateway Arch, just rows and rows of semi-derelict houses and signs of wasted lives.

He called Travis's phone but there was no answer, so he knocked on the door once more already planning what he would do to his one-time collaborator if he was wasting his time. There was a slight give, and as he leant into the brittle doorframe with his not inconsiderable weight, the hinges splintered, and the door fell open.

"Mayweather? Are you in here, you dick?" he said, standing on the threshold to the ground floor apartment.

He wasn't here officially; how could he be? Mayweather was on the FBI's wanted list. If Tariq admitted to being here, he'd be forced to take the man in and that wouldn't do Tariq any good.

"Goddammit, Mayweather," he shouted, pulling the Glock from its holster, the weapon unregistered, his FBI-issued firearm under lock and key back at his house.

He'd remembered the place being rough, but this took the meaning to a whole new level. Trash covered every available space and he was forced to step over a moving carpet of pizza boxes and soda cups, and this was just the entrance.

"I hope for your sake that you're not in here, Mayweather. Because if you are and you're ignoring me, I'm going to have to shoot you."

Tariq stood stock still, listening for a response. The only sound the distant hum of night-time traffic. Tariq's right arm was tense. He didn't want to be here, especially without backup. But Mayweather had sounded so convincing on the phone last night. A bust in the armed robbery case would ease so many pressures, and if it meant dealing with this lowlife and stumbling through his garbage, then it was a pain he was willing to endure.

A noise from further inside the apartment disturbed the silence. Tariq jolted in surprise at the sound of dance music ripping through the air.

"Very fucking funny, Mayweather," he said, lowering his gun and walking to the source of the sound. A room at the far end of the corridor that from memory was Mayweather's bedroom.

He couldn't hear the sound of his footsteps on the discarded garbage as he trundled down the hallway. He could already picture himself striking Mayweather with the butt of his gun, and God help him if he didn't have the information he wanted.

But those thoughts vanished in an instant as he stuck his head into the bedroom and saw Travis Mayweather – at least what was left of him – slumped against two giant, vibrating speakers, which were causing his corpse to shake. Tariq raised his gun, but it was too late. A metallic bar was brought down hard on his right arm, the sound of his bone snapping somehow audible in the constant dirge of the dance music. The gun slipped from Tariq's hand as the bar was swung once more and made contact with his jaw.

"I don't suppose you remember me," said his assailant, who held the metal bar in one hand and a semiautomatic rifle in the other.

Tariq blinked, blood filled his eyes and he could barely see an inch in front of him. He went to speak, but as he moved his mouth he howled in pain.

"Best not to worry," said the man, placing a zip tie to Tariq's wrists and tying his hands behind his back.

Once Tariq was secure, the assailant dropped the metal bar and from the belt of his pants pulled out a hunting knife.

"There's still some time until your train arrives, Agent Ramović," said the man. "Time enough, at least, for us to get a bit more acquainted."

11

The snow had melted by Friday morning in Chicago. Rose and McBride sat in a chain coffee shop downtown waiting for Bradley Shepard's former parole officer, Joyce Kennedy, to arrive. Rose winced at her bitter Americano as they sat side by side surveying the store.

"Tell me again," said Rose.

"Anyone would feel you don't trust me," said McBride. "Lennox is in charge. There are three teams on an eight-hour rolling basis. Sally, Rob and Daniel are fine. They want this over as soon as possible, naturally, to get back to their normal life. But for now, they're content."

Rose checked the schematics on her tablet. The three teams were on rolling shifts, each rostered for sixteen hours at a time. When they were not guarding the property, they were either resting or watching the site from afar. It was as safe as Rose could make the place for Lynch's family, yet she feared that however much protection they put in place it would never be enough.

Joyce Kennedy arrived forty-five minutes late. McBride was about to chide her but Rose put her hand on his arm and told

him to get the woman a drink. “Thank you for coming to see us, Mrs. Kennedy,” she said once McBride had returned with a cappuccino.

“It couldn’t have come at a worse time,” said Kennedy. “It’s my daughter’s wedding in three weeks, and you wouldn’t believe the preparations.”

Rose sensed McBride tensing next to her. Kennedy had been retired the last four years and it was obvious her priorities were elsewhere. “We need to speak to you about one of your former clients, Bradley Shepard,” said Rose. “You may remember from the phone call.”

“I may be retired but I’m not senile, Agent Rose. I remember him. I remember them all, in fact; I have a perfect recall for names and faces.”

“You must have been sad to hear about what happened to him, then?” said McBride.

“It’s not quite the emotion I would use. That might sound callous, but some of the people I used to work with... I’m sure you both understand. I’m afraid Mr. Shepard wasn’t a very nice person, before, during, or after his incarceration. I wouldn’t wish death upon anyone, and especially not in the violent manner in which he went, but I can’t say I’ll be shedding a tear this evening.”

“What can you tell us about him?” asked Rose.

“Beyond what you’ve already shared,” added McBride.

“He had to report to me once a week for the first six months after he was released.”

“And did he?”

“For the first four months, yes. They’re pretty punctual to begin with because they know there’ll be a warrant for their arrest if they don’t.”

“What did you discuss when you met up?” asked McBride.

Kennedy smiled and drank her cappuccino. “We go into

these careers with our eyes shut, don't we?" she said. "I wanted to make a difference, like we all do. Like I'm sure you two do. I wanted to help rehabilitate those poor individuals shunned by society, get them back into a new life. That's how it was sold to me. Can you believe that? Supposedly we'd help get these convicts a place to live, new jobs, a fresh start in life. The problem with convicts like Shepard is that they're beyond rehabilitation. Everyone knows it, but we still play the game."

"You must have had targets, things you were supposed to do for him?" said Rose.

"We certainly had paperwork, but by the end of my career I was working with these high-level criminals. When I say high-level, what I mean is high-offending, long sentences. No amount of money or support in the world would help. It's not the way they're made. There're only two options for people like Shepard: a return to crime, or a death sentence. And it doesn't surprise me that the latter has finally caught up with him."

Rose wasn't surprised by the weariness in the ex-parole officer's words. The resources simply weren't there to fully support the system, and she was surprised that Mrs. Kennedy had lasted until retirement. "You say he stopped coming after four months."

"We have a three-strike rule. If they don't turn up for an appointment, we give them twenty-four hours. If they don't make contact within that period, they get a final twenty-four-hour warning, then all bets are off. There was a warrant for his arrest forty-eight hours later, but no one really cares that much."

"Any signs of him during that period?" asked McBride.

"Rumors, but nothing substantial."

"And did you suspect he was involved in criminal activity during the period you were working with him?" asked Rose.

Kennedy gave them a hollow laugh. "I more than suspected it. I had over fifty convicts on my books. It was impossible to

keep track of them all. Now I don't want to be a stickler, but that wasn't my role. They come out of prison with barely anything and we expect them to be rehabilitated? Of course he went straight back into crime. Doing what, and who with, I don't know. I'm the wrong person to be asking."

"Are you happy looking at some crime scene photos?" said Rose, opening her iPad.

"I guess so."

Rose skimmed through some of the images from the parking lot where Shepard's body had been discovered. "Here," she said, pointing to a photo of Shepard face down, the Railroad tattoos carved into his back. "You recognize those?"

Kennedy held her hands out, palms up. "Listen, I've heard of you. Of course I have. And I can't deny feeling excited when I heard you wanted to meet. I know what those tattoos are, what they signify, who wouldn't? But if your next question is going to be did Shepard have those when I was working with him then you can hold your breath. We don't strip search them when they come out of prison, and we don't ask them what tattoos they have. Anyway, he was released before everything... happened."

"It's before the incidents I believe you're alluding to, yes. But we believe the Railroad has been in existence for a much longer period."

"You think they're responsible for killing him? Am I in danger?" said Kennedy, all of her previous belligerence withering in a second as she considered her own safety.

"No, we don't think you're in any danger, Mrs. Kennedy," said Rose, "but we would like to know if Shepard ever gave you any reason to believe he was part of a larger organization."

Kennedy had aged ten years in the last few minutes. She was no longer the tough-talking, brash parole officer, now more a little old lady worried about her daughter's wedding.

"I didn't even know about the Railroad at that time, no one

did. As for being part of a larger organization, I'm sure he belonged to some gang. Look at him." Her finger touched the iPad. "It's not just Railroad tattoos on him, is it? If I'd known, I would have said something, I promise. But as I said, no one knew, or at least most people didn't, about the Railroad at that time. And if I had known, I would have refused to deal with him."

Rose gave the woman her card, reassured her again that she was in no immediate danger, and thanked her before she left.

[#]

The so-called myth of the Railroad, thought Rose as she headed back to Pontiac with McBride. What had once been considered an urban legend was now alive in people's minds. The internet was rife with misinformation on the organization and to most people it wasn't something they considered on a daily basis, like Mafia-type gangs and the drug cartels, but it was a reality of daily life, another bogeyman to fear.

They reached Pontiac by midday; the snow had settled, but rain was making the roads treacherous as they pulled into the Washington Street parking lot.

Lynch and Phelan were waiting for them in a diner less than a five-minute walk from the station. Lynch looked as if he hadn't had any sleep since the last time they met.

"What are you doing here?" he asked McBride as they both sat down.

"I've got my best people with Sally and Daniel," said Rose, answering for him. "There's no need to worry."

Lynch stared at McBride as if he was somehow in the wrong, as if he would take the full force of retribution should anything happen to Lynch's ex-wife and son.

"Who specifically?" asked Lynch.

"Special Agent Lennox is in charge, and I have sent Rodriquez to assist," said Rose. "I think you met him briefly once."

Lynch nodded but didn't say anything.

"We've been monitoring the train station, for what it's worth," said Phelan, turning around his laptop so Rose and McBride could see the images on screen. "When the Eagle arrived yesterday, twelve passengers boarded, nine left the train. We have identified eighteen of the twenty-one. Two were ex-cons who are being questioned and are being monitored by the local sheriff's office."

Rose glanced at the images of the passengers. It had all the makings of a Hail Mary operation. They had five victims, but they had absolutely nothing else to go on. No motive, no weapon, and no idea when the killer, or killers, would strike again. Even being in Pontiac felt like a waste of time. It was all but impossible to make a pattern from two sets of kills and chances were high they were reading too much into the location and time of death. But what else were they to do? She updated Lynch and Phelan on her meeting with Shepard's ex-parole officer.

"Nothing in our records shows a potential affiliation between Shepard and the Railroad, though I appreciate that, on its own, doesn't mean much."

"With all due respect, it doesn't mean anything," said Lynch. "Have we had any type of verification on his Railroad ink?"

"As much as we can, though you know better than anyone how they can sometimes be faked," she said, noting Phelan and McBride exchanging looks as Lynch looked up from his coffee at her.

"So what next?"

"We wait. We have eyes on the train station and the surrounding areas. I think we all know it; only pure blind luck

would lead us to the killer now, but we wait until two forty to see what comes in then."

Lynch noted the despondency in everyone's downturned expressions. These were professionals used to going after hardened criminals. They were not used to being reactive and the tension was etched onto each of their faces. No matter the victim, they were all loath to see the killer strike again. But at that moment, it felt like only another homicide could give them the clues they needed to find those responsible.

[#]

Lynch walked with Rose to the station. She sensed he had something he wanted to tell her, his stride pattern faltering every now and then as he hesitated before continuing to walk on in silence.

"Everything okay?" she asked.

"Everything's fine."

"If you don't mind me saying, you look a bit tired."

Lynch tilted his head to one side. "I'm not sleeping much."

"How long has that been going on for?"

"About ten or eleven years," said Lynch, deadpan.

Rose considered telling him that he needed to look after himself better, but she wasn't his mother and they continued in silence.

It had started snowing again by the time they reached the station. It was hard not to think that they were wasting their time, and a quick look along the desolate platform did little to quell the notion.

"You're thinking that's it's unlikely the killer's going to appear on the next train, all smiles ready for us to arrest, aren't you?" said Lynch.

"It had crossed my mind."

"What's that saying, a watched pot never boils?"

"Careful, Lynch, you're showing your age."

After thirty minutes, the platform began to fill. Phelan was outside, once more taking photographs of everyone leaving and entering the station. Rose checked first her watch, then her phone. It was 3.25 p.m., two minutes before the Texas Eagle was due to arrive in Pontiac and two days since Bradley Shepard's body had been found at the Washington Street parking lot. If there was any sort of pattern, then the killer or at least a victim would be nearby.

"Not exactly the Hogwarts Express," said Lynch as the train shuffled into sight and eased to a stop.

Rose kept looking from her phone to the passengers as they departed. Within a few minutes, the station was empty, and the Texas Eagle was easing towards its next stop. She looked up at one of the windows to see a young boy smiling at her, his palm pressed up against the pane of glass. She smiled and caught Lynch looking at her, only to turn away as she caught his eye.

They waited until the train had disappeared into the distance. Still nothing. Was it too simplistic to hope that this was the last of it? That the killer, copycat or not, had decided this was not for them? It was something to hope for as they ambled back outside and reconvened with the rest of the team.

Rose must have checked her phone a hundred times in the next few hours but there was still no news of a new victim. By 7:00 p.m., the team had reconvened to the local diner, eating burgers and fries as they tried to make sense of what was happening. The same despondency from earlier was evident in the faces of Lynch and the agents. It was hard not to think that they were simply pawns in someone else's game and she wondered if somewhere Mallard and Balfour were watching, laughing at their ineptitude.

"Just because the pattern appears broken doesn't mean

another won't emerge. It's undeniable that the murders are linked, one way or another, to the Railroad, and the timings of the first two sets of killings suggest we're onto something with the train. Just because it hasn't happened today doesn't mean it won't happen," Lynch said between mouthfuls of burger.

"I agree in principle," said Phelan. "But aren't we making too much out of the times of death? Sure, it's a hell of a coincidence, but you know how these things go. At its best, time of death is still an estimate."

Rose agreed. It was easy to mold incidents so they fitted a pattern. Although Lynch was right about the link to the Railroad, it wasn't as if they could stay in Pontiac indefinitely.

Conversation stalled, the background hum of the diner and its patrons the only distraction from the sound of them eating and drinking, until all their phones began to ring at the same time.

"Unknown caller," said Rose.

"Same," said Phelan, McBride nodding.

The ringtones were all the same, a stereo sound ringing out from their booth. "Lynch?" asked Rose.

"This is my burner phone," said Lynch. "Have you given my number to anyone else?"

Rose shook her head, a slight tremble running through her hands as adrenaline rushed into her blood.

"I'll answer," she said, pressing the green button on the screen and putting the phone onto speaker.

Immediately the other three phones went silent.

"Special Agent Rose."

"Hello, Special Agent Rose. I hope I'm not interrupting anything." The voice on the phone was using modulating software to hide their voice.

"With whom am I speaking?" said Rose.

The stilted, rasping, voice made a sound like a laugh. "Now

where would be the fun in telling you that, Special Agent Rose? I've someone here who would like to speak to you. Now would be just about the right time to say hello... and goodbye... to one of your colleagues... Special Agent Tariq Ramović."

Rose glanced at the three men, who began typing on their phones. "Hello," she said. She didn't know any agent by that name, but she decided to take the caller at his word. "Special Agent Ramović, are you there?" McBride passed her his phone with the image of a man in his forties: Special Agent Ramović, who worked in St Louis.

The four of them strained to listen, a distorted gargling noise coming from the phone.

"Agent Ramović," she repeated as the time on her phone turned to 7.21 p.m. and the line went dead.

12

Lynch checked the train times as they made their way to St Louis. A call had already been put into the field office there and the hunt was on to find the agent mentioned on the call, Tariq Ramović.

"It would have been quicker going by train," said Lynch, as they entered the stationary traffic on I-55

"You've been saving that one up, have you?" said Rose, activating the embedded emergency lights in her vehicle.

"One of many."

Rose turned and frowned and was about to say something when the phone rang.

"Special Agent Rose," she said, answering on speaker.

"Sandra, this is Special Agent in Charge Jeremy Fairchild from St Louis."

"Sir," said Rose.

"Can you give me some clarification as to what the hell is going on?"

"Sir, just to let you know I have Samuel Lynch on speakerphone."

The line went momentarily silent.

"Okay, we can talk through that later. Lynch," said Fairchild. "So, you think one of my agents is in trouble?"

Rose relayed the details of the investigation as succinctly as possible, ending with the call from the person who claimed to have Tariq Ramović in custody.

"And what do you think they plan to do with him?" said Fairchild.

"Sir, I fear we have to think the worst. The killer called at 7:21 p.m., the exact time the Texas Eagle was due to arrive at St Louis station. If they're following the pattern of their previous kills..."

"Yes, yes, Agent Rose; you can spare me the details. We're still trying to track Ramović's phone. The last location we have for him is in the north side of St Louis yesterday evening."

"What was he working on?" asked Lynch.

Again, there were a few seconds of hesitation before Fairchild responded. Rose realized he wasn't a fan of Lynch. Probably one of those agents who blamed him for what had happened in East Texas.

"He's been working on a number of armed robberies," said the SAC. "He works in the field; the last time he reported in was yesterday."

"Any contacts or known associates in that part of town?"

Rose noted a hint of a smile on Lynch's face. He would have noted Fairchild's hesitancy in speaking to him and was clearly playing up to it.

"You don't need to tell me how to do my job, Mr. Lynch. Believe me, anyone and everyone Ramović has spoken to in that area is being questioned as we speak. We'll find him."

"I hope you don't mind me asking, sir, but have there ever been any disciplinary issues with Ramović?" said Rose.

"No. Clean as a whistle, he's one of our success stories. Second generation Bosnian, born and raised in the city, he's made a number of successful prosecutions over the last few

years. Well respected and liked by his colleagues. I'm just praying to God this is all some hoax or misdirection."

Rose didn't take much notice of the response. It was easy to think the best of your colleagues, especially when they were in potential danger, but she'd seen too much betrayal over the last few years to take anything Fairchild said at face value.

"Sir, our ETA is two hours."

"Okay, Special Agent Rose, I'll update you as soon as we hear anything."

"He seemed to take a shine to you," Rose said to Lynch as she hung up.

"I can't help being popular. But I'm afraid I don't share his optimism about the agent."

"About him being corrupt or being alive?"

"Both," said Lynch.

The traffic was dispersing, cars pulling over so Rose could make progress along the interstate. It was surreal spending so much time with Lynch. She'd thought about him often since he'd moved away, had wondered if under different circumstances they could have perhaps made a go of things. The truth was, she liked him being there. She enjoyed his dry sense of humor; even his brooding silences were comforting. It made him human, and aside from McBride and her sister there was no one else in the world she trusted as much. If only there was a way for her to share those thoughts with him. But now wasn't the time, and she doubted there ever would be a moment where they could discuss things so freely.

"He's sticking to one part of the pattern," said Lynch. "I presume we're calling him *he* now after the call?"

"It's a pattern, but it's a vague one. If he has killed Ramović, then it's conceivable that all the victims were killed at the same time as a train arrived at a station."

"But he's missed out three stops."

"That we know of. But if he has missed this stop, too, that means he's acting unpredictably. If he's after notoriety, he's still going to get it. There are twenty-six stops on that journey and he could strike again at any location."

"That makes him impossible to track."

Rose sighed. "Let me call Washington. Fairchild might have a positive view of Ramović, but let's see what others think."

[#]

At some point Lynch must have dozed off. When he awoke, the bright lights of the St Louis Arch were visible in the distance.

"Morning, sleepyhead," said Rose.

"How long have I been out?" Lynch rubbed his eyes, adjusting to his location as he tried to banish the haunted memories of his dreams.

"An hour. I had to put the radio on to distract me from your snoring."

Lynch lowered his eyes. "Oh God, I'm sorry."

"I'm playing with you."

"Any more intel on Ramović?"

It may have all been in his imagination but he felt the same connection with Rose he'd felt those years ago at the compound. He was too cowardly to do anything about it but was content for now to enjoy the sensation of being with her.

"Nothing yet. But SAC Fairchild was in contact again. They have a location for the last place Ramović's phone was used in the north side of the town."

Lynch hadn't been to St Louis before. He knew little about the place beyond the celebrated arch. It reminded him that there was so much of the country he'd never visited. Maybe when this was all finished, if it was ever finished, that was something he could rectify. But as they drove further north, he

admitted to himself that was just a pipe dream. His life was no longer about adventure; the only thing he really wanted to do was be reunited with Daniel again and that seemed as likely to happen as finding the killer.

He'd been waiting for something to restart his life, but chasing around crazed killers from city to city wasn't it. Maybe he should just tell Rose that, he thought, as they arrived at the address where Ramović's phone had last been used, the surrounding roads already clogged with FBI vehicles. Then he remembered the locomotive that had been sent to him and understood that it was a decision not for him to make.

SAC Fairchild was a six-foot-six beanpole. Only his immaculately tailored suit suggested he was senior management. Everything else about him seemed a little ramshackle, from the wire-rim spectacles that sat uneasily on the bridge of his nose, to the random tufts of hair on his balding pate. Still, it didn't stop the condescending look he gave when Rose introduced Lynch.

"I've heard lots about you," said Fairchild, removing his spectacles but not offering his hand.

Lynch had never been more pleased to no longer be in the bureau. He didn't have to deal with false pleasantries anymore and was glad the man hadn't offered his hand. "Well, I've never heard about you, which I suppose can only be a good thing," he said.

Fairchild curled his lip. "This was the last place we have a ping on Agent Ramović's phone. Not much use to us," he added, pointing around to the large city block. "We're assessing CCTV footage and have started questioning the locals, but it's a needle in a haystack situation at the moment. Any luck from your end?"

Rose had asked her team to analyze the phone call she'd received from the killer but had already known it was a lost cause. The number was anonymous and although she had some

rudimentary tracking software on her phone, there was no way to trace the location of the caller.

"Not as of yet, sir," she said. "Do we know why Ramović was in this area?"

Fairchild placed his spectacles back on. "As I mentioned on the phone, he's working in the field, currently solo. I have his latest file entries. He's been in this area a few times recently trying to get a handle on a set of armed robberies. Speaking to known criminals in the area, that sort of thing."

Lynch was intrigued to know if Ramović had ever met Balfour. It was thought at the time of his disappearance that Balfour had over fifteen agents working for him one way or another. Lynch knew Rose had made a number of arrests, but it was impossible to expect her to have caught everyone. Everything that had happened so far had Balfour's name all over it. He'd always been a weedy, calculating man, piggybacking on other people's successes to get to the top. It wouldn't surprise Lynch if he'd done the same to Mallard after the explosion at the compound, and was now trying to run things his way, albeit it in a slightly less organized manner.

"Excuse me, sir, I need to take this," said Rose as her phone began to ring.

Fairchild nodded and walked slowly towards a team of SWAT officers.

Lynch was about to do the same when Rose grabbed his coat and mouthed, "unknown number," before answering.

"Special Agent Rose," she said into the mouthpiece.

Lynch leant in close so he could hear the voice on the phone, catching a hint of her subtle perfume.

"Agent Rose *and* Mr. Lynch. What a treat," said the voice.

Lynch reached for his handgun at the sound of his name. If the caller knew he was there and listening it meant he must have them in his sights, which meant they were sitting targets.

"What is it you want?" said Rose.

"I want to help you, Agent Rose," came the modulated voice. "There's no point wasting everyone's time and making you go on a wild goose chase when I know exactly where you should be."

"And where's that?" said Rose.

"I will ping you the details now. Enjoy."

"He's hung up," said Rose, as the phone chimed, and an address appeared on the screen.

Fairchild's team had noticed the conversation and the SAC returned with two of his colleagues. "What was that?" he said, pushing the bridge of his spectacles against his nose.

"It was the same caller as before. He gave me an address." Rose turned the screen to him.

Fairchild shot Lynch a withering look, as if he was being conspired against.

"I appreciate this is your show, Agent Rose, but this is my city and my missing agent. I will head up this operation. We have SWAT on standby. I take it you're okay with that?"

Lynch studied Rose as she answered. She'd taken on much bigger fish then Fairchild in her time and he knew she wasn't about to be bullied by him.

"Makes sense to me," said Rose, "but I want to be part of the ops team when they go in."

"Be my guest. But not him," Fairchild said, pointing at Lynch, before shuffling his shoulders and rushing towards the waiting SWAT team.

"I don't think he likes me," said Lynch.

"You have enough friends. You got your burner phone with you?"

"It's the only phone I do have."

"I'll call you before they go in so you can hear everything. Would that make you happy?"

"Yes, ma'am, I think it would," said Lynch, tipping the brim of an imaginary hat.

[#]

Rose left Lynch to it and took the short journey in the back of the FBI truck with SAC Fairchild to the back-alley address the killer had given them. The SWAT team was headed by Agent Rafael Castillo. The team of six all wore Kevlar vests, carried Heckler and Koch MP5s, and each had a bodycam, the views from which were visible on six different screens in front of Rose and Fairchild.

"Good to go, sir," said Castillo.

Fairchild looked to Rose, who nodded.

The SAC looked cramped in the back of the truck, his over-long limbs at disjointed angles as he sat pushed up to the screen watching the six SWAT agents make slow, steady progress down the darkened alley. The door at the end was ajar. Castillo warned any occupants of their arrival, before stepping inside, his MP5 in front of him as the rest of the team filtered through. There was little light inside and Rose struggled to see much through the bodycams of the SWAT operatives as they edged through the hallway.

"Clear," said Castillo, as they checked the first door on the left before heading towards the end of the corridor.

Castillo stopped outside, lifting his hand and instructing operative two to hold their position. "Sounds from the next room. A stereo. Dance music," he said as two of his team filtered past him and moved into the room.

"Two bodies," said operative number three, stepping over to the ravaged body of a man sitting on an armchair who'd clearly been dead for some time.

"Dead," said operative five as Castillo stepped over to the

second body lying face down on the floor. The victim's neck had been savagely attacked and he was lying in a pool of blackened blood. "Shit, it's Ramović." Castillo stood up so he was looking directly down at the corpse. "And they've left a message on him."

Rose zoomed in on Castillo's bodycam footage so she could see more clearly the indentations on Ramović's back. Despite the grainy footage, the marks appeared fresh. Two bloodied vertical incisions joined together by one horizontal line: a Railroad tattoo.

[#]

It was three hours before Lynch and Rose were allowed into the apartment as the FBI evidence response team worked through the scene.

"The John Doe on the sofa's been dead for some time. I'd estimate twenty-four to thirty-six hours," said the head of the ERT, Lisa Rankine. "As for Ramović, he died more recently."

"Around 7:13 p.m.?" asked Rose, who was standing inside the living room dressed in protective clothing, next to Lynch.

"That's when the call came in, is it?" said Lisa. "It's quite possible. Whoever did this had a lot of fun with him beforehand, which I think was going on for some time, maybe for twenty-four hours. But the method of death was the incision to the neck, the carotid artery, which I believe is consistent with your other victims."

"What about the rest of the injuries to the neck?"

"They came later."

"And the tattoo?"

"Still fresh. I'd say that happened in the last three to four hours. One more thing. You were probably expecting it, but we found this when we turned his body over," said Lisa, showing them both another railroad car in a plastic evidence bag.

13

"Another day, another field office," said Lynch, drinking a coffee in the incident room Rose had been allocated at the St Louis FBI building.

Around the table sat Rose, Phelan, and McBride, each of them looking as tired as Lynch felt. They had only been able to spend a few hours in a local hotel before meeting at the field office that morning.

Rose switched on her laptop and uploaded a photograph of Tariq Ramović, which she linked to the whiteboard. "We're going to have to tread very carefully on this," she said. "He was one of their own, and the thing carved into him is going to make no difference to anyone until we prove he is linked to the Railroad."

"What do we have on him?" asked Lynch.

"He has an exemplary record as far as we can see," said McBride. "Our team have gone through everything, but nothing links him directly at the moment to either Balfour or the Railroad. We're doing a thorough check of his finances, but it's going to take some time."

Rose pressed a button on the laptop and more images

appeared on the smartboard. "The second body found at the scene has been identified as Travis Mayweather. It is believed Mayweather was an informant and had been helping Ramović on his armed robbery investigation, though nothing appears in Ramović's records about Mayweather for over four years. No Railroad tattoos were found on his corpse."

"The tattoo is clearly an anomaly," said Phelan, as a picture of Ramović's back came onto the display with the fresh Railroad tattoo, the incisions thick, the skin raised.

"Isn't it a matter of pride with these people? An honor to get a tattoo? Not something you give to one of your victims?" said McBride.

"Yes and no," said Lynch. "I've never heard of them giving tattoos to victims before, but that tattoo is inverted. With the others we have on record the tracks are always vertical, the crossties horizontal. As you can see, this is the other way round. It's a message; all we have to do is work out what the hell it means."

Lynch had been in this situation before. They might think they were in control, on top of the investigation, but they were just being toyed with. Everything was being directed from afar and they were just going where they were guided. The truth was, they were no closer to finding the killer now than they had been when the Anderson family had been slaughtered. All they had was a bunch of victims from different aspects of life, seemingly with no connection. He sipped at his coffee, making sure it had cooled, and decided to keep his thoughts to himself. Rose was feeling the pressure of the investigation, the Andersons' death was now public news, and it wouldn't be long before people were linking the atrocities to the Railroad and Mallard. That would bring added responsibility and if anyone understood how poorly the investigation was going it was her.

The Texas Eagle timetable appeared on the board.

"The next stop is Arcadia, which is only five minutes away, and then it's another four hours to Poplar Bluff," said Rose.

"But we have no idea where he's going to strike again," said Phelan. "There's no rhyme or reason with this sicko. We could have agents in all those towns, but what good would it do us?"

"I agree, it's not the best of situations," said Rose. "We're going to have to close in on this."

"What do you mean?"

"Think about the phone calls we received in Pontiac. The killer has all our phone numbers. He even has Lynch's burner phone, when I'm supposed to be the only other person in the world who knows that number."

"You think it's someone on the inside?" said Lynch.

For the life of him he couldn't work out how someone would have got his number. Rose had memorized it, and he hadn't shared it with anyone, even Sally.

"At least someone with access to the bureau," said Rose. "How else would they get three bureau-issued numbers?"

Fairchild's team had locked down the local area last night. The killer had clearly had eyes on them, though it didn't necessarily mean he was nearby. So far, nothing had come in from the local search. Again, Lynch was struck by how impotent they were. Sure, things were going on elsewhere, Rose's team at headquarters making inroads into Ramović's financials and searching for a link between the seven victims. But the four of them were all but helpless. It was going unsaid, but they were waiting for the killer to contact them again.

"Do you think it's him?" said McBride, directing the question at Lynch.

Lynch had come to know McBride during the months preceding the explosions in East Texas. Rose trusted him and that had been enough for him at the time. He had a dry sense of

humor and was often quiet, as if lost in deep thought. "You're talking about Mallard?"

"Who else? You're the only one ever to meet him face-to-face."

Lynch thought back to the last time he'd spoken to Mallard. It had been in the compound, Mallard still determined to sway Lynch's thinking. When Lynch had denied him once more, Mallard had turned hostile. He'd acted as if Lynch had betrayed him, and had stripped, displaying every inch of his body, the majority of his naked skin covered in railroad track scars. "If I'm being honest, I am struggling to believe he is behind this, at least directly," he said.

"What?" said Phelan dismissively.

"This would be small-time stuff for him. Remember, we're the ants in his God complex. Sure, he'd get a kick out of leading us along, but it's a long time since he's got any kicks from doing simple things like killing someone."

"He thinks he's some sort of God?"

"It's how he sees himself. He thinks he's evolved beyond the human condition and that he's something else, something in his terms that is better. This would be like going back to the beginning for him and I can't see him being responsible unless..."

"Unless what?" asked Rose.

"Unless he has something bigger planned. Let's face it, we can pretend we're investigating him as much as we want, but didn't you ever get that feeling, even last time, that our successes were not all down to us?"

"What are you talking about?" said McBride.

"Don't get me wrong, we all did well in our own ways. We managed to destroy his compound, save at least a few people from further torment, but don't you ever think that maybe it was all a little too easy?

"Too easy?" said Rose. "Hundreds of people died."

"Come on Rose, you know what I mean. With all the resources he has, all the lives he's entangled in that network of his. He came to me, remember? And I know you found me, and I'm grateful for that; but he came to me, he took me to that compound to show me what he was capable of, and that was the reason you found me. That was the reason you found him."

"Jesus. It sounds like you're in love with this guy," said Phelan.

Lynch slammed his fist down on the table. "You're not fucking listening to me." There was so much he wanted to add, but he'd already said too much. "Sorry." He sat back in the chair, stretching. "I guess I'm just fed up with him dictating my life like this. But to fully answer your question, this all looks too haphazard to be Mallard. The man's methodical, precise. You don't build the sort of organization he did without that kind of precision. It has too many messy elements. He wouldn't get his hands dirty like this and I don't think he'd bother getting anyone else to do it for him, even if it would mean having a laugh at our expense."

"I'm glad that's cleared things up," said McBride.

[#]

Lynch was still struggling with his anger. Rose watched him clench the table, his knuckles whitening as his forehead broke into a web of lines. "You think you know better than me, McBride? I've seen this monster face-to-face. He has delusions of grandeur even greater than you do. Why would he do this? Why would he waste his time with a silly copycat killing and these other murders?"

"He killed an FBI agent."

Lynch lifted his hands up. "I get your point, but he's killed agents before. He doesn't think of human beings as being on the

same wavelength as him. He genuinely believes he's above them. It would make no difference to him who he was killing. FBI agent or not, he just wouldn't waste his time on it. Think about what he did at his compound, what in his mind he achieved. He created an underground organization that went undetected for years, recruited a disparate bunch of psychopaths and let them live out their fantasies of nirvana all under our noses. Think like he would think. Why would he stoop to killing the odd person on a train line, when he's killed hundreds before?"

McBride frowned and turned away.

"The game of it?" asked Rose. She tended to agree with Lynch's theories but Mallard and Balfour were the obvious suspects and couldn't so easily be overlooked. "He's using a train timetable to kill people, and leaving little trinkets to toy with us. Don't you think that's something Mallard would be interested in doing?"

"We still don't know the end goal," said Phelan, trying to play peacemaker between Lynch and McBride, who were refusing to look at each other.

"That's true," said Rose. "What if this is a prelude to something bigger. I could perhaps see Mallard doing something like that, and I could definitely see Balfour doing it."

Lynch sighed. It was clear he didn't want to lose the argument, but in the end he relented. "I guess that's a possibility," he said, turning around so he was facing McBride once again.

"Well, I'm glad you boys have got that out of your system," said Rose as there was a knock on the door.

"Come in," said Rose.

The door creaked open, one of the civilian staff sticking his head round. "Ma'am, I have Special Agent Miles O'Callaghan in reception for you. He refuses to give a reason for his visit."

O'Callaghan was McBride's former partner, and now part of Rose's team working out of headquarters in Washington. She'd

spoken to him last night as he was heading up the financials investigation in Ramović. Despite the highest level of security at the bureau, Rose had stipulated that all essential information was passed face-to-face when humanly possible. And for O'Callaghan to have been here it must have been serious.

The agent arrived in the office a few minutes later. He was a slightly bulkier and older version of McBride, his hair slicked back, his suit creased from where he'd been sitting on the plane. He made a quick glance round the room, offering McBride a short nod, before speaking to Rose.

"Ma'am, can I speak to you in private?" he said, his eyes briefly darting to Lynch.

"What's it regarding?"

"Ramović's bank account." O'Callaghan was standing stock-still and once again his eyes looked towards Lynch.

Lynch stood. "We haven't met, I'm Samuel Lynch."

Callaghan nodded. "I know who you are, sir, and I mean no disrespect," he said, not offering any more clues as to what he thought about Lynch; although Lynch could hazard a guess.

"Lynch is part of the team. Sit down, O'Callaghan, and tell us what needs to be told."

The tension eased from O'Callaghan. As he sat next to McBride, he glanced at Lynch and Phelan before speaking. "For those of you who don't know, we've been looking into Ramović's financials. After a lot of digging, we found that a regular sum of money was being deposited into the bank account of Ramović's sister-in-law, a woman by the name of Isla Montana. The deposits have been going in every month over the last sixteen years but on irregular dates. Each time the money is forwarded to a different account within minutes. As of yet, we have no way of knowing where the money comes from, or where it goes. Only that it is significant enough to raise serious concern."

Rose scrolled through her notes on her laptop. "We spoke to

the family members last night. Did we get much from Montana?"

Phelan shook his head, "No, we didn't speak to her. Montana lives in Bosnia. She's married to one of Ramović's six brothers, Sergei." Scrolling through his own laptop. "We've notified and spoken to Ramović's parents, and the immediate family in the local area, but we've made no direct contact with his siblings or in-laws outside of the immediate vicinity."

"What sort of sums are we talking?" said Rose, her mind already working overtime.

"A minimum five figures each time," said O'Callaghan, "though on twelve separate months the deposits were over six figures. I have a printout here." He pulled a sheet of papers from his bag.

"Have you started cross-referencing these larger sums?" said Rose, scanning through the monthly contributions to Ramović's sister-in-law's bank account.

"I have a team working on that, trying to link to significant events, possible robberies etc. in the area. But we need a diary for Ramović's movements over the past sixteen years."

Rose nodded. "O'Callaghan, you stay with me. We're going to have to start interviewing Ramović's colleagues. You three," said Rose to McBride, Phelan and Lynch, "I need you to speak to Ramović's family. I don't care if they've been spoken to before. Start with his wife, then his parents, find out what his relationship was like with his sister-in-law. Search for any suggestion that they're living beyond their means. Samuel, I'll have you wait outside when McBride and Phelan do the questioning. See if the addresses are being watched, any suspicious comings and goings, you know the score. Now I need the room," she added before there was time for any objection to the assigned roles.

The men stood and left as one, Lynch raising his eyebrows towards her as he left. She knew he wouldn't have appreciated

being assigned a background role but she couldn't risk putting him in front of the families at the moment. His anger was palpable and the last thing she needed was him snapping. From her laptop bag, she pulled out the burner phone she used to speak to Lynch and called the private number she had for Director Miller.

"Who is this?" said Miller.

"Sir, it's Sandra Rose. Sorry to call you in such a covert way. Has O'Callaghan mentioned to you what he's found?"

"He did, Agent Rose. He's with you now?"

"He's just arrived. Sir, I think you'll agree what he discovered has serious ramifications." She was purposefully being obscure with her comments, on the outside possibility that their conversation was being listened to.

"I agree."

"This might sound drastic, but I'd like to close down the field office here and get everyone tested."

Miller sighed. She'd made a similar request once before, during the last investigation into Mallard's activities. Miller had been SAC in San Antonio at the time and had agreed to the field office being locked down and every member of staff - civilian and bureau - being required to go to endure a strip search to prove they had no allegiances to the Railroad.

"That's going to piss Fairchild off," said Miller. "Which in itself is a good enough reason to do it. But if you go in there demanding that course of action, he's going to object and put enough obstacles in your way that any possible suspect would disappear. Keep it close to your chest for now. I'll send a team from here. It's the only way, otherwise the news will leak. You're going to have to sit tight for a few hours. As soon as they're ready, I'll let you know. As long as I can call him and tell him the good news, of course." Miller chuckled.

Rose thanked the director and hung up.

14

Rose instructed O'Callaghan to continue with his financial forensic analysis, urging him to find links between Ramović, Shepard, and the Andersons, before interviewing Ramović's work colleagues. The first was Special Agent Jana Delgado, who knocked on her office door and entered without waiting for an answer.

"You wanted to see me?" She looked younger than the forty-five years listed on her file.

SAC Fairchild had instructed the whole building to cooperate fully with Rose and her team, but it seemed from Jana's defensive posture the instruction hadn't been well received. Rose understood. Whatever her current misgivings about Ramović, he'd been killed in action and his team would be grieving over the fact. It made sense they wouldn't be welcoming to anyone outside of their unit, but Rose couldn't afford to let sentimentality get in her way.

"Please come in, take a seat. That's an interesting combination of names," she said, as Jana sat opposite her.

Rose had already looked through Jana's file. Like Ramović, her family was originally from the old Yugoslavia, her family

having fled to the States after the war in the eighties. Jana was married to a local policeman, Enrique Delgado, hence the interesting combination.

"You can't help who you marry," said Jana, her back straight against the chair. "How can I help you, ma'am?"

"You've worked closely with Ramović over the last few years."

"I was his partner of sorts," said Jana, "at least until two years ago. He's been working more on his own of late."

"He was looking into a spate of armed robberies recently, is that correct?" said Rose.

"I believe so. I've been working on a money laundering investigation, so I haven't had as much contact with him of late."

"How was he as a partner?"

"He was a good man, very hard working. Bit of a tough nut, even more so than most of the meat heads in here. He was big into Krav Maga, that sort of thing."

"You ever see him engage in violence?"

"Once or twice. Nothing ever overboard though, if that's what you're getting at."

"Why would I get at that?"

Jana shrugged.

"What about the man that was found at the scene," said Rose, flicking through her notebook, "Travis Mayweather?"

"Mayweather was an old CHS, though I have never met him. He tipped Ramović off before on a previous spate of armed robberies. This is going back four or five years ago. I'm sure you've already checked into Mayweather's background. He had his fingers in a lot of pies, if you know what I mean."

"And how about Ramović?" asked Rose.

"What do you mean, ma'am?"

"Did he have his fingers in any pies?"

Jana straightened her back. "Jesus. The man's just died. Show some compassion."

"I don't have time for compassion, Jana. Your former colleague was found dead at a crime scene with a known felon, and he had an inverse Railroad tattoo carved into his back. Do you have any idea why someone would do that to him?"

"No, of course not."

"Do you have any reason to believe that Agent Ramović was ever doing anything illegal during his time at the bureau?" asked Rose, leaning her elbows on the table in front of her.

"What is this? You think Ramović was on the take? That's ridiculous," said Jana, her earlier indignation slipping.

"Do you know that for sure? People don't get that sort of tattoo on their body for no reason whatsoever."

It was too early to ask about the money in Ramović's sister-in-law's account. For now, Rose was content to ascertain if Jana had any role to play in Ramović's possible deception.

"With all respect, ma'am, I don't believe that tattoo means anything. Anyone could have done it. He was dead when it happened."

"You ever seen that tattoo before?" she said.

"The Railroad tattoo?" asked Jana. "Well, I've seen it in the reports of course. I know what went on back then, but I've never seen anything like it in the flesh. Though we all got tested a few years back. Stripped to our underwear and photographed. I'm pretty sure that was a violation of our rights, but we did it, and we'd do it again now if you want. I can't say I've ever seen Ramović naked, though I've seen him getting dressed before, in the changing rooms. I guess you know by now if he had any existing Railroad tattoos or not, but I for one, never saw them. And of course, I've never seen them on my colleagues. It would be impossible to get away with such a thing now, don't you think?"

"You're probably right, Agent Delgado," said Rose. "Thank you for your time. If there's anything you can think of that may help us to find who is responsible for Agent Ramović's death, you'll let us know?"

"We'll find who's responsible, don't worry," said Jana, getting to her feet.

"But you'll let me know first, won't you?" said Rose. "There are larger considerations here."

"Of course, ma'am, we'll let you know straight away," said Jana, leaving the door open when she left the office.

[#]

It was hard for Lynch not to feel like a bit player as he sat in the back of the car while McBride and Phelan drove to Ramović's house in the Bevo Mill area of south St Louis. He'd seen the way O'Callaghan looked at him when he arrived, and realized he couldn't blame the agent for his suspicions. Lynch wasn't an active agent in the real sense anymore. He hadn't even been one the first time he'd worked with Rose.

The truth was he would never be a full member of the team, and there was no point sulking about the fact. He was here for Rose, and if that meant being treated as a third wheel so be it.

Lynch monitored the route on his phone. "You might as well drop me here," he said, when they were three blocks away from Ramović's house. "I'm not going to do much concealed surveillance if I get out the car with you, am I?"

McBride pulled over. "We'll call you when we've finished."

Lynch nodded and left the car. The wind was ice-cold and gusty, stinging his skin as he walked through the hard snow, thinking about his falling out with McBride earlier that day. He was still convinced Mallard had no part to play in the killings, but that didn't necessarily mean he wasn't involved. As Rose had

suggested, Mallard liked his games. Maybe this was another one.

It made him wonder when and how this would all end. If it was anything like what had happened in East Texas then literally anything was possible. If Mallard was responsible, Lynch knew that this situation could only get worse. He shivered, unsure if there'd been a drop in temperature, or if the very thought of Mallard was enough to chill him to the bone, before continuing his slow progress towards Ramović's house.

He knew he was being viewed with suspicion as he made his way through the neighborhood, referred to locally as "Little Bosnia", past rows of stores, many with signs in what he presumed was the original Bosnian. Outside an auto shop, a group of men were sitting in full overcoats and beanie hats, smoking cigarettes and drinking coffee. They didn't even bother to look up from their closed circle as Lynch walked by, ignoring the snow falling on their heads and shoulders.

He caught sight of McBride's car a hundred yards down the street. Despite their argument, he had no beef with the agent. He had a quiet, no-nonsense approach and Lynch didn't need anyone to like him. As long as they shared the same motivation, that was enough for him.

He walked past the car, wondering what the conversation was like inside. Ramović's father had died during the war in Yugoslavia, his mother moving the family over in the eighties pregnant with Ramović. Ramović's widow now shared the house with the dead agent's mother. If Ramović had been on the take, then it was possible one or both women knew about it.

The house was nothing special – a three-story row house – but that didn't mean much. Even if Ramović had been on the take, it was unlikely he would have been stupid enough to flaunt his wealth. He'd probably seen it as a retirement fund and Lynch imagined his sister-in-law was living more of a high life

back in the homeland with the money he'd sent her over the years.

Lynch's shivering intensified as he turned a corner. He didn't know exactly what he was looking for but continued anyway, stopping as he saw a broken-down vehicle at the end of the street. Two men were working on the dormant sedan, smoke filtering through the cold air. Lynch felt for his gun inside his jacket. He hated feeling this way, but nothing, and no one, could be trusted. Two men smoking while working on a broken car was enough of a red flag for him. They weren't even doing anything. They were just watching.

He retraced his steps, his eyes scanning from the men to the two intersections either way. He'd been ambushed on more than one occasion and knew how bad it could get.

His teeth were audibly chattering by the time he returned to Ramović's street. He was relieved to see Phelan and McBride leaving the building, and instantly cursed himself for feeling that way. He'd seen things most people would never experience, had suffered atrocities to himself and his family, but he'd never once let fear take a hold. Sure, he'd feared for Sally and Daniel, but not himself, so why was he acting like such a coward now?

He purposefully slowed his pace and let his phone ring as he moved towards the car. He refused to be cowed by any killer, whether they were Railroad or not.

"We were beginning to get worried," said McBride as Lynch opened the back door and sat down, clenching his jaw tight so his teeth didn't chatter as the car's heater helped him thaw.

"Anything to report?" said Phelan, the question offhand as if he wasn't really expecting an answer.

"Nothing except a severe weather report," said Lynch. "And you?"

"Distraught wife, distraught mother, three very angry brothers who didn't want to speak to us."

"And the sister-in-law?"

"We've confirmed the address and phone number. She's been informed of Ramović's death. Her and her husband are both planning to fly over to the States in the next couple of days."

"Unless we've scared them off."

"There is that."

"Listen, do you mind dropping me at my hotel? I need to change," said Lynch, brushing snow from his jeans.

McBride nodded and twenty minutes later, the snow now falling in soft flurries, dropped him outside the hotel's entrance.

"You want us to wait?" asked McBride.

"No, I'll catch you later if needs be," said Lynch.

He waited for McBride to drive off before stepping into the lobby. He hadn't really considered aging until recently. Now it seemed it was an undeniable fact. He felt like an old man as he shuffled his weary bones past reception and the smiling faces of the hotel staff, and was still shivering as he pressed the button for the elevator.

Maybe that's what he was now: an old, useless man in a world that had moved on. There wasn't much he could do to fight it beyond doing his best to help Rose and not to succumb to the type of paranoia he'd done earlier. Even so, all he wanted to do now was to climb into bed and have a nap. He recalled his dad doing that when he'd been a child, remembered promising himself he would never be that way. He smiled to himself at the memory and pressed his card to the hotel door.

He stepped in without thinking and was presented with the sight of a man he thought he'd never see again, pointing a gun directly towards his head.

15

Rose continued interrogating Ramović's colleagues. None of them really wanted to speak to her, and she couldn't blame them. Yet despite their reluctance, an impression of Ramović began to form in her mind. He seemed reasonably well respected within the bureau but was definitely something of a lone figure. It wasn't necessarily a rare thing in the FBI, but along with the payments sent to his sister-in-law, it lent credence to the possibility that he'd been corrupt.

After the interviews were concluded for the day, Rose uploaded photographs from the crime scene onto her smartboard. Again, she considered the inverse tattoo on Ramović's back. It was clearly a statement of sorts. Had Ramović somehow betrayed the Railroad either by not following instructions, or otherwise? With no one talking and no conclusion in sight, she had to wonder if she would ever know.

Phelan and McBride returned just as she received the call she'd been waiting for from Director Miller.

"The team's in place," said Miller. "You need to notify Fairchild and then we lock this place down."

"I'm pretty sure he'll want the confirmation from you, sir," said Rose as McBride and Phelan glanced over.

"I'll be by my phone," said Miller, an amused lilt to his voice as he ended the call.

"We're locking the office down," said Rose to the two agents. "Everyone is to be checked for a Railroad tattoo, you two included. Where's Lynch?"

"The poor lamb got tired. We dropped him off at the hotel room," said Phelan.

"Great. I guess it can't be helped. What happened with Ramović's family?"

"Lots of crying and not too much talking. We broached the subject of the money but neither the mother nor wife claimed to know anything about it. The house is run of the mill. Nothing out of the ordinary," said McBride.

"We'll get to that later. I need to speak to Fairchild. You know what this all entails don't you?"

Rose had been in this situation before, and it hadn't been the happiest of times. The plan was to strip search everyone in the building, all working agents and civilians, to check for Railroad tattoos. The initial search during the original Railroad investigation in the San Antonio field office had proved unsuccessful, but the nationwide search during the aftermath had been a different matter. A number of FBI agents had not turned up to work and were still AWOL, though she suspected things would be different now and that no one would take such a risk. It could in part explain why Ramović's body wasn't tainted until the end.

"I need you two to supervise the strip searches on all male employees," said Rose as she was about to leave the office. "Try and find O'Callaghan before this all kicks off. He was down in accounts earlier."

Rose ignored the malicious looks as she took the elevator to SAC Fairchild's office. She'd been the unwelcome guest enough

times not to let it get to her. Fairchild was pacing the office when she entered, his long-limbed body appearing constrained despite the high ceilings.

"Ah, Special Agent Rose," he said as she entered. "Care to tell me why there are a number of SWAT trucks on the perimeter of my site?"

"Yes, sir. I'm afraid we have to lock the office down."

Fairchild pushed back the thin-rimmed glasses on the bridge of his nose. "And what the hell does that mean?"

"We need to check everyone for Railroad brands. Both federal and civilian staff."

Fairchild walked towards, her shaking his head. "Your reputation proceeds you, Special Agent Rose. I knew it would probably end this way. But why the hell am I the last person to find out in my own goddam building?"

"It's just procedure, sir."

"Just procedure?" repeated Fairchild, inching close to her.

Another step and the distance would be too uncomfortable. Rose would have to insist he take a step back. "Director Miller would be happy to discuss it with you," she said, refusing to be intimidated by the man.

SAC Fairchild's face contorted, and he stepped away from her. "I presume you need to check me as well," he said, untangling his tie from his neck and beginning to unbutton his shirt.

"Everything will be recorded and photographed, sir. One thing's for sure, we won't be doing this here. You'll be notified when we're ready." Rose turned away.

"I'll be notified?" said Fairchild, raising his voice.

"That's right, sir." Rose shut the office door as she left.

The SWAT teams arrived and secured the building. Rose wished that Lynch was there but it was too late. She decided against calling him. He'd grown more tired with every passing day and she agreed that he needed his rest. More members of

the team from headquarters entered the building and set up camp on various floors. A pre-checked armed guard would be available at each check-in point.

Rose walked through to Ramović's former floor, volunteering to be the first one to undergo the search. She doubted it would make any difference to Ramović's colleagues, but she didn't want to be accused of double standards.

After she'd been searched, she met McBride, Phelan and O'Callaghan back in their assigned office.

"Still nothing on the Andersons' or Bradley Shepard's financials," said O'Callaghan, as they sat around the table, drinking coffee.

Rose posted images of the seven victims on the board.

"At this stage we have four civilians, two ex-cons and an FBI agent who may, or may not, have been on the take," she said.

"What does the killer do next, and where?" said McBride.

Rose scrolled through to the Texan Eagle timetable. Today's train had yet to reach St Louis; it was somewhere between Chicago and Pontiac at this point. "If he follows the two-day pattern, then he won't strike again tomorrow. Which is good, because I doubt we'll be getting out of here this side of midnight."

[#]

Despite the fears he'd harbored about encountering Mallard again, Lynch felt strangely calm as he stepped into the hotel room and faced the psychotic controller of the Railroad.

"So this is it?" said Lynch, stepping into the hotel room. His hand was inches from his gun but there was no point reaching for it.

"So good to see you again, Samuel," said Mallard. "If you'd

be so kind as to place your gun on the table I've arranged for us, I would be most grateful."

Mallard's smile remained as Lynch reached for the gun in his inside pocket. "Careful now," he said as Lynch placed the weapon on the table. "That's better, isn't it? Now we can get to the business at hand."

Lynch sat down opposite Mallard. The man didn't appear to have aged in the four years since he'd last seen him. He was wearing a tailored suit, a cravat around his neck. Lynch had the seen the man disrobed, and could picture the hundreds of railroad scars carved into his flesh.

"So, you were behind this all along?" said Lynch, easing into the leather chair.

A hint of displeasure crossed Mallard's face. "Come now, Samuel. You don't seriously think I'm responsible for these ridiculous killings?"

"It would explain why you're in my hotel room," said Lynch, wondering if he was being missed at the field office.

"You think I would dirty my hands with such trivial matters? I thought we knew each other better than that," said Mallard, picking up Lynch's gun and storing it next to him.

"If I remember it correctly, the last time we saw each other you were annoyed because you'd finally conceded that we weren't the same. That I wasn't the same emotionless psychopath you were."

"That's not quite how I remember it, Samuel, but you have a point. I concede we're not exactly the same, but we do have similar traits. Tell me, why choose Nebraska?"

So he knew all along. "I didn't choose Nebraska, Nebraska chose me. Were you the one who sent me that train in the mail?"

A hint of displeasure crossed Mallard's face. "I've already told you, Samuel. Why would I play such stupid games?"

"But you were the only one who knew I was in Nebraska."

"Evidently not. The fragrant Sandra Rose knew you were in Nebraska, isn't that so?"

Lynch stared hard at the man. Mallard didn't once break his gaze.

"Of course, she isn't responsible either," he said.

"How long have you known I've been there?"

"I knew before you'd even arrived, Samuel. You'd be surprised how easy such information is to uncover. I also know where Daniel and Sally have been these last few years. Would you like to know?"

Lynch clenched his jaw. The thought that Mallard had any idea where his son and ex-wife were when Lynch hadn't even been able to speak to them himself filled him with impotent rage.

"In a little town called Holton, fifty miles south of Chicago. Things have been going quite well for them, Samuel. Sally has a lovely part-time job at a local marketing firm and Daniel is doing well at his – how should I put this politely? – special needs school."

"Don't," said Lynch.

"And as for his new daddy, Robert, he's going great guns. Really taken to the new lifestyle. Car salesman, would you believe? That must hurt, Samuel, thinking about your wife fucking that non-entity every night. How could she replace you with him? Does it still rankle?"

"Rob's a good man," said Lynch, wishing immediately that he hadn't responded.

"All three of them were annoyed to have to move in the middle of the night though, weren't they? Uproot their lives again, all because of you. They're not that far away now. You probably know the guy who's in charge of looking after them, Special Agent Lennox. I see you do. He has a team of five

helping him, but it wouldn't be so hard to breach that house, Samuel, you know that."

"Okay, Mallard, you've proven your omnipotent presence, that must be great for you. But why the hell are you bothering me now? You could have killed me last time, and on many occasions before. By the sound of it, you could have killed me any time you wanted in the last four years. Why don't you get it over with?"

"You're lacking focus, Samuel," said Mallard, ignoring everything he'd just said. "If you don't mind me saying, you look tired, washed-out. Now why would I eliminate you? The world would be a much more boring place without you in it."

"So you're keeping me alive for your own entertainment?"

"No, no, Samuel. I would never be so callous with your feelings." Mallard clapped his hands together, and despite himself, Lynch jumped in his seat. "You know what you need? A challenge. In fact, hands up, that's why I'm here."

"You're here to give me a challenge? Enough with this shit," said Lynch, losing his temper.

"I can see you're agitated," said Mallard, mocking Lynch's attempts at an ultimatum.

"The only reason you could possibly be here is for your own ends, so tell me."

"We are so alike, whatever your objections. Like you, Samuel, I also need a challenge."

Lynch didn't understand where the man's obsession with him came from and still struggled with the similarities Mallard claimed he saw between them.

"You need a challenge? You want to have a midlife crisis, that's fine. But what's it got to do with me?"

"I know who's responsible for all these killings," said Mallard.

Lynch paused, thinking back to the three sets of murders.

Despite the man's denial that he was involved, with Mallard appearing like this, Lynch felt sure he was masterminding everything. "You're saying it's not you?"

"I keep telling you, Samuel. Would you like to hazard a guess at who it really is?"

Lynch wondered again if anyone at the field office knew he was missing. Rose would be most likely to notice, but she had her own worries. And Mallard would have taken precautions to ensure this meeting would not be disturbed.

"Where's Balfour?" asked Lynch.

"I was wondering when we were going to get to him. You may open envelope one," he said, pointing at the envelope on the table between them.

Lynch leant forward. The envelope was unsealed, and he took out a set of glossy photographs.

If they were fakes, they were immaculately done. Lynch held the photographs in his hand and flicked through each, one by one, noting in his peripheral vision the grin spreading across Mallard's face.

"He was a good servant up until the end," said Mallard as Lynch studied what appeared to be images of Balfour's corpse, his torso littered with knife wounds, his neck a ragged and bloody mess.

"You did this?"

Mallard leant closer. He was within reaching distance and although he still held his gun, Lynch wondered if he could make contact with him before he had the chance to use it. One savage blow to the man's windpipe could render him senseless. And so what if he missed? If Mallard pulled the gun on him now, then at least it would be all over. But Lynch knew Mallard. The man wouldn't stop there. Daniel and Sally would have no one left to protect them if Lynch was dead.

"Why did you do it?" Lynch asked, leaning back in his chair.

"It's what he wanted."

It was Lynch's turn to smile, incredulous. "Balfour wanted to be stabbed multiple times and killed?"

"You're not quite there yet, Samuel. You don't understand. Balfour had served his purpose, and he wanted me to be the one to take his life."

Lynch could almost believe it. Mallard had built his empire through a combination of savagery and his resources, but there was no denying the man's presence. He had a hypnotic way of speaking and Lynch had seen first-hand the type of loyalty he brought out in people. Maybe in Balfour's twisted world a final death blow from Mallard was exactly what he wanted. "When did this happen?" he asked.

"After your little stay in my wonderland."

"He's been dead for four years?"

Mallard smiled cruelly. "The world's second most wanted criminal. All those man-hours, and all that effort, and he's been lying in a hole all along."

Lynch shook his head. "What is it you want with me?"

"I don't wish to sound like a broken record, Samuel, but there's not many people who can affect me like you do. You've kept me entertained this last decade or so. You presented me with something of a challenge and in many ways, I've failed you."

"You've failed me?" said Lynch, deciding to humor the man.

"I was sincere that last time we met. I wanted you to join me. I showed you what I had to offer, what we could achieve together, but perhaps I went about it the wrong way."

Lynch was incredulous. "You went about it the wrong way? You kidnapped my son. In what part of your psychotic world did you think that would get me on your side?"

"Perhaps that was a step too far, but either way I failed and I'm not used to failure."

"Sometimes you just have to move on, Mallard."

"That's very true. And that's what I've tried to do these last four years. But, sadly, that's not how my world works," said Mallard, taunting Lynch by placing the gun to his side. "I can see your despair. You think your life is all but over. You were the one to finally rescue Daniel, but your family moved on. They're safe without you and now you've spent the last four years doing a meaningless job in a town you don't know or care for. You're thinking, what's the point of your existence. And if I'm honest, Samuel, I have to agree with you."

Mallard's interpretation of Lynch's current state of mind wasn't the greatest leap of logic, but it was impressive. "And what about you?" he asked, trying not to dwell on what Mallard had just told him.

"Exactly," said Mallard, his face lighting up. "I'm exactly the same. I achieved all there was to be achieved. I created a utopia and allowed it to be destroyed. So, what's next for me?"

"You allowed it to be destroyed?"

Mallard's face changed. As if every muscle in his body had tensed at once. The beast was revealing itself. "You don't think you defeated me, do you?" he said, through gritted teeth. "I played you from the beginning. You, and the rest of them. Agent Rose, McBride, that dim fuckwit they've made Director of the FBI, Miller, and that old witch of a sidekick, Janice Roberts. I played you all from the beginning. Come on, Samuel, you know that." Mallard clicked his fingers. "Any of you. I could have snuffed out any of you like that. Remember that coffee house in Texas where I called you? I had a sniper aimed at your head. And the train, and the compound?"

"I get it," said Lynch, "you could have killed me at any time."

"I could have killed any of you, Samuel, but I didn't. My utopia had served its purpose and I wanted it destroyed."

“It’s big of you to say so after the fact,” said Lynch, enjoying Mallard’s anger.

“It was me who did it, Samuel. I destroyed it. I allowed you to escape, that sick fuck Ethan had outstayed his welcome and I wanted you to kill him. I wanted you to remember that power you have inside you. And after you were reminded, I blew it all up.”

“Is that right?”

The anger disappeared from Mallard’s features as quick as it had appeared. “I know you already know this. I’ve read the secret FBI files,” said Mallard, making finger quotes on *secret*. “The explosive devices at the compound were more than a fail-safe. I planned to use them.”

“And that’s why you killed Balfour? Destroy it all to start again?”

“Something like that, Samuel.”

“Listen, as nice as it has been to have you seen you again, would you like to get to the point or get out.”

Mallard chuckled and although he didn’t want to believe it, Lynch heard genuine humor in the sound.

“I’ll get to the point, Samuel. I’ve been looking for a challenge these last few years and now one has finally presented itself.”

“And what’s that?” said Lynch.

“The person doing these ridiculous crimes.”

“You want me to believe it’s not you?”

Mallard scrunched up his face as if he’d just eaten something unpleasant. “You know it isn’t me, Samuel. Don’t play those games. However, I do know who is responsible.”

“Is that so? And are you going to tell me, or is this just another riddle I have to unravel?”

“No riddle, Samuel, but no, I’m not going to tell you. But I

am going to make you a challenge, between you and me. The first to find the killer wins."

"Oh, that seems fair," said Lynch, "seeing as you already know who the killer is."

"I have an advantage, but then you have a full team to help you out. So, you want to take me up on this? It's going to be fun for me chasing him, but it would be nice to spice things up a little, wouldn't you say?"

"What's the wager?" said Lynch.

"How about this. Whoever kills the person responsible wins. If I win, I get to take Sally and Daniel."

Lynch was breathless. He knew he shouldn't be provoked but he couldn't help himself. He lunged himself at Mallard, but the man was too quick, turning his shoulder and smashing the butt of his revolver against Lynch's temple. The room momentarily went out of focus as Mallard pushed him back down in his seat.

"If you kill him first, not only will you have my word that I will never come for you or your family again, but what's more I will hand myself in for arrest. What do you say, Samuel? Do we have a deal?"

Lynch knew the arrangement was heavily stacked against him, but he had no other option than to accept. In Mallard's twisted world, his word was his bond and although Lynch's chance of success was all but non-existent, he did believe that Mallard would honor the agreement.

"I accept," said Lynch, wondering if he'd just made a deal with the devil.

"Fantastic." Mallard smacked the gun against his empty hand. "It's good to see the old Samuel Lynch back. I look forward to dueling with you."

"You care to give me a name to even things up?"

Mallard smiled. "I think you'll know where to look. Anyway,

I must be going. Please take a drink of this before I do," he said, handing Lynch a small bottle.

"What's this?" Lynch took it from him.

"A small sedative, nothing else."

Lynch unscrewed the top and sniffed the contents. He hesitated, but what could he do? Why would Mallard go to all this trouble just to kill him with poison? He sucked in a breath. "Bottoms up," he said, drinking the oily liquid in three savage gulps.

"See you on the other side," said Mallard as the room went out of focus until everything was black.

16

It was after midnight when Rose and McBride left the building. The last of the searches had been completed an hour earlier. The personnel who had spent several hours under lockdown were still slowly filtering out.

"I hope it was worth it," said SAC Fairchild as he passed them in the foyer.

Rose wasn't surprised that their search had uncovered next to no evidence of the Railroad having infiltrated the organization. There were still a number of staff unaccounted for due to illness or time off. The real aim had been to send a message. If Ramović had been working with the Railroad, then there had to be other agents similarly compromised.

"Thank you for giving us the time and opportunity," said Rose as she walked out with McBride into the cold St Louis night. She could see her breath in front of her as she walked to the car, her foot catching on a piece of ice as she opened the front door.

"Still no news from Lynch?" said McBride.

Rose shook her head, climbing into the driver's seat and

switching the engine on. She'd last tried Lynch an hour ago, his phone either turned off or out of power.

"We could check in on him when we get back?" said McBride.

Rose waited for the engine to warm before pulling off. She'd thought about that herself but had decided it was probably best to let Lynch rest. He'd looked tired that first day he turned up unannounced, and the last few days hadn't helped. He'd gone through so much these last ten years, and had been out of the game for so long that it was obviously taking its toll. She worried she'd acted too hastily in recruiting him to help, even if there was probably no one else alive, herself included, who knew more about Mallard and the Railroad than him.

Back at the hotel, they both went silently to their rooms, Rose desperate to get as much sleep as possible before she met up with McBride and the rest of the team at 6.30 a.m. for breakfast. Still, she couldn't resist the lure of a quick drink before sleeping.

Tension ran through her body. Her shoulder muscles were on fire. She poured two measures of vodka in a glass before collapsing on the soft-cushioned armchair and switching on the news channel. Ramović's murder was national news and as she watched reports coming out from St Louis, images of Balfour and Mallard appeared on her screen.

The last known photograph of Mallard was from some twenty years ago, so now they had to rely on e-fits compiled by Lynch and other survivors from the East Texas explosions to identify the man. Despite the trauma of the investigation, Rose couldn't deny the illicit thrill of being able to engage with Balfour and Mallard again. The pair had been like ghosts these last four years.

Her thoughts turned to Lynch as she poured another measure into her glass. More than anyone, his life had been

forever changed by Mallard. After finally finding his son, he'd taken the selfless decision to estrange himself from Daniel and his ex-wife in order to protect them. He'd been living these last four years in virtual solitude in Nebraska, and all for what? For the killings to start again and for his family to be forced to uproot and leave the life they had started to build. No wonder he was struggling.

She brushed her teeth and decided she would speak to him first thing. She doubted it would make much difference - he was stubborn and willful, and wouldn't openly admit the duress he was under - but she would give him the option to step away from the case for his own good.

She didn't even bother undressing, pulling a sheet over herself as she collapsed on the bed, and despite the myriad thoughts running through her head, she immediately fell asleep.

[#]

Her alarm went off at 6:00 a.m. The first thing she did was call Lynch, who didn't answer.

"Got hold of him yet?" said McBride, sipping from a cup of coffee as she joined him for breakfast.

"I think he's still sleeping. I'll try him again after breakfast," said Rose, the taste of last night's vodka catching in the back of her throat.

Rose didn't really want to talk shop but needed to set up plans before they arrived at the field office. The goal for today was to check on everyone who hadn't been in yesterday and that list was a long one.

As they ate breakfast each of them looked at the timetable of the Texas Eagle on their phones. There were two trains currently active on the southbound route, the first of which had reached Texas that

morning. There was still so much work to do with investigations going at full throttle in the three separate towns. Director Miller had given her all the resources she needed, but another killing at this point would stretch the organizational capabilities of her team.

"I'll be back in ten," she said, pushing her half-eaten omelet away before walking to reception. She called Lynch again as she made her away across the dining room. This time, the phone didn't even ring. At reception, she asked for access to his room, flashing her badge to cut short any objections.

The manager was jittery as they caught the elevator together. He clearly wanted to ask questions, but thankfully kept his mouth shut as they left the tin box. Lynch would probably be pissed that she was checking in on him, but she couldn't shake an ominous feeling as the manager knocked on the door.

"Open it and stand aside," she said, drawing her Glock 22. It was probably overkill, but she wasn't about to take the risk.

The manager swiped the card, the electric lock buzzing green.

"Lynch," she called through the door. Stepping through, she caught sight of him in bed, feet dangling from the edge. She checked the bathroom before proceeding, sprinting the short distance from the door to Lynch, her hand instinctively rushing to his chest.

"Lynch," she called again, taking his pulse, which felt weak. She slapped him on the cheek. His mouth was dry, a line of spittle congealed beneath his lower lip. "Lynch, can you hear me?"

Lynch mumbled something incoherent but didn't open his eyes. "Call an ambulance. Now," said Rose, texting McBride and the others.

As she waited for them to arrive, she did a quick search of the rest of the room. Lynch's pulse had seemed to be in the low

forties, but she couldn't find any sign of alcohol or drugs that might account for that. There didn't appear to be any sign of a struggle, and mercifully there was no toy locomotive or railroad car in sight.

"What happened, Lynch?" she said, returning to his side. His breathing was heavy, and she'd already started to blame herself for not visiting the room yesterday evening as McBride, Phelan and O'Callaghan arrived.

"Ambulance is on its way," she told them, then pulled McBride aside. "Speak to the manager. We need CCTV footage for the last twenty-four hours."

"You think someone's done this to him?"

"Let's find out, shall we. We need full staff rosters, sickness reports etc. You know the score," she said as the paramedics arrived.

McBride nodded and walked off, Rose clearing the hotel room as she guided the paramedics to Lynch's side. As they began working on him, taking his pulse and blood pressure, one of the pair, a young woman who didn't look old enough to have left university, asked if Lynch had taken anything.

"Not that I'm aware of. He drinks beer, but not much," she added, knowing the five-beer routine Lynch kept to every evening.

"Mr. Lynch," said the second of the pair, trying once more to rouse him.

"We need to take him in," said the paramedic.

Another ten minutes passed before Lynch was positioned in the back of the waiting ambulance in the hotel parking lot. Rose called McBride and told him she was going with Lynch to the hospital. As she hung up Lynch opened his eyes.

"You gave us a fright there," said Rose.

Lynch tried to speak but his throat was hoarse, the words

that left his mouth inaudible. He pulled his hand onto Rose's forearm and squeezed tight.

"Give him some water," she said to the female paramedic.

"I think we need to get him in first," came the soft reply.

Lynch grabbed her arm tighter.

"Water, now," she said.

The paramedic dropped a couple of drops into Lynch's mouth. He was now on a drip feed, and color was returning to his cheeks. He tried to speak, but was still inaudible. He closed his eyes. Rose thought he'd gone back to sleep but then he opened them wide. The strain was clearly hurting him.

"What is it?" she asked.

His hand was still on her arm. Eventually, he was able to formulate the words.

"Mallard was here," he said, before closing his eyes once more.

17

Rose assigned a security team to go with Lynch before securing the hotel. “No one in or out,” she told McBride as the hotel manager tried to object.

“Ma’am, I understand the situation, but we have important guests coming and going today, I can’t just shut the hotel down,” he said.

“Deal with this,” Rose said, ignoring the man.

It was possible Lynch was imagining things due to whatever he’d taken but she had to take the threat seriously: it wasn’t the first time Mallard had made an unwelcome appearance in Lynch’s life.

A SWAT team secured all exits from the building and within the hour disgruntled colleagues from the St Louis field office had been called in to question the staff and residents. Once the manager calmed down, he showed Rose and McBride to the security office and introduced her to the hotel’s head of security. Liam Turner was dressed in a cheap looking linen suit. He appeared to be in his twenties, a poor attempt at a beard dotted across his face. “Mr. Turner, what time did you get to work today?” asked Rose.

"6.30 a.m.," said Turner. "I work 6.30 till 5:00 p.m. every day."

"And from 5:00 p.m. onwards?"

"We have a number of assistants who man the desk."

Rose glanced up at the bank of security screens. "What areas do you cover?"

Towards the front of the screens was a large monitor. Turner played with some buttons and the footage from screen one in the top left-hand corner appeared before her.

"This is the main foyer," said Turner as he pressed another button, video footage from a second camera appearing on the screen. "Dining room. Basically, we cover all the communal rooms, some of the corridors, and the parking lot at the back of the building."

"So we can see everyone who entered and left the building in, say, the last forty-eight hours?"

"Yes ma'am, can do," said Turner.

"What time did you drop Agent Lynch off yesterday?" she asked McBride.

"Approximately 3:00 p.m."

"Show us the main entrance from 2.30 p.m. yesterday," said Rose.

Turner typed in some numbers and video footage appeared on the big screen. "The entrance from 2.30 yesterday," he said, increasing the speed of the playback until Rose spotted Lynch arriving at 2.57 p.m.

"Stop," she said, "play it at real time."

Nothing about Lynch's demeanor as he walked from the hotel's entrance across the lobby to the stairwell and on to the elevators suggested he was under duress.

"We're going to need teams to go through all of this," she told McBride.

"How far back?"

Rose scratched her forehead. "At least forty-eight hours. Mallard could have been lying in wait here for all we know ever since we arrived."

"I'll get a team together now."

"You don't mind if we take over your office for a while," Rose asked Turner.

"No, ma'am, that's fine."

"So who was working here last night?"

"Gloria Young was manning the screens. The doormen didn't leave until 10.00 a.m."

"Gloria handed over to you, is that correct?"

"Yes, ma'am."

"And everything seemed okay with her? No news to tell?"

"No ma'am, it was a simple handover. Business as usual."

"What sort of security issues do you get here?" asked Rose.

"Not much, to be honest. We sometimes get undesirables entering the building, causing trouble. Now and then we have luggage theft but it's very unusual. The occasional issue with guests who've had too much of a good time, that sort of thing."

The hotel might have been one biggest in the area, and the security system was sophisticated enough, but it would have been easy for Mallard to slip in without showing his face to a camera.

Turner played around with some more buttons. "There is one thing, ma'am. Your colleague, he was staying on the eighth floor. That's correct, isn't it?"

"Yes."

"On the eighth floor, we have the gym, so that whole corridor has cameras fitted."

Rose sucked in a deep breath. "That's perhaps information you could have shared with me at the beginning. Can you show me my colleague arriving yesterday?"

Turner nodded. Three minutes after Lynch disappeared from view on the lobby camera, he appeared on floor eight. Rose watched him amble back to his room. If he was checking for threats he was doing so surreptitiously. She saw his profile as he placed his card against the doorframe and moved in. Rose sat down next to the young security chief, grimacing as she took a whiff of his cheap cologne.

"Okay," she said, resting her hands on the table. "Let's begin fast forwarding to the present time."

It was like watching the world's dullest movie. Turner increased the speed of the footage, slowing it every time someone appeared on screen. Rose watched hotel residents come and go, staff maintaining the rooms, gym-goers entering the weights room and returning covered in sweat. But at no point did Lynch leave the room, or anyone else enter it during the period before she saw herself knocking on Lynch's door. She cursed under her breath.

"There are no time lags?" she said.

Turner scratched his chin before pressing a few buttons. "Sorry, I didn't see this before. There appears to be a fifteen-minute period here when the camera wasn't working, 3.48 p.m. to 4.03 p.m."

Rose stared at the security manager. "Why isn't there an alert set up?"

"There is usually. Sometimes the cameras go offline, but usually we are notified. Nothing on the logs as far as I can see."

"So someone could have left the room undetected during that period?"

"It would appear so, ma'am."

It was frustrating, but Rose couldn't blame the head of security or his archaic system. "Okay, go back to the period where my colleague arrived in his room, and rewind."

Turner nodded, and within seconds they were watching the

reverse film. Residents walking backwards until four hours before Lynch had returned, the screen went blank.

"That's odd," said Turner.

"Odd?" asked Rose, already expecting the worst.

Turner continued scrolling backwards, the screen nothing but black and white static until the footage returned, the time showing a three-hour gap. It was Turner's turn to scratch his head. "I didn't notice this before," he said, "but we seem to have a three-hour break in the video footage."

Rose stared hard at the man, annoyed by the lack of care in his voice. "You've never seen this before?" she said, her voice low as she struggled to keep her impatience in check.

"No, ma'am, a notification appears on screen when a camera's not working." He clicked a few buttons and showed her the camera file. "No such notification during that period."

"And the other cameras?" said Rose.

Turner turned to look at her, his brow furrowed as if he didn't understand the question.

"The other cameras in the hotel during this three-hour period, check them," she said.

"Yes, of course." Turner shook his head as if surprised by his own stupidity.

One by one he uploaded the camera feed from yesterday and one by one the screen showed nothing but darkness.

"So let me guess, between the hours of 8.55 a.m. and 11.56 a.m. none of the cameras in this building were working?"

"It seems so, ma'am," said Turner, lowering his head.

"What the hell do you mean, 'It seems so?' You're the head of security and you didn't know your cameras were down for three hours. You were working at this time, were you not?"

"Yes and no, ma'am. I'd been called over to one of our sister hotels. We have a monthly meeting with the other security personnel."

"Isn't that just a coincidence," said Rose. "Remind me who was manning the desk?"

"That was Gloria, ma'am, I asked her to work overtime."

"This is the same woman who handed over to you this morning?" said Rose.

"That's right, ma'am."

"I think you need to give me her address now," said Rose.

[#]

Gloria Young lived in the north side of St Louis, a five-minute drive from where Ramović's body had been discovered. Piecemeal details were forwarded to Rose's phone about the woman as McBride navigated through the city's morning traffic. Young had worked in the hotel for the last five years after graduating with a diploma in hotel management from a college upstate. From what she could tell from the head of security and the hotel manager she was a good worker, always on time, rarely a day off sick. Rose had called her immediately, and she wasn't answering. She was just off a thirteen-hour shift at the hotel, so that in itself wasn't surprising, unlike the fact that she'd somehow sat through three hours of blank video footage in the hotel and not told anyone.

It was forty minutes before they pulled up outside the apartment building. A group of teenagers loitering at the front of the building appraised Rose and McBride as they walked through the courtyard. Rose found herself treating everyone with suspicion, even though she knew she shouldn't let her paranoia get the better of her.

"What floor?" said McBride as they looked at the weathered sign reading: *Elevators currently out of service.*

"Twelve," said Rose.

"I thought as much. Do you want me to cover downstairs while you go up?"

"Very funny, McBride. Let's go."

The staircase was dank and poorly lit, the air musty as they made steady progress up to floor twelve. Rose wondered what it must be like returning to such a building every day after the relative opulence of being in a deluxe hotel every evening.

Catching their breath as they reached Gloria's floor, they moved along the corridor and stood to the side of her door before McBride leaned over and knocked on it. A young woman wearing a t-shirt draped to her knees answered.

"Yes?"

"Gloria Young?"

"That's right. Who are you?" said the woman, glancing nervously at their badges.

"Special Agents Rose and McBride. Can we come in?"

"What's this about?"

"Is anyone inside with you, Miss Young?" said Rose, glancing over the woman's shoulder into the apartment.

"No, I was asleep."

"Then may we come in?" asked Rose.

"Are you going to tell me what it's about?"

"It's about one of my agents who has been taken to hospital after a possible attack in his room, and the fact that you were managing the security cameras yesterday when they went blank for three hours."

Gloria glanced from Rose to McBride, her eyes downcast. "You'd better come in," she said.

Rose followed close behind, alert to any sudden movements. The apartment was well presented, the only mess an open pizza box on a small dining table.

"You didn't seem surprised when I mentioned the video

footage," said Rose as Gloria slowly sat down on the two-seater couch.

"I knew you'd be coming," said the woman. "I hoped you wouldn't, but I knew you would."

Rose sat down opposite. "Is there something you need to tell me?"

"I didn't have a choice. They were going to kill me if I didn't do what they said."

"Who are *they*?" said Rose, signaling for McBride, who was checking the adjoining rooms, to join them.

"Two men. They came to my apartment the night before. They said at some point during my next shift I was to turn off the cameras without anyone knowing."

"And this was during your dayshift, when you were covering for your manager? Is that right?"

"Yes. They seemed to know all that in advance."

"What did these men look like?"

"Big, ugly brutes. They had knives and guns. They seemed to know everything about me. They knew where my mama lives, all about my relatives, even my friends. They told me if I did something stupid, they would do some horrible things to them, things that made me sick thinking about, and then come for me."

"And what, specifically, did they ask you to do, Gloria?" said Rose. "Was it just turn the cameras off and not to tell anyone?"

"I had to amend the log so that no one would realize it, but that was it. There was something waiting for me when I got back to the apartment. I don't want it. I don't want anything to do with it. It's in my bedside drawer. An envelope full of money."

McBride walked off and returned a few seconds later with the envelope in an evidence bag.

"It looks like about ten grand," he said.

"These men... would you recognize them if you saw them again?" asked Rose.

"I guess so," said the woman. "There was one more thing. I don't know what it means but they made me memorize a message to give to you, should you come."

"Me specifically?"

"They said the police or the FBI."

"And what was that?" asked Rose.

Gloria frowned. "*Even I can be compassionate, Lynch,*" she said, her brow wrinkling in concentration.

"And who told you to say that?"

"It was one of the men."

"And do you think that message was coming from directly from that man?" asked Rose, wondering if Mallard had been one of the men in the apartment.

"No, I don't think so. The way he said it was as if he was repeating it, like I am now."

"Okay, well thank you for your honesty, Gloria. We're going to need to take you in to get a statement. But before we do, I'd like to ask you for one favor. I'm going to need you to go to the bathroom and strip down to your underwear."

"What the hell?" said Gloria.

Rose understood the woman's apprehension, but she wasn't about to go anywhere without knowing if Gloria belonged to the Railroad. She explained the recent spate of murders to Gloria, who began shaking. "You've heard of the Railroad?" she asked, causing Gloria's trembling to intensify.

"You think the men who came here were from the Railroad?" she whispered.

"It's possible," said Rose.

"What, and you think I'm a member?"

"I don't know, but I'd like to eliminate that possibility before

I take you downtown. It will only be me with you and we can both video it so you have a record."

"And if I say no?"

"If you say no, we take you downtown and do it anyway, but I want to be on your side and I'd appreciate it if we could do it now."

Gloria stood up. "Let's get it over with," she said, just as Rose's phone rang.

"Rose," she answered.

"Rose, it's Phelan, there's been another one."

18

This time the train had made it all the way to Texas. But shortly after it left the station, an unidentified Caucasian male was discovered on the tracks three miles outside of Marshall. This discovery had forced the Texas Eagle to switch tracks and reach its next destination on a different line. No one had entered or left the train in that period, and its next stop was scheduled to be in Dallas.

Rose had left McBride at Gloria Young's apartment and just arrived at the hospital to see Lynch. He was sitting up, well enough to smile as she walked in. It was hard to believe only a couple of hours ago he was all but unconscious and unable to speak.

"They pumped my stomach. I'm a little hoarse. Neigh," said Lynch, his voice a dry rasp.

"What happened?" said Rose, sitting next to his bed.

Although Lynch was now more alert, his skin was still pallid, his eyes bloodshot. "Mallard was waiting for me in my hotel room. It must have been around 3:00 p.m. I wasn't expecting company and he pulled a gun on me before I had time to respond."

Rose explained the three-hour gap in the security footage at the hotel. "It doesn't come as a great surprise," said Lynch, accepting the beaker of water Rose poured for him.

"What did he do to you?" she asked.

"He gave me a drink, just like you're doing," said Lynch, sipping at the water. "I knew it was drugged, but what else could I do?"

"And what did he want from you?"

Lynch told her everything he could remember. According to him, Mallard had claimed not to be responsible for any of the killings, though he supposedly knew who was.

"And he didn't even offer a name?" asked Rose.

"Not even a hint. He wants play a game. See who can find the culprit first."

"Sounds like he needs your help."

"It had crossed my mind."

"Not something that he would easily admit," said Rose.

"Maybe that's why he's making a game out of it. But he definitely sees himself as being above these killings."

"And Balfour?"

Lynch scrunched up his face. "Unless the photographs I saw were amazing fakes, then Balfour is long dead."

"You think he was telling the truth?"

"Mallard is deluded but I don't think he's lying. He killed Balfour for his own weird reasons and like I said before, this just isn't his style."

"But why would he come to you? Does he want your help? Does he feel under threat?"

"If he feels under threat, he's hiding it well. I think he does know the killer but doesn't yet know how to find them. I think he genuinely wants this ludicrous competition. But it goes deeper than that. Mallard may lack empathy, but he's a vain son of a bitch. I think what he's really trying to protect is his reputa-

tion and that of the Railroad. He doesn't want it sullied by the actions of this newcomer."

"And he wanted you to know that?" asked Rose.

"He wants us all to know that."

"What is it you're not telling me?" Rose took the empty beaker from him.

"What is it you're not telling *me*?" said Lynch in reply.

"There's been another killing in Marshall, Texas. A body's been found on the railroad track. Still unidentified."

Lynch paused. Four years earlier, Lynch had been taken by Mallard on a stretch of track between Marshall and Texarkana. "So, what the hell are you doing here?" he said after a beat.

"Well, first of all, I wanted to check how you are. Second of all, the helicopter's not ready."

Lynch smiled at the rejoinder. "I knew it." he said. "Get me out of here and I'll come with you. I need to head down that way anyway."

"Don't be ridiculous, Lynch, you nearly died."

"I didn't nearly die," said Lynch, getting out of bed. "Nothing worse than a bad hangover. A few cups of coffee and I'll be as right as rain. But I'm coming with you. I need you to get me permission to see someone."

"And who's that?" said Rose.

"Melinda Simmonds."

Melinda Simmonds was the most high-profile arrest they had made following the explosions in East Texas. Lynch had testified at her trial. She'd been one of Mallard's trusted so-called inner sanctum and it had subsequently been discovered that she'd been the head of an international sex trafficking ring for the last three decades.

"Even if she would speak to you, she's loyal to Mallard."

At no point during her trial or incarceration had the woman given any information away against Mallard.

"We don't necessarily have to talk about him, but she might give us a hint as to who is responsible."

"What else did he say to you, Samuel?" said Rose as Lynch started to get changed. She could tell he wanted to speak to her but was keeping her at bay, possibly for her own protection.

"Let me ask you another way," she said as he finished dressing and pulled on his boots. "What happens if you find the killer before Mallard?"

"Then I win," said Lynch, pulling on his coat and zipping it up.

"And if you don't?" said Rose.

"Simple. I lose."

19

The St Louis Archway came it to view as the helicopter carrying Rose, McBride, and Lynch left the roof of the FBI building. The green of the city's baseball stadium was directly below them as the helicopter banked and headed towards to Texas.

As Rose had feared, the investigation was close to spiraling out of control. With Phelan heading up things at St Louis, and O'Callaghan returning to Washington, the last thing they needed now was another crime scene. The body on the railroad tracks had been identified as Rogan Hobbs. Hobbs was the mayor of a small town called Longview which was approximately twenty miles from where his body was found.

"They're showing us that they can kill anyone," said McBride, talking to Rose through his headset. "First an innocent family. Then an ex-con, an FBI agent and his CHS. And now a local mayor."

"It's definitely some show of power. Mallard didn't say as much, but it could be that the killer is in direct competition with him and is trying to show his abilities, his worth," said Lynch.

"Did he give you any indication how he knew the killer?" asked Rose.

"He was vague, but beyond all the bravado he wasn't happy about the situation. As his nickname would suggest, he doesn't like not being in control and this guy is something of a rogue operator."

"That's all we need, two competing psychopaths," said McBride as the helicopter crossed water on the border with Missouri.

Now and again, Rose would drag her attention away from her laptop and out towards the landscape, the snow a distant memory, her eyes seeking out railroad tracks and trains. She'd learnt, from her time chasing Mallard, that there were over four hundred thousand miles of tracks throughout the United States. Mallard's family had been pioneers in the railroad industry and it was where his considerable wealth had stemmed from.

Rose no longer cared for the transport system. Her memories were now entwined with the various homicides and missing persons investigations still unsolved. She thought about the maps Lynch had created, how he'd initially gone to Balfour at the FBI, listing the thousands of cases through the land where people had gone missing within a mile of railroad tracks. If only someone else had listened to him at that point they might never have been in this situation.

After refueling, the helicopter locked onto the track used by the Texas Eagle, and they were soon hovering over the crime scene. The area was awash with emergency vehicles as they landed, a bite to the air despite the sun being high, the sky clear.

News trucks were at the scene, and cameras followed them as they walked over to the welcoming committee where they were greeted by Sheriff Leonard Morton.

Rose made the introductions to the chief, an overweight man in his fifties, who explained an anonymous call had tipped them

off about the body being on the tracks. "Can we see?" asked Rose.

Morton nodded, McBride donning his sunglasses as they stepped through the barrier tape towards the tracks where the body had been found while Lynch stayed behind.

"Mayor Rogan Hobbs," said Morton, pointing to the area where the mayor's body had been found. "Like your others, he had a laceration to his neck. Nasty business."

"Has he been checked for Railroad insignia?" asked Rose.

"Not thoroughly, ma'am," said the sheriff, "but I'm sure they'll be doing that at the morgue later on."

Rose thanked the sheriff, wondering how many more bodies they would have to check before this was at an end.

[#]

Lynch felt like he was slipping in and out of reality as he sat inside one of the patrol cars away from the crime scene. He may have had his stomach pumped, but it was as if he could still feel the poison Mallard had given him flowing through his bloodstream.

The whole encounter now felt like a dream. Mallard had looked no different from that time at the compound, holding that same hypnotic sway over Lynch.

Maybe, Lynch thought, he had finally cracked, and the encounter had all been in his imagination, Mallard's ultimatum an illusion dragged up by his weary imagination.

He felt vibrations on the dashboard of the car and looked up to see a train heading towards them on adjacent tracks less than one hundred yards from where Mayor Hobbs' body had been found.

Lynch understood, in part, Mallard's obsession with trains. There was a romance to the machines travelling the length and

breadth of the country that still hadn't quite diminished for Lynch despite everything that had happened to him.

He watched the locomotive rush by - its occupants oblivious to their surroundings and the senseless murder that had taken place outside - and thought about the varying reasons those people would be on the train. He had no idea of the train's origin or destination and liked to think that each and every one of its passengers were heading off on some type of adventure, personal only to them.

But as the train faded out of sight, his mood darkened. He thought how easy it would be to step in front of such a machine travelling full tilt. Trains didn't discriminate. It would be all over in a split second, not long enough to feel the impact as the train rushed across his body. Maybe then this would all be at an end. No more searching for, and running away from, the Controller. And if it hadn't been for Mallard's ultimatum, maybe that was what he would have done.

The knock on the window startled him, tearing him out of his maudlin thoughts. He looked out to see Rose, wrapped warm against the cold air, sweat trickling down her nose.

"I've brought you a water," she said as he opened the door.

Lynch took the drink from her, momentarily wondering if this too was drugged as he took a sip.

"It seems we arrived just in time for some breaking news," said Rose, handing him her iPad displaying the front page of the local newspaper, the *Longview Gazette*. "Mayor suspected of embezzlement" ran the headline. Lynch scanned the text about a proposed development on the outskirts of the small city.

"Published before they knew he was dead," said Rose.

"What did the sheriff have to say?"

"He knew it was on the cards. Apparently *we've* been investigating him for a number of months."

"By 'we', you mean the feds?" said Lynch.

"Well, you are an associate member."

"It sounds like our killer is becoming a vigilante. Two ex-cons, a possibly crooked agent and now a fraudulent official."

"And an innocent family."

"That anomaly aside. I don't suppose we have any more information on that, do we? No secret contract Anderson was working on? Perhaps an agreement to set up an underground bunker?"

"Sadly not. Everything still feels so random to me, especially with what happened to you," said Rose, drinking from her water bottle.

She'd always been a cool customer since that first time they'd met at the FBI compound. It took a lot to ruffle her, but Lynch could sense her frustration which had increased three-fold since Mallard's appearance at his hotel room.

"What was it like, seeing him again?" she said as if sharing his thoughts.

Lynch folded his arms and sank back into the faux leather seats of the patrol car. In the distance, he heard another train and wondered how long it would take him to sprint to the adjacent track. He doubted he would make it more than a few meters before Rose caught up and tackled him to the ground. "It all still feels a bit surreal. There's something about him. I told you before. Even when I saw him there with a gun in his hand, it was like a type of ease washed over me. I wasn't scared for my life because I know he could have killed me at any time. This might sound a bit bizarre and possibly a bit horrendous, but I was almost pleased to see him."

Lynch was well versed in the concept of Stockholm syndrome - which had all been but disproved - but it wasn't like that with Mallard. Yes, he might have been pleased to see him in a way, but he would have had no hesitation is shooting him dead if he'd been given the opportunity.

"Why you?" asked Rose. A question she'd asked before and Lynch had asked himself too many times.

"I wish I knew. Sometimes I feel that I just got unlucky. Anyone could have stumbled on the data about the railroads, could have ended up becoming Mallard's obsession."

"What else did he say to you?" said Rose, holding his gaze intently.

"He was spouting some nonsense about needing a challenge. He suggested I needed one too."

"You're lying to me, Sam. Maybe not about that, but I know there's more to it. Tell me. It won't go beyond us, unless it's absolutely necessary."

There was no one else in the world he trusted more but still he hesitated before telling her. "This will sound off the wall... but we made a wager."

"You and Mallard?"

"It's not as if it was my choice. He told me he wanted to motivate me and get me back to the way I was. He says that if I find the killer before him, he will hand himself in."

"And you believe that?"

"He may be delusional, but he has certain principles. Of course he's speaking from a position of power. He knows who the killer is and has access to resources we can only dream of."

"And what was the other side of the wager?"

The ground trembled as the second train arrived. Again Lynch imagined the sweet oblivion of throwing himself in front of it. If he couldn't trust Rose, then there was no one left in his life.

"That he's going to take Sally and Daniel," said Lynch, omitting the part where Mallard had promised to kill him as well.

"We won't let that happen again, Samuel," said Rose.

The sun was high, glaring into her eyes. It highlighted the

freckles on her face, which always made her look that much more youthful.

"You know you can't make that promise," said Lynch. "He's been away for four years yet he turns up at my hotel room, manages to shut down the security cameras and proceeds to tell me where I've been living all this time. Where Sally and Daniel have been living. The truth we have to accept is he can reach us at any time and there's nothing we can do about it."

Rose turned her head from the sun. "Well, we'll just have to find this killer then before he does. Miller called earlier. He's agreed to let you speak to Melinda Simmonds."

"And what does she have to say about that?"

"The offer has been presented to her, and for now she's agreed. If you leave now, you'll be there in time to see her this evening." Rose handed him a piece of paper. "No one else knows her location aside from Miller, me, and those guarding her. I've managed to get you a car from the field office," she said, giving him a set of keys. "Be safe." She turned away before he had time to object.

20

Rose wondered if she'd made the right decision as she watched Lynch drive away. Although he had the best chance of getting answers from Melinda Simmonds, she worried that his animosity towards Mallard might push him over the edge. Then again, maybe that was exactly what they needed. Conventional means of investigation had so far failed to stop the Railroad, so maybe a new approach was required.

After wrapping things up at the railroad, they drove to the city hospital, where Rose agreed to meet an agent from the local field office, Special Agent Ben Lancaster. She glanced again at the railroad tracks as McBride pulled away. The positioning of the body couldn't be a coincidence. It was less than a mile away from the spot where Lynch had been taken four years ago. He had been travelling under Mallard's instruction on a public train which had been stopped and boarded by members of the Railroad dressed as Texas Rangers. Lynch had been taken from the train and placed into a second train on the adjacent track, the so-called *ghost train*. To this day, the FSC hadn't been able to come up with a satisfactory answer to how Mallard's private train had appeared and then disappeared, despite every inch of

the private tracks belonging to Mallard's holding company being subsequently examined after the explosions in East Texas.

Special Agent Lancaster had agreed to meet them in the small coffee shop near the entrance to the hospital.

"Have you seen the body?" asked Rose once Lancaster had bought the three of them coffees.

"Not yet. He's down in the morgue. Can't see him until the family have identified him."

"You were leading the investigation?"

"That's right. Talk about timing. From a personal standpoint, he was as corrupt as hell. We've known that for a long time. But he got greedy, not declaring donations, backhanders from developers, and we have him on three counts of money laundering."

"Naughty boy," said McBride, drinking his coffee.

"Exactly."

"When were you planning to arrest him?"

"In the next couple of weeks, we were going to apply for the warrant. There were a few more trails we've yet to finalize."

"Anyone he's involved with who he shouldn't have been?"

"Plenty," said Lancaster. "The money laundering itself is part of something much bigger, though we're only getting into that at the moment."

"Could he have upset the wrong people?" asked McBride.

"Well, he's certainly upset someone," said Lancaster. "He had his enemies. The local police chief isn't enamored with him. He cut his funding last year by fifteen percent. Then there's his political rivals. Whether it's enough to warrant hacking his neck with a machete, I don't know. My advice, as always, would be to follow the money."

"Cartel?" asked Rose.

"It's possible. We have our fair share of drug issues, though perhaps not as much as our colleagues down south."

"Any other scandals we should know about?"

"The main one I would look at is the development on the south side. Huge sums involved. We've tracked it as best we could. There seems to have been some flip-flopping between contractors. Lawyers were involved over potential breach of contract. Hobbs' team changing their mind on who they were going to use for construction on the development. I'll send you everything I have."

"Thank you," said Rose. "Family?"

Lancaster raised his eyebrows. "Like all these bastards, he appeared to be a family man on the surface. Wife, three older kids, church every Sunday without fail. But I think we're only touching the tip of the iceberg when it comes to his financial dealings."

"You spoke to him directly?"

"On numerous occasions. He's lawyered to the hilt as you can imagine. That's why we haven't made the arrest yet."

Rose talked through each of the previous victims in turn, but Lancaster was already up to speed on the case.

"None of those names appear in the files, though that doesn't mean Hobbs didn't know them. We'll run them again and start asking a few questions. I'll see if I can do my best to help."

"Excuse me," said Rose as her phone rang.

"Ma'am, it's Sheriff Morton. You asked for me to call you when Mrs. Hobbs arrived. She's just identified her husband and is waiting here for you."

Rose thanked the sheriff and hung up. "Anything we should know about his wife?" she asked, putting on her coat.

"He hasn't let us near her. As I said, they had the front of the perfect family but if she's willing to talk, and despite the circumstances, I'd see if you could push on Hobbs's financial dealings, see if you get a reaction from her."

Rose thanked Lancaster and walked over to the hospital. The

acrid, antiseptic smell was overpowering as they entered, as if the place had just undergone a deep clean. Chief Morton was sitting on a bench by the entrance, talking to an attractive woman dressed in black.

"Special Agent Sandra Rose, Special Agent McBride, this is Janice Hobbs," he said.

The woman stood and offered her hand. Her eyes were downcast but Rose couldn't see any sign that she'd been crying. "I'm sorry for your loss, Mrs. Hobbs."

"Thank you."

"This won't take a minute, but I'd just like to ask you a few questions about Mr. Hobbs if I may?"

Mrs. Hobbs nodded and sat back down, Chief Morton standing so Rose could sit next to her.

"You were married for thirty years?" said Rose.

"That's right. High school sweethearts."

"And you have three children?"

"Three boys. One working, two at college."

"They've been informed?"

Mrs. Hobbs nodded again.

"I know this is an impossibly difficult time for you, but I was wondering if you had any idea who would want to do such a thing to your husband."

"I thought you'd be able to tell me that," said Mrs. Hobbs. "Isn't this the crazed serial killer you failed to catch? The Railroad guy?"

"That's yet to be determined. I was wondering if there was anyone more local to Mr. Hobbs who may have wanted to do this."

"Rogan had his enemies. You expect that when you're in politics all your life, but no one in this town is going to kill him and leave him by the railroad tracks like that. I don't think you

need me to tell you that, do you, Agent Rose?" Mrs. Hobbs spoke plainly and without emotion. Hardly the part of a grieving widow but death affected people in different ways.

"Again, I know this is not the sort of question you'd like to answer, but what can you tell me about the financial investigation into Mr. Hobbs? How was he dealing with that attention?"

"You call it an investigation, we call it a witch hunt. Rogan pissed off the wrong people, that was all, and this is the only way they know how to fight back."

"Which people?" asked Rose, glancing over to Chief Morton, who looked away.

"I'll go and get some coffee," he said.

"They've had had it in for us ever since Rogan was forced to cut their funding," said Mrs. Hobbs as Morton walked away. "He won't be losing any sleep over Rogan's death tonight, that's for sure."

"Is there anything else you can tell me? Anything else that could help me find your husband's killer?"

"I think if you're looking local, you're looking in the wrong place. I've read about your case. I know about that murderous lunatic, Mallard. Everyone knows he's responsible for these killings so why don't you just find him and stop wasting my time?" said Mrs. Hobbs, getting to her feet.

"Would it be possible to look around your house, go through your husband's office, see if there's any information that could help us?"

"Not without a warrant there it won't be," said Mrs. Hobbs. "Now, if there's nothing else, I need to meet with my three sons who'll be grieving for their daddy."

Rose nodded. Mrs. Hobbs' heels clicked on the hospital floor as she walked away. As soon as she left the building, Rose called Director Miller and requested an immediate warrant to search the mayor's home and office.

[#]

Rose didn't waste any time as she and McBride drove to the Hobbs' ranch on the outskirts of the small town. According to the records, the property had over a hundred acres of land. She pressed the intercom on the gate but was denied access by Mrs. Hobbs.

"Not without a warrant," said the widow.

"You have your binoculars?" Rose said to McBride as she looked down the long driveway.

McBride put on his shades. "Here you go," he said, handing her a pair of binoculars from the trunk of the car.

Rose adjusted the focus until she could better see the main building, which must have been three hundred yards away. The opulence of the Spanish colonial house was a worthy competitor to the Andersons' house in Chicago where this had all started. "Take a look," she said to McBride, handing him her the binoculars.

"They're packing in a hurry."

"It's what they're packing which interests me most. Come on, Miller," she said, looking at her phone for notification that the warrant had been issued.

"They look like they're packed up." McBride handed her the binoculars back.

Rose took another look. Mrs. Hobbs was getting into her car. If she managed to leave the property before the warrant arrived, then any incriminating evidence she may have been carrying risked being lost forever. Usually, these things took hours, but Miller had the authority and contacts to get it done much quicker. As Mrs. Hobbs started her car and began driving down the driveway, Rose called the director.

"Sir, Mrs. Hobbs is about to leave the property. She's packed her car. We need that warrant yesterday."

"I've already spoken to the judge. Stay on the line."

It would be cutting it close. Mrs. Hobbs was nearly at the gate, and if she got past them she could ditch whatever was inside. The car slowed as Mrs. Hobbs arrived at the exit, the electric gates creaking open.

"We have to stall her," said Rose, putting in an earpiece connected to her phone as she stepped towards the car.

"Mrs. Hobbs, may we have a word?" she said, crossing the threshold where the gate had separated.

Mrs. Hobbs opened the car door, the engine still on. "You're on my property, Agent Rose," she said, hand on the roof of the saloon.

"I have a few more questions to ask you about your husband," said Rose, taking a step back so she was on the right side of the property line.

"I'm done speaking to you," said Mrs. Hobbs. "Anything you want to say you can say to my lawyer."

Rose nodded but didn't move, McBride joining her. "It will only take a few minutes, Mrs. Hobbs. Perhaps we can drive back to your house and talk there?"

"I'm late for a meeting," said Mrs. Hobbs.

"Weren't you supposed to be meeting your boys?" said Rose, wondering what sort of meeting the woman could be attending when her husband had just died that morning.

"It's to do with the funeral," said Mrs. Hobbs. "Now if you please, you're trespassing."

Rose checked her position behind the line of dirt the gates had created.

"It will only take five minutes," she said as she heard Miller's voice in her earpiece.

"I don't have five minutes; now get out of my way," said Mrs. Hobbs, shutting the door.

"The warrant is active," said Miller as Mrs. Hobbs began driving towards them.

Rose couldn't let the car leave the property. She withdrew her firearm and moved over the boundary. McBride followed, moving to the side of the car when Mrs. Hobbs abruptly stopped the vehicle.

"Please get out of the car, Mrs. Hobbs," said McBride. "We have a warrant to search your property."

Scowling, Mrs. Hobbs switched off the engine and left the car. "How dare you pull your guns on me," she said as Rose nodded to McBride and they both lowered their weapons.

"We have a warrant," said Rose. "Everything within your property boundary can be searched. Perhaps we can start with your car."

"You can wait till my lawyer arrives, you goddam bitch," said Mrs. Hobbs.

Rose clicked on the link on her phone and handed it to the woman.

"Bad manners won't get you out of this situation, Mrs. Hobbs. Here is the full warrant. By all means call your lawyer, but we'll be starting this search now. Please pop the trunk."

Rose peered into the empty car.

"I'm not doing anything," said Mrs. Hobbs.

"So be it." Rose took the keys from Mrs. Hobbs and opened the trunk by pressing a button on the key fob. "You're packing light," she said, glancing at the three laptops in the trunk of her car.

"I'm not packing anything," said Mrs. Hobbs. "I told you. I have a meeting. My husband died today, for crying out loud."

"And what we will find when we look at these laptops?" asked Rose.

It was subtle but a flicker of fear ran over Mrs. Hobbs' face,

her right eye twitching, the tension in her face slackening for a split second. “You won’t find anything,” she replied, “and I’m not saying another word until my lawyer is here.”

21

Lynch cracked open his fifth beer of the night, alone in the hotel room in San Antonio. He'd checked every square inch of the small room before settling, plagued by the irrational fear that Mallard might suddenly pop out of some secret compartment. He was being picked up early the next morning by agents from the field office and was to be driven to a black site where Melinda Simmonds was serving her sentence.

As he sipped the last of his beer, he thought about the one and only time he'd met her. It had been minutes before he'd met Mallard for the first time. Simmonds had been part of Mallard's so-called inner sanctum. She had the special Railroad tattoos to prove it, delicately carved onto her skin by Mallard's own hand.

Lynch had thought the setup ludicrous at the time and his opinion hadn't changed since. Mallard's inner sanctum were deviants of the highest kind, but each was also deluded, worshipping Mallard as a type of demigod. He remembered the glazed look in Simmonds's eyes as Mallard had appeared that day and although he'd experienced first-hand Mallard's

hypnotic sway over people, he still couldn't fully understand that type of devotion. A thought that accompanied him into his dreams as his tiredness finally got the better of him.

[#]

Lynch's mouth was bone dry when he woke a few hours later. He slowly opened his eyes, half expecting Mallard to be in the room with him. The first thing he saw were empty beer cans on the side table. If he'd slept, it had been dreamless and as he shuffled out of bed towards the bathroom, he thought how nice it would be to stay here for the rest of the day. But a quick check of his watch told him he was being picked up in less than thirty minutes.

All sign of the cold snap they'd been experiencing in the rest of the country was not evident as Lynch waited outside. A dark sedan with its back windows blacked out approached, a man in a dark suit stepping out from the passenger side. "Samuel Lynch?" he said. "Special Agent Philip Reed. Please take a seat in the back, sir."

"Where are we going?" asked Lynch, already tired of the subterfuge.

"That's classified, sir," said Agent Reed, opening one of the rear doors.

Lynch shrugged and clambered into the back of the vehicle. The windows were also blacked out from the inside and a divide prevented him from seeing out of the front of the car.

"Sit back and relax, sir," said Agent Reed's voice, coming to Lynch through the car's speaker system. "We're going to be a few hours. There's water back there with you. Knock on the glass divide if you need anything."

Lynch sat back. He'd been in an almost near identical situation before when Special Agent Lennox had driven him to the

place where the original Railroad killer, Razinski, had been assassinated. Had lessons been learnt from that time? It was good to know Sandra Rose had a greater say in things nowadays, but it still wasn't a stretch to expect Mallard to be lying in wait for them, wherever this new site was located.

Soon the car's journey was smoother, and Lynch guessed they'd hit the interstate. With no visual stimulus, Lynch closed his eyes and leant back in the soft cushioning of his seat. The even ride and the gentle hum of the engine sent him to sleep, a sleep which was abruptly halted two hours later as his door was opened and bright sunshine assaulted his eyes.

"It's time we said goodbye, sir," said Agent Reed as Lynch blinked against the sun and left the vehicle. "The entrance is over there; they're expecting you." Reed pointed to a brick building, little bigger than a row house.

Lynch took in his surroundings. He was in a desert-like area, the ground coated in a fine layer of frost, the land flat in all directions.

"I guess you're not going to tell me where we are?"

"Safe journey, sir," said Reed, getting back into the car.

Lynch walked over to the building and knocked on the door. A SWAT agent in full fatigues answered and ushered him in. Two more agents were waiting for him inside, neither offering introductions.

"Samuel Lynch?" said one of the pair, who was wearing a cream suit, the top three buttons of his shirt unbuttoned.

"And you are?" said Lynch.

"We don't give out any names here," said the man. "You're here to speak to Melinda Simmonds. She's the only prisoner in this complex. We can drive you to her but first I need you to undergo a search."

"A search?" said Lynch.

The man smirked. "If you could go through that door and take off your clothes, my colleague will be with you shortly."

"You want to strip search me?" said Lynch, incredulous.

"It's the only way in and out. If you want to leave, I can call Agent Reed back; your choice."

Lynch cursed under his breath as he stepped through to the changing area, though deep down he welcomed the security protocols. He doubted it would ever be enough to stop Mallard, should he wish to somehow infiltrate the area, but it was an extra layer of confidence that Lynch needed at that moment. He took off his clothes, trying his best not to look at his out of shape body, before the two men joined him.

"I'm afraid we have to record this for posterity," said the man who'd spoken to him earlier.

"If I see this on the internet, we're going to have problems."

The man didn't respond. Instead, he instructed Lynch to turn around and to bend over.

"The things I do for no pay," said Lynch, doing as instructed.

[#]

After changing, Lynch was assigned to two more SWAT guards who took him to the other side of the building where a jeep was waiting. They drove for fifteen minutes until the small entrance was no longer visible and a larger brick building, this time surrounded by wire mesh twenty yards high, came into view.

Lynch spent another hour going through various protocols and being passed from person to person until he was finally led down twelve flights of stairs and greeted by another suited agent, this time female, who once more refused to introduce herself.

"You've met Melinda Simmonds before?" said the woman.

"I'm beginning to believe she no longer exists."

"I would have thought you, more than most, would understand the need for heightened security," said the agent. "Melinda is through those doors. We have four guards, one positioned in each corner. Sometimes she's talkative, other times not. Let's hope for your sake today is one of her good days."

"She knows I'm coming?" said Lynch.

"She does. You're her first ever guest."

"Quite the honor," said Lynch, following the agent towards a set of automatic doors.

The agent pressed a button and Lynch entered a hanger-like area, akin to the one he'd visited when Razinski had been assassinated. Melinda Simmonds was hard to miss. She sat in the center of the room in a glass box. Her legs were chained to the floor, her wrists cuffed and connected to chains linked to the glass ceiling.

Lynch stepped forward, making eye contact with the four guards, each of whom wore a Kevlar vest and was fully armed. He stopped five yards short of the glass prison, where a chair had been placed for him. The woman in the box bore little resemblance to the woman he'd seen in Mallard's inner sanctum. The woman he'd met then had been overweight, with flowing black hair. The woman in the glass prison, however, appeared shriveled, her scalp completely shaved to the skin.

"Age does strange things to us, Mr. Lynch," she said.

"Ain't that the truth," said Lynch, sitting down. He knew the last four years had probably not treated him kindly, but he doubted the time had such an effect on him as it had on the prisoner. "Quite a place you've got for yourself here."

"Place is all in the mind, Mr. Lynch."

"Is that so. So where are you in your mind at the moment? Because from where I'm sitting you appear to be chained up in a little glass box."

"I could say something like 'we're all prisoners here', Mr. Lynch, but that would be trite, wouldn't it? I'm alive and that counts for something. You are as well, which I have to say surprises me."

"I think we're all on borrowed time, Melinda, don't you think?"

Melinda tilted her head. "Oh, we're on first name terms are we, Samuel? So be it. Now, how can I help you?"

"He came to see me the other day. Wilberforce Mallard. You might remember him."

She tried to hide it, but the recognition was there in her face, the slight dilation in the pupils visible through the glass screen, the twitch of her lips as Lynch said Mallard's name. "You were honored," said Melinda.

"You mean he hasn't visited you yet?"

Melinda smirked, a fine set of lines cascading down the side of her face. Chained and helpless, she looked frail and weak, and Lynch had to remind himself of the atrocities attributed to her. The sex trafficking ring, and the numerous homicides she'd been suspected of, as well as the copious other crimes they'd yet to connect her with, and the ones they would never know about.

"I agreed to see you, Samuel, because I... well, because I have little else to do. But if you have a point, I need you to get to it."

"Very well," said Lynch, proceeding to tell her of the current situation, of the various murders that had been committed on the Texas Eagle line from Chicago.

"That's quite a story," she said when he'd finished. "You don't seriously think Mr. Mallard would have anything to do with that, do you?"

"He says not."

"I should think so too. It sounds like little boys playing little games to me."

"That's the impression I got from Mallard when I spoke to

him. But I also got the idea that you might know who's responsible and why they're doing the things they're doing."

"And why would you think that?"

"Well, you're the last surviving member of the Railroad's inner sanctum," said Lynch, studying Melinda's response as he spoke, noting the slight narrowing in her eyes.

"Balfour escaped as well," said Melinda, defiant.

Lynch shook his head. "Not if the photos your beloved leader showed me are anything to go by. It seems, for whatever twisted reason, Balfour decided to give up his life to Mallard, in a particularly gruesome way."

Melinda raised her chin and began to chuckle. "I can't say I'm disappointed, or surprised, but I'm afraid I can't help you."

"Mallard knows who it is," said Lynch.

Melinda tensed. "That's what he said?"

"Yep."

"Then why hasn't he done something about it?"

"I'm sorry to break it to you but it's possible your god is fallible after all. He's yet to locate the person who's doing this."

"I find that very hard to believe. He wouldn't let his reputation be besmirched in this manner, and he certainly wouldn't come to you for assistance."

"That's the way it is, Melinda. I don't know why the person responsible is doing what he's doing but I have a feeling he isn't going to stop until I, or Mallard, get hold of him."

Melinda laughed, the hollow sound resonating in her glass prison. "You can't honestly think that I would care? You have me caged like an animal. If anything, I welcome the news. I'm glad this person is killing whoever they are killing, and I hope they continue."

"You help us, we'll help you," said Lynch, letting out a sigh.

"Finally, we get to the point. So, what's on offer? A bigger

box? A bathroom with some privacy? Maybe a glimpse of the outside world?"

"All can be arranged. But I need a name. If Mallard knows who's responsible, I'm sure you do too. He must have made many enemies in his time but from what I understood talking to him, this seems personal, almost as if he has a direct competitor. Tell me who that is, and I'll do everything in my power to get you into a better place."

"You honestly think I would tell you anything? I'm only alive because Mr. Mallard allows it. All these ridiculous security features are redundant and you know it. You've been here before, Lynch, haven't you? You've seen what he can do. You think because you've put in a few new measures that he can't reach you? Well, you're wrong. Me? I choose to live. So you can take your ridiculous offers, and your lies, and go back to where you've come from."

Lynch had had hoped she might accidentally reveal something useful during their conversation, give him some indication of who was responsible for these murders. Perhaps she'd let slip a mistaken word that might point him in the right direction. But as he'd feared, Melinda wasn't speaking and deep down he knew she never would.

"Thank you for your time and enjoy the rest of your life in your glass prison," said Lynch, getting to his feet.

Melinda waited till he'd walked five paces away from her before speaking.

"I knew you were coming, Lynch, long before you knew it. He told me, you see."

Lynch turned back around to face her. He sensed the four guards more alert than before and briefly wondered if the compound was about to be breached.

"He didn't tell you shit," said Lynch.

"Rogan Hobbs," said Melinda.

Lynch stood stock-still, a coldness sweeping through his blood.

"That's right, Lynch. When was he killed? Yesterday? I told you, if Mr. Mallard wants me dead, or he wants me out of this place, then those things can be achieved. Now scuttle off and go and tell Special Agent Sandra Rose that her perfect little prison isn't as secure as she perhaps thought it was."

22

Rose was in a meeting with the Director of the STB – Science and Technology Branch – via video link when the call from Lynch came in. The three laptops uncovered in Mrs. Hobbs' car had been wiped clean. Despite the best efforts of her team back in headquarters, nothing incriminating had been uncovered.

"I need to call you back, Nigel," she said to the director, and shut her laptop.

"Lynch, how did it go?" she said, answering her phone.

"Not well."

"Are you still there?"

"I'm on the way out. They wouldn't give me my phone back until I left. The compound is compromised, Rose."

Rose felt the energy leaving her body. "What do you mean?"

"Melinda Simmonds. She knew about Hobbs' death. You have some elaborate security setup there, but it has to be compromised."

Rose had worked on the security for the place herself, with the input of Director Miller and a select team of security special-

ists, but it seemed nothing they could do was foolproof. The main issue, as she'd known it would be from the beginning, was personnel. Everyone working at the black site had undergone the type of rigorous background checks usually reserved for the most senior members of the FBI, but still it was impossible to track everyone on a 24/7 basis. Procedures were also set in place for an eventuality such as this. Rose would have to speak to Miller and a reserve team would be sent into the compound and everyone currently working there would be detained for questioning.

"This means she won't help us, I take it?" said Rose.

"Not a chance in hell. She's still devoted to Mallard, even though she's living under the threat that he will kill her. How are things where you are?"

Rose told him about the wiped laptops they'd found at the mayor's house. "Mrs. Hobbs is still refusing to speak. We have her in custody, and I'll be speaking to her again shortly."

"I'm not going to come straight back. There's some people I need to speak to."

"Come on, Samuel, I have enough headaches as it is. I can't have you going off-grid."

"You know what's at stake for me, Rose."

"I do. That's why it's more sensible for you to come in and do everything by the book."

"Where has that got us so far? We're not in charge, Rose. You know that. It's not only Mallard we're contending with, but whoever this deranged killer is."

"I still don't think it's a good idea for you to go AWOL. Miller will withdraw your temporary status," said Rose, already knowing she was fighting a losing battle.

"At least you won't be able to tease me about being a temp anymore," said Lynch.

"Where are you going to go?"

"It's better you don't know."

Rose closed her eyes. She could feel her pulse in her left temple, her shoulder muscles rigid and locked in place. "Try and stay in contact. Maybe I should have given you one of those tracking capsules."

"I'll be in touch," said Lynch, hanging up.

"They're ready for us," said McBride, entering the room.

"Give me five. I need to speak to Miller," said Rose. She thought of what Lynch had said, about how they weren't in charge of proceedings, and reluctantly had to agree with him. They'd been chasing their tails from the beginning and with Mallard now out and about, it seemed inevitable there were more killings to come.

She spent the next five minutes arguing with Miller, all but demanding the emergency protocols were activated for the black site where Melinda Simmonds was being held captive.

"You know the amount of money this is going to cost us," said Miller.

"Better that than another Razinski incident, don't you think, sir?" asked Rose, as if he needed reminding about the last time they'd held an active Railroad member in captivity. When the compound holding Razinski had been stormed, and only her and Lynch had survived.

"You need to get results soon, Agent Rose. I have people to report to as well," said Miller, hanging up.

Two men in a row hanging up on me, thought Rose as she left her office and walked to the interview room where McBride was waiting outside for her.

"Who's the lawyer?" she said to McBride.

"A local guy. Irving Carter. Been representing the family for the last twenty years."

"Fine, let's get this over with." Rose opened the interview room door.

"Mrs. Hobbs, thank you for taking the time to see us today," she said, after they'd gone through the preliminaries. "We're recording and taping this interview and copies will be offered to you at the end. Now, can you tell me why you were leaving your property in such a rush yesterday afternoon."

It wasn't Mrs. Hobbs who responded, but her lawyer. "Mrs. Hobbs has agreed to this sham of an interview because she was put under significant duress by you and your colleagues, Special Agent Rose. As you are perfectly aware, her husband was brutally murdered yesterday and yet you are insisting on harassing my client."

Rose snook a sideways glance at McBride and had to stifle a sigh.

"As I said, we appreciate you coming to see us, Mrs. Hobbs. I hope you don't feel you've done so under duress. Our job is to catch the person, or persons, who killed your husband and the sooner you can answer our questions, the sooner we can achieve that goal. So, I ask you again, why were you leaving your property in such a rush yesterday afternoon?"

"Mrs. Hobbs was leaving to see her three sons who were arriving in town following their daddy's death. I believe she told you this before you stopped her leaving her property."

"As you know, Mr. Carter, we had a warrant to search her property and everything within it."

"Mrs. Hobbs told me you stopped her going before the warrant had been issued."

"That's not the case, Mr. Carter, and we won't be entering into any debate about that."

"So, just to be clear, you didn't stop my client by her gate when she wanted to leave at 3.32 p.m.?"

Rose had expected this line of questioning; the warrant had arrived from Miller at 3.34 p.m.

"We did speak to Mrs. Hobbs at this time, but she was free to leave her property. As you know, the warrant was issued at thirty-four minutes past three, which is when we prevented her leaving."

"At gunpoint," said Mr. Carter.

"Mrs. Hobbs was refusing to cooperate, and we had to insist she left her car. You might be aware of an ongoing investigation that is larger in scale than Mr. Hobbs' death. So, perhaps we can get back to the question here. I understand you were leaving to see your three sons, but why were you carrying three laptops that have had their hard drives completely wiped?"

"My client doesn't have to answer that question."

Rose ignored the lawyer. "You know we're going to get to the heart of this. Just because the laptops are wiped doesn't mean there'll be no trace of the activities you and your husband are so desperate to keep from us. Cooperate now and we'll be able to help you, but if you keep saying nothing then the offer of our help will expire."

"What is this? My client hasn't done anything wrong. You're talking to her as if she's a suspect. You think she killed her husband? I suppose you think she killed those other folk as well."

"No one is saying that, Mr. Carter, but when I talked to Mrs. Hobbs at the courthouse she was very reluctant for me to search the house and within an hour she'd left with three laptops in the trunk of her car and she won't tell me why. That troubles me and it should trouble you."

Throughout the conversation, Mrs. Hobbs' expression barely flickered. She sat facing them, her face fixed in position, her gaze stoic as Rose had argument after argument with her lawyer.

"Do you know any of these people?" asked Rose, posting

images of the eight previous victims on the television screen in the interview room, starting with the two Anderson children who'd been murdered in their house.

Mrs. Hobbs turned to face the screen, her eyes blinking as Rose swiped through images of victim to victim.

"No, I don't know any of those people," said Mrs. Hobbs when Rose had finished.

"Please look once more," said Rose. This time she slowed down the scrolling images, while she studied Mrs. Hobbs reaction to each. She thought she'd caught it the first time round, but this time, she was sure.

"You don't know any of those victims?" Rose asked once more.

"No," said Mrs. Hobbs.

"We're going to end the interview there," said Rose. She was aware of McBride, sitting next to her, looking confused, but she ignored him for now, as she got to her feet.

Returning to her office, Rose ran a search on Nathan Anderson and Rogan Hobbs. She'd seen the flicker of recognition in Mrs. Hobbs' eyes each time Anderson's face appeared on the screen. It didn't take her long to find what she was looking for. It was tentative for now, but it gave them something to go on. Both Anderson and Hobbs had lived in the same city in the Nineties, attending separate colleges during the same period from 1993 to 1996.

"What the hell was that about?" said McBride when he returned a few minutes later.

Rose explained what she'd discovered.

McBride scratched the back of his head. "They lived in the same city for a few years? So what?"

"Mrs. Hobbs recognized Anderson, I'm sure of it. What do we have from her house where we could double check this?"

"They've gone through the family computer; that wasn't wiped."

"Photos?" said Rose.

"Thousands."

"Well, there's a job for you. Get onto it. See if you can find any connection with Nathan Anderson. Photos, correspondence. Once we do that, we can start looking at the others."

[#]

Rose tried to put her concerns about Lynch to the back of her mind as she continued her search, trying to link all the victims of the Railroad killings. It was a thankless task. Hundreds of thousands of pupils studied in California each year, and the fact that Nathan Anderson and Rogan Hobbs had been in the state during the same period in the Nineties was not the greatest of connections. But the simple fact was this was the closest thing to a lead they'd had since the whole investigation started.

Teams had been set up throughout the country, from Chicago down to her current spot in Longview. Each worked on their own particular homicides, reporting back to her, but no significant connections had yet been made.

She made some more coffee and considered calling Lynch again. But what was the point? He was as stubborn as they came, and she had no real authority over him. She didn't want to believe what he'd said about them being bit players in some game beyond their comprehension, and the only way to prove that was to get some results.

Still, she wanted to speak to him. Seeing him again had brought back more than bitter memories. She'd felt a connection during the few times they'd had together four years earlier, and there had been nothing like it since. She'd been too busy for

anything serious, though deep down she knew she'd purposefully closed herself off from any possibility of a meaningful relationship. She found it hard to believe that Lynch could be that person, but couldn't deny that her feelings ran deeper, beyond a purely professional relationship.

While the coffee was brewing, she decided to call Abigail. They still hadn't spoken since the beginning of the investigation, her younger sister apparently refusing to return any of her calls or messages. As this latest call went straight to voicemail it would normally have caused Rose alarm, but she could see from Abigail's social media posts that her sister was still out and about in the world. She'd attended a law function the previous evening – a photograph of her and Oliver, her fiancé, resplendent in their evening dress. Rose had hoped they would have grown closer since their mother's death, but the opposite had been true. Abigail was building her own life, without Rose in it, and Rose feared it would only get worse between them.

As she waited for McBride to provide updates, Rose checked the other victims' links to California, but came up blank. California didn't have to be the key, but Rose couldn't help feeling deflated. Nor could she deny the feeling that they were just waiting. The killer was making his way down the railroad and showed no sign of stopping.

She checked the clock. One of the southbound Texas Eagle trains would be between St Louis and Arcadia, while the other would be close to its destination in San Antonio. It was as if, at any minute, the call could come through, dragging them to another city and another victim.

"I've got it," said McBride, his voice ringing out as he opened the office door.

"If you've got it, I certainly don't want it," said Rose.

"Very funny, but you'll want this." McBride placed a photo-

graph in front of her. "It wasn't on any home computer, but I did some cross-referencing."

"Is that what I think it is?"

"It sure is. A 1995 summer ball in Berkley, California. And that's a young Nathan Anderson holding a glass of champagne. And standing next to him? That's Rogan Hobbs, the former mayor of Longview."

23

After speaking to Rose, Lynch drove to a hotel on the outskirts of San Antonio. He paid for his room in cash, slipping the attendant a bill to avoid showing any ID. It had been hard saying no to Rose. He understood why she wanted him to return, but it was too late for that; they were too far along.

Whatever games Mallard was playing with the unknown killer, it couldn't be long before it came to a head. As Lynch was still at the disadvantage of not knowing who he was trying to find, that meant Mallard was closer than ever to winning his game and the enforced wager he'd put upon Lynch. To change the odds in his favor, Lynch knew he had to use tactics that Rose would not agree with. It was his family on the line, not hers, and if there was any meaning left to his life anymore, it was protecting Daniel and Sally.

It was late when he finally set off. He didn't need his maps to know where he was going. If he'd been given a blank canvas, he would be able to draw an outline of the country and its railroad network, both public and private, and label it with an unerring

accuracy with pins listing the hundreds of people who had gone missing over the years on or near railroads.

He'd once presented his work to the FBI and been all but laughed out of the room, though unbeknown to him at the time, they had subsequently taken it seriously. That was something he hadn't found out until that day at the compound when Razinski was assassinated.

After Lynch left the FBI – his departure enforced after Daniel's kidnapping – Balfour took over the investigation into the Railroad. In retrospect, it had been the perfect cover for a member of the organization. If Balfour hadn't been rotting away in some unknown location, he would have been Lynch's prime suspect.

But there was another person who'd been part of Balfour's team – Sandra Rose aside –who Lynch could speak to. Neil Keane had been Balfour's right-hand man from the time Balfour took over Lynch's role in the FBI. He had left the feds six months before the Razinski incident and although he'd subsequently been investigated, no link had ever been proven between him and the Railroad.

Lynch, admittedly, didn't know all the facts. Sandra Rose was diligent and wouldn't have let slip if there was any sign that Keane had been involved. But it had never sat right with Lynch how someone could have worked alongside Balfour for all that time and not known or suspected that he was connected to Mallard.

It was another Hail Mary, but Lynch was running out of options.

Leaving the hotel, he made his way to a local supermarket and packed provisions – a large bag of mixed seeds for chewing on, and two water bottles - for the night. Finding Keane's address wasn't as difficult as it should have been, and three hours later he was sitting in his car less than a hundred yards

from the property, debating what he should do next. Going after Keane wouldn't be possible if Rose was directly involved, but he still had to be careful. According to the records, Keane was married. He had one daughter who currently worked for an investment bank in New York, and lived alone with his wife.

Lynch left the car and walked the tree-lined street. Keane's property was up a small drive, a pretty little detached house with two cars outside. Keane was officially retired but was only in his early fifties. His wife worked as a kindergarten teacher. Keane knew Lynch, and would slam the door in his face and have his lawyer involved within minutes. That's why the provisions were in the car. He could see the lights were on in the house and had to presume Keane's wife was at home. He would have to wait it out, hope that in the morning Mrs. Keane would leave for work and that he would have the opportunity to speak to Keane alone.

He returned to the car and drove the perimeter of the neighborhood. It felt good to be doing something, however meaningless it might prove to be. It was midnight before he returned to Keane's street. Most of the lights in the area were off and he parked on the corner, away from the streetlights, so he had enough view to see any cars leaving the Keane residence.

After thirty minutes of nothing, a vehicle pulled out of a drive five doors down from Keane's place: a large family car that immediately made him think of Daniel and Sally. He'd spent so many years of his life alone that he'd become used to it, though deep down he was full of resentment. Mallard had made it clear that it had been pointless for Sally and Daniel to go into protective custody, and that Lynch's time in Nebraska had been wasted. Lynch could have spent the last four years watching his boy grow to be a man. He could have helped Sally as she dealt with Daniel's teenage years and the complications which would have arisen because of his disabilities. Instead, he'd wasted his time

in the badlands of Nebraska, enjoying one lonely day after another and all for nothing.

He placed the camera on his dashboard so it would alert him of any movement, before pushing back his seat so he could sleep. He knew this was the way Mallard wanted it, everyone playing to his tune, everyone's actions determined by his choices, his horrific little games.

[#]

Sunlight woke him, sleep coming much easier than anticipated. It was 5:45 a.m. He reached for his cup of coffee, wincing as he drank the cold liquid. People would be setting off to work soon and he was conspicuous in his car. Now that the moment was close, he was having second thoughts. Keane was a former FBI agent and although he'd worked with Balfour, he'd retired with a full pension and had been cleared of any wrongdoing.

Two hours later, Mrs. Keane drove away from the house, but rather than follow her, Lynch stayed where he was. There would never be a better opportunity. What held him back was the prospect of what he would have to do to get information from Keane. He didn't know the man very well, and they'd never seen eye to eye, but was it possible he had no connections, or loyalty, to Balfour? Hadn't Rose once worked for the man as well? Either way, it was too late to second guess himself. Instinct told he was doing the right thing and he waited until the street was clear before crossing over to Keane's house. A tree-lined pathway ran to the front of the building. Lynch took the last corner slowly in case Keane was waiting. He made it to the front door without being noticed. The Keanes had a camera doorbell, so Lynch stood to the side before pressing it. A few seconds later, the door opened. Keane clearly wasn't taking his security seriously.

"Can I help you?" he said, the realization slowly dawning on him. "Lynch? What hellhole have you crawled out of?"

Time had been relatively kind to Keane. Although his hair had all but disappeared, he still looked young and fit. Certainly fitter than Lynch felt at that moment.

"We need to talk," said Lynch.

Keane narrowed his eyes, studying Lynch as if he was something to be humored, or pitied.

"People who talk to you tend to get killed not long after, Lynch. I don't think I'll be wasting my time today."

Keane was holding his ground. If he had any sense, he would have some sort of weapon near the front door. But security didn't seem to be high on his agenda. Reluctantly, Lynch withdrew his firearm, his own personal Glock 22, and pointed it at the man. He was breaking Rose's trust, and breaking a number of laws, but he couldn't see what else he could do at that moment.

"It's true what they say, then: you've finally lost your mind."

"Tell me what I need to know and nothing needs to happen," said Lynch, gesturing for Keane to retreat inside.

Keane turned his back on Lynch and walked into the hallway.

"I'll have you arrested the second you leave. You do understand that, don't you?"

"Maybe, maybe not," said Lynch, following the man into a copious living room lined wall to wall with books.

Lynch analyzed the area, keeping one eye at all times on Keane. There were two chairs either side of the fireplace and he pulled one over to the center of the room and instructed Keane to sit down.

"So, how have you been keeping these last few years?" said Keane.

Lynch knew the tactic. The former agent was trying to keep him busy, keep his mind off the matter at hand.

"Your friend's dead," he said, pushing Keane down into the seat.

"Which friend is that?"

"Balfour."

The word reverberated around the room. Keane was quiet for a few seconds before saying, "Do you have any proof?"

"I have photographs of the crime scene. He was murdered by Wilberforce Mallard. You remember him, Keane, don't you? The Controller? The head of the Railroad? The organization you and Balfour insisted didn't exist."

"I know Balfour's crimes, Lynch, and you know that I had nothing to do with them. I had the all-clear."

"You've certainly been very clever."

"I knew about as much about what Balfour was up to as Special Agent Sandra Rose, if that helps."

"I think you knew a little bit more. Rose was appointed to Balfour's team after you left. You were with him from the beginning. You took over my project, pretending it was all in my imagination."

"What can I say? You proved us wrong on that count."

"I don't want to waste any more time here, Keane. I'm going to get right to the point. I presume you've heard of this latest spate of killings?"

"I did wonder if someone would contact me. Though I would have hoped, in the circumstances, the approach would have been a bit more courteous."

"I've spoken to Mallard," said Lynch, studying Keane's response and getting nothing. "He claims not to be involved."

"Well, he would say that wouldn't he?"

"Actually, no. Mallard may be many things, but he has a

perverse sense of honesty. He's certainly not ashamed to admit his killings."

"Okay, so Mallard isn't responsible. What does this have to do with me?"

"I think you may know who is."

Keane shook his head. "Look at the state of you. Believe it or not, Lynch, I once admired you. At first, I thought you were deluded when you came up with all the Railroad stuff. But later, when I found out it was true, I had to acknowledge your tenacity. And I felt sorry when your son was taken and I was pleased when you found him, despite all the death and devastation that came with it. But now? Now I pity you. You come to my house, and I presume you've waited until my wife has gone to work, and you dare to draw your firearm on me and suggest I have anything to do with the Railroad?"

"I didn't quite say that," said Lynch, not falling for Keane' sob story. "What I said was that you might know who the killer is. I think Mallard has some sort of rival or malcontent within his organization. He doesn't tend to give much away, but that was the impression he gave me."

"My God, what has happened to you? You come to my house, pull a gun on me and then start talking about Mallard and his rival as if I could care less. I'm not in that world anymore, Lynch."

"No, but you were," said Lynch, interrupting the man mid-flow, noting how he was repeating himself. "Everywhere I go, your name pops up. You worked with Balfour, but conveniently weren't there on the day of the Razinski attacks. You worked side-by-side with him for years, but nothing connects you to the Railroad. I've met people like you before. Ghosts who subvert the system. But it's not going to work on me. You either worked directly with Balfour and Mallard or you knew about it and

turned a blind eye. Either way, you're to blame for a lot of deaths."

"That's not what the investigation into me said."

"You think I care about any investigation?" said Lynch, clenching his fists as he took a step towards Keane. "Corruption is rife even now. For anything to be legitimate we'd have to investigate those investigating you and then investigate them. All it takes is for one link in the chain to be broken and then we have the situation we're in now, where you get away scot-free. Hundreds of innocent people are dead."

Keane smiled, his cold eyes looking up at Lynch. "And what's your plan now? Are you going to bore me to death for the rest of the day, or are you going to cross that line a little further?"

Keane was trying to provoke Lynch and it was working. God knows he'd had time to think about it. But what was he doing here? Keane was involved somehow, that much he was sure of, but how had he imagined he was going to get the man to speak? He needed to convince Keane he really was willing to cross the line. He needed to make the other man fear him as much as he feared Mallard.

If Lynch had learnt anything from Mallard, it was that most people's weakness was their family. Lynch hated thinking this way but maybe he could use Keane's wife as leverage.

No sooner had the thought popped into his head when the doorbell rang. The sound of chiming bells reverberating around the book-lined room, followed by a pause of perfect solitude before both men jumped into action.

Keane went to call out, his hands scrambling for something beneath his chair as Lynch closed the small gap between them and crashed the butt of his gun against Keane's chin. The impact must have dislodged some teeth as blood began pouring from Keane's mouth while the video doorbell chimed again.

Lynch searched the room and found a scarf on a coat hook.

He used the tartan material to gag Keane before moving towards the small video screen, where he caught sight of a UPS delivery driver gazing up at the camera on the door.

Lynch pressed a button on the console. "I'm busy," he said, "please leave the parcel there."

The delivery man looked around him. "Sorry, sir, it needs a signature."

Lynch had the gun pointed at Keane, who was still semi-conscious, a line of blood trickling down his chin onto the immaculately polished wooden floors.

"Come back another day," said Lynch. He watched as the delivery man threw his arms up in dismay and took the parcel back to his truck.

He'd definitely crossed the line now, but was beyond caring.

"If Mallard killed Balfour, what do you think he'll do to you?" said Lynch, propping Keane's head back.

Keane twisted in the chair and spat at Lynch. A globule of phlegm and blood landed on his cheek. "I'll never talk to you, Lynch."

"We can put you in a protection scheme. He won't be able to get to you," said Lynch, hearing the desperation in his voice.

"I have nothing to say, and you're running out of time."

Lynch turned away and cursed under his breath. He was in a no-win situation. The best he could do was beat a confession from the man, but how could he trust anything the man said under duress? "Get up," said Lynch, dragging Keane to the hallway where he zip-tied the man's wrists to the stairwell banister. "You need to remember I'm in contact with Mallard." He pulled tight against Keane's wrists, trying one last chance. "I can always tell him you did cooperate. See what happens to you then."

Keane's body went limp. "Do what you have to," he said as

the doorbell rang once more. "That's if you can get away from here in time."

Lynch gagged Keane and raced back to the library room. On the video screen were two men. Neither of them looked like UPS drivers. Lynch checked the seat where Keane had been sitting earlier, and found a trigger button which must have activated an alarm.

There were some lines you could cross and others you couldn't, thought Lynch, retreating to the back of the house. The side door to the yard was locked and he had to smash the hinges with his foot before he gained access. The yard backed onto a neighboring property, the boundary marked by a line of bushes. Lynch sought for an exit, checking behind him as he began squeezing his body through, his skin ripping on the loose twigs, until he was next door.

He sprinted towards the house, ignoring the doubting side of him that told him bullets were coming his way any second. The house had a side gate that was mercifully unlocked and Lynch remembered to put his gun away in time as he stepped through it to the front of the house and ran to another tree-lined street that must have run parallel to Keane's building.

Working out his bearings, he moved north and took the first right and back to Keane's street. A dog walker was walking a pack of four dogs, each of various sizes. Lynch caught up with the woman, hanging ten yards back, a Chihuahua turning and offering him a few warning barks before re-joining the pack. Lynch's car was fifty yards down on the right, and he was relieved to see the dog walker take the same turn. He felt like he was using her as a human shield, but he doubted Keane was going to come for him in the cold light of day. As she approached his car, Lynch took a couple of steps forward until he was almost in striking distance of the pack. The dog walker

turned, the startled look on her face dissipating as Lynch pressed the key fob and his car flashed open.

He climbed in the driver's seat and started the engine immediately before checking in his rear-view mirror. There was no sign of the two henchmen who'd come to Keane's aid and heart hammering, he pulled away. Only when he'd been driving for five minutes did he notice the model locomotive on the passenger seat.

24

It was too late for coffee, but Rose still let McBride refill her cup. Ever since the photograph of Anderson and Hobbs was uncovered, the team had been trying to develop links between the two men and the rest of the victims. So far, they'd come up blank.

Either Anderson and Hobbs had never met each other before the photograph was taken, or they'd covered their tracks extraordinarily well. As far as they could tell the other victims had never been to California at all, which blew that potential connection out of the water.

Rose glanced up at the image of Anderson and Hobbs on the smartboard. It had to mean something. Two victims, separated by hundreds of miles, photographed together had to be more than mere coincidence, but it was proving impossible to find that connection. More searches had been conducted at the Hobbs' residence, but so far nothing incriminating had been discovered.

Rose had her tech experts working on the wiped laptops, searching for any online evidence incriminating any of the Hobbs family. Mrs. Hobbs erasing them was a clear indication

that there'd been something untoward on them. But the wipe had been thorough, and there was no trace of any incriminating files. Hobbs's lawyer was already causing trouble for them. Local press were publishing articles accusing the FBI of harassing the wife of a homicide victim. It didn't look good for anyone involved. Sooner or later even Director Miller would have to succumb to pressure from above.

Dinner arrived, takeout from the local Chinese restaurant. The tiredness and restlessness was evident on everyone's faces, but the team continued to work as they ate. They needed a break in the case, and Rose would have preferred if Lynch was with them. She'd seen the video footage of his interview with Melinda Simmonds, and knew how the woman's departing words would provoke a reaction in him. She worried both for his safety and for what he would do next; and beyond that, there was the matter of finding a new secure unit for Melinda Simmonds to contend with.

"Maybe we can use her to drag him out," said McBride, glancing at her screen as he lifted a mound of chicken chow mein into his mouth.

"Don't they teach you manners where you come from?" said Rose, McBride eating with his mouth open, the dark sauce staining his lips.

"Manners maketh the man," said McBride, wiping his mouth with a paper napkin.

"I'm not sure what that says about you then. What do you mean, draw him out? Draw who out?"

"Mallard. We move Melinda Simmonds and we make sure people know about it. My guess is Mallard either wants her dead or might be willing to spring her free if she can offer him some help."

"That's if he needs anyone's help," said Rose. "We only have

what Mallard told Lynch to go on. And you know Mallard. That could all be bullshit."

"Do you think Mallard's responsible for these killings himself?"

"Could be his comeback tour. Who knows with him? One thing's for sure, you can't trust a word he says."

They shut down around midnight, Rose checking through updates on each separate crime scene before leaving the office with McBride.

"I miss the snow," he said.

It might not have been snowing in the small Texas town, but the temperature was still close to freezing.

"At least the next one should be even further south," said McBride, smiling at his own gallows humor as he started the engine and turned up the heating to full blast.

"That's what I like about you, McBride," said Rose. "You're always focusing on the positives."

[#]

An hour later, Rose sat alone in her hotel room staring at her phone as she drank the last of two small vodka bottles from the minibar. She considered calling Lynch but doing so would only worry him. It was distressing how many times she'd found herself in this very same position. The loneliness and endless nights in faceless hotel rooms were something she'd become accustomed to in her job pretty quickly, but she hadn't imagined the rest of her life panning out that way.

Over the last few years, she'd often found herself on the verge of calling Lynch. Her reasons for wanting to do so confused even her. They'd only spent a brief time together during the investigation into Mallard. But she hadn't really thought beyond the sexual connection they'd had. Yet somehow,

she'd found herself missing him when he moved away. She'd tried reasoning with him before he went, telling him there was no need to go into witness protection. But after everything that had happened to Daniel, he hadn't wanted to put his family at any more risk and it seemed now that his instincts had been correct.

It was too late to try calling Abigail, so instead she checked in on her sister's socials. There'd been no update since the other night, which was unusual for her. Abigail had been out with her friends and Rose felt like a prying parent as she scrolled back through her Instagram feed.

Four years since their mother's death, and little had changed between them. Abigail had resented Rose when their mother was alive. She'd felt that Rose had put her career before the health and care of her mother.

And now that her mother had passed, those old resentments still lingered. They would always come between them, waiting, stored in Abigail's arsenal. Still, they had the possibility of some form of relationship and at that moment it was all Rose could do to cling onto it. The cold hard fact was there was no one else in her life. She was the very definition of a career woman, and anyone she'd come close to having a relationship with she'd always managed to scare off with her single-mindedness.

Enough moping, she mouthed to herself, and was about to switch off her laptop when something from the latest photo on Abigail's feed caught her attention. It was the rings on her sister's wedding finger that stood out to her. She'd been engaged to Oliver for the last five years and had yet to set a date. Oliver had been a stalwart during their mother's illness, as Abigail often liked to point out to Rose. The engagement ring he'd bought her had a rock the size of Abigail's knuckle, and until recently Abigail had worn it alongside their mother's wedding ring.

When Rose had last seen Abigail six months ago, the wedding ring was not on her finger. Rose had asked her sister why, and Abigail pulled a chain from her neck with the ring on it. She said it didn't feel right wearing the ring when one day she would be wearing Oliver's. It was a little thing, and probably didn't mean anything at all, but Rose had to wonder why the ring was back on her finger now. It was late, but her mind was already reaching. There could be a simple explanation, but there were also a number of worrying alternatives that Rose couldn't get out of her head.

"Goddammit," she said as she dialed Abigail, the phone not even ringing before it reached voicemail.

Despite the two vodkas in her bloodstream, tension ran through her body. She copied the image on Instagram and Google searched it. Her hands trembled as the image appeared on her screen, this time from another site, this time dated six months ago.

25

Rose called Oliver as she walked towards McBride's room.

"Sandra, is that you?" asked Oliver, sounding as if he'd been asleep.

"Yes, it's me. Is Abi with you?"

"What? No, she's not," said Oliver, more alert this time.

"I've been calling her this last week. Where is she?"

"I... I... don't know. Is something wrong?"

"What the hell do you mean you don't know, Oliver? Where is she? When did you last speak to her?" said Rose as McBride answered the door in his bathrobe.

"Get dressed," mouthed Rose as she waited for Oliver's answer.

"We're having some time apart. I thought she would have told you," said Oliver.

Rose pinched the bridge of her nose. She was trying to remain calm, but she'd seen so many things in her time, so many helpless victims, and her imagination was doing its best to put Abigail's face into each and every one of those memories.

"How long has this break been going on, Oliver?"

"About two months."

"Two months?" said Rose, incredulous. "And neither one of you thought to tell me?"

"Abi didn't think it was any of your business. I'm sorry."

"When exactly did you last see her?"

"About ten days ago. We had coffee together. What's happening, Rose?"

"Listen to me very carefully, Oliver, when was it you last spoke to Abigail?"

The line went silent, and for a second Rose thought she'd been cut off.

"It was a week ago. I'd left her a few messages and she hadn't come back to me, so I called her at work, which she didn't take to kindly to."

"And you spoke to her directly?"

"Yes. She told me she was going away on business that night."

"Where exactly was she going?"

"I'm not sure, somewhere in Europe. Switzerland, I think."

Abigail was fluent in French, German, and Spanish, and occasionally worked abroad with her law firm.

"And you haven't had any correspondence with her since? Any text messages, emails?"

"No, we said we would talk when she got back. What's happening, Rose? Is she in trouble?"

"Listen, Oliver, I'm coming to you. We need to find out where Abigail is. I need you to contact all her friends, all her work colleagues, and find out who she has spoken to her in the last seven days."

"You're scaring me, Rose. What is this about?"

"Start calling now and tell me as soon as you have an answer, do you understand?"

"Yes, I will. But can't you tell me?"

"I'm on my way, Oliver. Start calling now." Rose hung up.

[#]

McBride drove as they headed onto I-20. It was going to take at least five hours to get to Austin, and she wanted answers before they arrived. She was doing her best to banish negative thoughts, but she'd already started blaming herself. She tried to get through to someone at Abigail's law firm, but it was 1:30 a.m. and, unsurprisingly, no one was answering.

"She could be abroad, like Oliver says," said McBride, who was taking no prisoners on the interstate.

"Why would she post an image from six months ago on social media if that was the case?" said Rose.

"Did anyone respond to it?" said McBride.

Rose opened the image again, fighting back tears as she saw the tell-tale sign of the two rings on Abigail's finger.

"No comments, a lot of likes though."

"People post old images all the time. Maybe it was some sort of anniversary?"

"I appreciate you humoring me, McBride, but the fact that this was posted, and she hasn't spoken to me, or her husband, in the last week, at the same time as all this Railroad shit is happening suggests to me something's not right."

It was another hour before Oliver called back. He sounded on the verge of tears as Rose answered.

"I've just spoken to her boss on her cell phone," he said. "She's not at work, Rose; she took a week's vacation."

"Did her boss know where she was going?"

"No, she said it was all out of the blue. She came in one day and asked for some time off."

"She spoke to her directly?"

"I think so. I was worried. I needed to call you quickly."

"Send me the number, Oliver," said Rose, hanging up.

A few minutes later she was on the line to Abigail's boss, Sophie Green. "Did you actually see Abigail face-to-face?" asked Rose after she'd introduced herself.

"No. It did strike me as odd, though. Abigail had told me the problems she was having with her fiancé, Oliver. She sent me a long email on the Friday night asking if she could take the following five days off. Normally you would have to give at least a week's notice, though in practice it would be a month's. But Abi is such a diligent worker and I knew things were getting on top of her, so I just let it go."

"Just like that, without even speaking to her?"

"It was late on a Friday, and I know she wouldn't ask if she didn't need it. I don't think she's taken a day off in the last two years. I'm sorry, Agent Rose, have I done something wrong?"

"I need to speak to her urgently. Can you call around everyone you know. I'm on my way to her fiancé's house now. I need to piece together her movements over the last seven days, and I need you to help me. Can you do that for me, Sophie?"

"Of course, leave it with me. I'll do whatever I can."

Rose couldn't look at McBride as she placed the phone by her side. Any chance that it was all a misunderstanding had evaporated. Either Abigail had taken herself off the grid, or someone had done it for her. Had the photograph been posted on social media to put Rose off the scent, and if so, by whom?

Ten years ago, Lynch's child had been taken by the Railroad. Rose shuddered as she thought about what that poor boy endured. What if they'd decided it was time to wreck her life too? She tried not to picture Abigail in captivity, but even as she closed her eyes it was all she could see.

Her little sister was missing. Probably in the hands of Mallard or one of his monsters. And it was all her fault.

26

Lynch's skin numbed at the sight of the toy locomotive train. He half expected one of the car doors to open and Mallard's soothing voice to drift towards him. He looked around. The street was still uninhabited. If Keane's henchmen were after him, then they'd gone in the wrong direction.

The locomotive was an exact replica of the one which had been posted to him in Nebraska. With no time and no evidence bag to hand, Lynch left it where it sat - a tiny, metallic passenger - as he sped away.

He kept driving without a destination in mind. Thankfully, he'd packed everything from the hotel room. No doubt the place was compromised, though it seemed everywhere and everything was compromised. He pulled over and checked the undercarriage for a tracking device, but they were so small nowadays he wouldn't be able to tell without any monitoring equipment.

Had he ever been out of the Railroad's reach? Whether it was Mallard, Keane, or someone else hardly mattered now. Ever since Mallard appeared in Lynch's hotel room, he'd come to realize that there had been no point trying to cover his tracks.

Mallard told him he knew where he was at all times, and now it had to be believed. Was there even any point continuing? It felt like a *fait accompli*. What was going to happen was going to happen. Nothing he, or even the FBI, did would make a blind bit of difference.

But he could still fight back. What he wouldn't do for one more opportunity to be alone with the man. He would readily give up his own life if he could eliminate Mallard at the same time. For that to happen, he had to keep going with the investigation. Even if Mallard, or the Railroad, was watching him, he had to hope for one opportunity to end the Controller for good.

As the turning to the interstate approached, he considered taking a back road to keep away from any kind of surveillance. But what was the point in that? Instead, he pulled into a gas station and poured himself a cup of dark roasted coffee from a huge urn and thought about what would happen next.

He'd left the locomotive in the car and he idly wondered if it would still be there when he returned. Maybe a railroad car would have been added. He paid for the coffee, requesting a plastic bag for the model train, and stood in the forecourt of the gas station watching the general public filling their cars, oblivious to the monsters that lived amongst them.

He called Rose but she didn't answer, and he was about to head back to the car when the phone began to ring. He was past worrying if it was Mallard or not and answered on the second ring. "Lynch," he said.

"Lynch, it's McBride. Where the hell are you?"

Lynch had no issue with Rose's de-facto partner, but wasn't about to give his location out to anyone but Rose herself.

"I'm nearby, why are you calling?"

"Sandra's sister," said McBride, hesitancy in his voice. "She's missing."

Lynch took a long drink from his coffee cup, his mind

playing over the various connotations of what McBride was telling him.

"Elaborate," he said.

McBride explained how Abigail Rose had not been seen or heard from for the last four days, after requesting a week off from work. More troubling was the image posted on social media from six months ago. It was still unknown if Abigail had posted it herself, or it had been done by someone else.

"How's Sandra?" asked Lynch.

"She's putting on a brave face, as you would expect, and is not dealing well with any suggestion that she be taken off the investigation. Just so you know, she has changed the detail and location for Sally and Daniel."

"You think it's them?"

"Too coincidental to be anything else. Abigail had been staying at a friend's house and left a note telling them she was going away for a few days. Rose said it looked like her handwriting but couldn't be sure. What she is sure of is that her sister's never done anything like this before."

"No sign of a model train at her last known location, or anywhere that might be associated with her?" asked Lynch, thinking about the toy locomotive waiting on his passenger seat.

"Nothing yet," said McBride. "Listen, it would be good if you could come back. We're running out of people we can trust."

"There's something you should know," said Lynch, proceeding to tell McBride about his encounter with Keane and the model locomotive.

"Jesus, what a shitshow," said McBride. "You'd better come in now, otherwise you might be next on their list."

"It had crossed my mind," said Lynch, taking McBride's address in Austin before hanging up.

Back in the car, he wrapped the locomotive in the plastic

bag. Covered up, it was as if it wasn't there, as if all of this wasn't real.

If Abigail was missing, it felt like a declaration of war. Taking a family member of an FBI agent was a grand statement, though of course it had happened before. Lynch could recall the day as if it was yesterday. He'd been sent on a fool's errand to speak to an informant, only to be told that Daniel was missing on his return. His hand trembled at the memory, the shock to his system so much more traumatic than any physical attack he'd ever received, and although Daniel was now back with them, Lynch had never truly recovered. He only hoped that Rose wouldn't have to wait so long to find her sister and was prepared to do anything he could to make sure that was the case.

As he entered the address for Abigail's apartment into the GPS he caught sight of the San Antonio train station on his map. Over the years, Lynch had memorized each and every station across the country, from the smallest to the largest. He knew the San Antonio main line was close by. He also knew the Texas Eagle was not due to pass it – in either direction – for another five hours. But was there any significance to the locomotive being placed on the car passenger side with the station so nearby?

Was Mallard, or his rival, trying to tell him something in their own unsubtle way? If Lynch drove the short distance to the station, would there be a body waiting for him? It was only a short detour, so he tapped the station as a destination and made his way towards it.

The station was downtown. He passed a number of derelict blocks before he found a suitable parking space.

What was he hoping to find at the station? He shuddered at the sudden thought that somewhere along the track, Abigail's body might be waiting to be discovered. He'd never met Rose's sister before; Rose rarely talked to him about her family. But he

knew Rose's mother had passed not long after the explosions at Mallard's compound and that Abigail was her only remaining family.

Lynch had been to the station before, and it looked little different. The last time he'd been here, he'd caught a train at Mallard's behest, a train that had stopped a few hours later in Marshall where a pair of Mallard's colleagues had boarded dressed as Texas Rangers and hauled Lynch away. Nothing appeared to be untoward at the station. There were no delays and one of the platform staff told him all trains were running as usual.

What had he expected? It wasn't as if Abigail's body was going to be waiting for him there. If the killer was planning for her to be the next victim, then her body would turn up on the outskirts just like the last one.

Lynch ran back to his car, realizing he was at the station because Mallard wanted him to be; once again, he'd allowed himself to be manipulated. He put on the GPS and headed towards Abigail's apartment in Austin to see Rose and McBride. Not far onto the interstate, a train passed on parallel tracks. Lynch half watched it drift into the distance, stealing glances at the plastic bag on the passenger seat.

It was obvious he'd been under surveillance all this time, from when the first toy locomotive had been set to his apartment in Nebraska to the placement of the final one on the passenger seat outside Neil Keane's house.

Lynch had considered the first train to be an invitation. It had arrived at an almost identical time to the first set of bodies being found. But why had he been given this second train now? He was already part of the investigation and in some demented way was possibly Mallard's ally in trying to find the killer.

It was only as he reached the first off-ramp that another thought dawned on him. Aside from the train he'd received in

Nebraska, each subsequent train and car represented a kill and was discovered at the crime scene. What if Lynch had been at the crime scene all along? With the merest glimpse in his rear-view mirror, Lynch slammed on the brakes, narrowly avoiding the car on the inside lane as he departed the interstate and headed back into town towards Neil Keane's house.

[#]

Lynch couldn't believe he'd been so stupid. He parked half a mile away and went on foot for the rest of the journey. There was no sign of emergency vehicles as he arrived on Keane's street, not that he expected there to be. It was more than likely that this was a trap, but still he continued.

It began to rain as he reached the house. He felt exposed in the open, taking the elongated steps towards the front door, but the time for such concern was long gone. His gun was already in his hand. He lifted it when he noticed the front door was ajar.

He inched the door wider, half expecting to see it propped open with Keane's body, but the hallway was clear. Taking a deep breath, he edged towards the library where earlier he had held Keane captive.

An all too familiar smell lingered in the air. The once pristine room was dashed with splatters of blood. Keane sat in the same armchair Lynch had tied him to earlier that day. Blood had pooled around his feet, his torso was littered with wounds, and for the first time since arriving it occurred to Lynch that his DNA and prints were all over the room.

He was about to call McBride when he heard someone say his name. He initially thought it was his mind playing games with him, but then he heard it again. The faint whisper came from Neil Keane's lips. Somehow, he was still alive.

Lynch stepped closer, saw the stab wounds weeping blood.

Keane's breath was a faint rasp, and he appeared to be beckoning Lynch to come closer. Despite the situation, Lynch wasn't taking any chances and stayed back.

"Who did this, Keane?" he said to the victim, who continued wheezing. He sounded like a balloon slowly losing its air.

"Call an ambulance," Keane mumbled, blood oozing from his mouth.

Lynch held up his phone. He had no qualms about hesitating. Keane had all but admitted his involvement earlier, and if he didn't get answers from the man now he probably never would. Just thinking about Sally, Daniel, and Rose's sister was enough for him to refrain from calling the incident in. "You tell me everything, and I call 911 now."

Crimson fell from Keane's mouth as he smiled. "I need to tell you, anyway," he gargled.

"Tell me what?"

"To tell you it's not over. That he had one more thing planned."

"What does that mean?"

"I'm only telling you because I have to, you understand that?"

"Why do you have to?" asked Lynch.

"Because he will kill Jane if I don't."

"I'll make sure she's protected," said Lynch, wondering how much Keane's wife knew about her husband's involvement with the Railroad.

"Balfour dragged me into this," said Keane, struggling for breath.

Lynch didn't care either way. Even if Keane had been coerced, he'd had the option of getting out, of fighting back like Lynch had, but he had to humor the man. "Tell me who did this. I'll make sure everyone knows it wasn't your fault."

"Next time there will be hundreds of little locomotives," said Keane, gasping.

"Who told you that, Keane?" said Lynch, his mind already racing. Keane's breathing was shallower, and as Lynch leaned forward, he saw the life leave his eyes.

27

Rose looked away from the fireplace and the picture of herself, Abigail, and their late mother. She was unsure how long she'd been standing there, reliving old memories. That Abigail kept a picture of them was wonder enough, and she'd only come to realize these last few hours how little she knew about her sister. They'd been growing apart during her mother's illness, and in these last few years things had worsened to such an extent that Abigail not answering her phone for a few days didn't feel like a big deal.

There was no point punishing herself, but that still didn't ease the gnawing in her stomach. She'd seen the shell of a man Lynch had become since his son's disappearance, even though they'd eventually been reunited. She tried not to think what could be happening to Abigail at that moment, but even with her eyes closed she could still imagine the horrors that would be visited on her sister.

Officers from Austin Police Department had recently left the house. They'd questioned Oliver and all of Abigail's work colleagues and friends. No one had seen Abigail in the last four days. McBride had accompanied the officers to their headquar-

ters, to aid them in setting up a joint task force with the local FBI field office.

Miller had called earlier and tried to take her off the investigation. He'd cited a conflict of interests, but Rose had just laughed him off. "The Railroad has been my only interest for the last four years," she told him. "That's why Abigail's been taken. There's no way I'm stopping now." She didn't wait for an answer before hanging up, not caring that she was speaking to the Director of the FBI.

"Here, I made you this." Rose had almost forgotten that Oliver was in the apartment. She took the coffee from him without thanks. His eyes were red, and he'd already told her that he blamed himself for everything that had happened.

Not that she wasn't treating him with suspicion. It was more than possible that the Railroad had got to him somehow. Again, she didn't know too much about him beyond what she'd learned at the occasional family get-together, and Abigail's seemingly endless declarations of love for him.

But Rose knew too many instances of people's allegiances changing once Mallard whispered in their ear. The man had a way of homing in on people's desires. And if that didn't do the trick, then he would get to them through pure bloody force. If there were any people out there who could withstand Mallard, Oliver certainly wasn't one of them. And although Mallard may not be directly involved, the Railroad certainly were and would be utilizing his tactics.

The coffee was bitter and warm, and Rose felt guilty for enjoying it. She had to cling on to the hope that Abigail was still alive. If Mallard or the Railroad had wanted her dead, surely her body would be out there to be discovered.

"What now?" asked Oliver.

Rose wished she had an answer. So much was still in the air. They had no links between the victims beyond the vague

connection of Hobbs and Anderson having met once in California. Nothing had been recovered from the laptops discovered at the Hobbs residence, and although she had teams working flat out in each town, they didn't really know much beyond what they'd had at the beginning.

The doorbell rang and despite herself Rose jumped, a shot of adrenaline exploding into her system.

"I'll get it," said Oliver.

"Wait," she said, walking with her would-be brother-in-law to the front door.

"Who is it?" she called, hearing the paranoia in her voice.

"It's McBride," came from the other side.

Rose opened the door, Oliver taking the hint and moving back towards the living room as McBride stepped in and brushed rain off his coat. He nodded, knowing that platitudes at that moment were meaningless. He took a big sigh. "This has nothing to do with Abigail," he began. "It's Lynch."

Another burst of adrenaline hit Rose's bloodstream. "What's happened?"

"He's fine, but he's found another body."

"What? Who?"

"Neil Keane."

"My former colleague Neil Keane?"

"The very same."

"How, where?

"Lynch went to speak to him this morning and was scared off by a pair of his guards. He returned later on to find Keane bound to a chair. He'd been stabbed a number of times. He was still alive when Lynch got there, said he had a message for him."

"Well, don't keep me in suspense, McBride."

"*Next time there will be hundreds of little locomotives.* He died not long after and refused to say who had been there."

"Hundreds of little locomotives?" said Rose, although the

meaning was obvious: the killer had tired of the small time, and planned something big. "How far away is the crime scene?"

"About two hours away."

Rose went back into the living room and told Oliver she had to leave. His face slackened in response. For one horrendous second Rose thought he was about to cry, fearing that she didn't have the tools to deal with such a response, that Oliver's tears would trigger her own.

"Call one of your friends; you shouldn't be alone," she said. "You've got my number. Call if you need me." She didn't look back as she went to join McBride.

[#]

Rose had only taken a few steps out of the car towards the rise at the front of Neil Keane's property, before she was stopped. "Ma'am, Director Miller would like to speak to you," said the SWAT agent, pointing to the blacked-out Humvee fifty yards down the street.

"Me as well?" said McBride, with mock hopefulness.

"Just Special Agent Rose," said the agent, not rising to the bait.

"I'll see you in there."

The interior of the Humvee smelled of fresh leather and Miller's slightly perfumed aftershave. It was rare to the point of being unheard of for the director to be on-site at a crime scene.

"I hope you haven't come here to try and take me off the investigation again, sir," said Rose, sitting down next to him.

"Your message was clear on that, Sandra. My main concern at the moment, however, is Samuel Lynch."

"What about him, sir?"

"My concern is that he's the last person, aside from the killer, to see Neil Keane alive."

"Lynch went to speak to Keane as part of the investigation, sir. Keane worked with Balfour for a number of years, as you know."

"Was Lynch here under your instruction?" asked Miller.

"We've employed him as a temporary agent, sir. I'm not micro-managing his every action."

"Well, would you like to take responsibility for this dead body?"

Rose paused, brushing her hair over her ear. "You know this isn't Lynch."

"You might have to tell that to the local police. He's covered in Keane's blood, and he was seen earlier fleeing from Keane's house across the back yards."

"Have you spoken to him yet?" asked Rose.

"No, of course I haven't spoken to him, but this is getting way too much attention. The local press are already on it, and the cops recognized Lynch from before."

"You're going to have to trust me, sir. I'll handle it." There was no threat to Rose's words, but there was implied meaning. Rose was the only one, McBride and Lynch aside, with the experience to organize this investigation. She was invaluable, and Miller knew it.

"It's not you I'm worried about, Sandra, it's Samuel Lynch. I thought it was a risk bringing him onboard. Trouble seems to follow him around."

At heart Rose agreed with this assessment, but the truth was Lynch was central to everything. Trouble would follow him whether or not he was working for the FBI.

"I'll keep him close to me from now on, sir," said Rose.

"Okay, now that we've cleared that up, how about we deal with Neil Keane's supposed last words?"

Rose had been thinking about little else, Abigail aside, on the drive over. It was clear the killer had something big planned

and the most obvious way for that to be achieved would be doing something to a train.

“It’s hard to know for sure, sir, but our working theory is that he plans to do something with the Texas Eagle.”

“Plans to do something?” said Miller.

“Everything points to the Railroad and that particular train route. Maybe it’s an enforced derailment? A mass attack? I don’t know, sir.”

“Where are the southbound Texas Eagles at this present moment?”

“We’ve been in contact with both drivers and the staff at Amtrak. One is in St Louis, and the other is in Huntsville.”

“And your suggestion?”

“It’s going to be costly, sir, but my suggestion at the moment would be to stop the trains at the next station and evacuate them.”

“And then what? Close the route down forever?”

“Maybe suspend it for a couple of days.”

“I’m sure Amtrak will love that. But then what? No one’s going to accept just giving in to these people.”

“We plant agents on each train, posing as passengers, until we know better,” said Rose.

Miller rarely displayed his displeasure, but this time he wasn’t holding back. Rose knew she sometimes got away with things other agents couldn’t because of what had happened in East Texas, but it was evident that Miller had his limits.

“You want to close down a national train service on what may, or may not, have been said between Lynch and Keane?”

“Lynch has no reason to lie, sir,” said Rose.

“Okay, even if Keane did say that, it could mean anything. The killer could be planning a mass shooting for all we know.”

“I think that would go against everything they’ve done so far, wouldn’t you?”

"The cost of what you're proposing is unimaginable and there's no way it could work long term. It just wouldn't be accepted."

Rose understood the director had concerns beyond who and who was not responsible. But she didn't care how much it would cost to shut down the train service, especially when it could affect Abigail. She held Miller's gaze. "You're right, sir, it could mean anything. But do you want to take that risk? Do you want to be the person responsible for the deaths of hundreds of civilians?"

Miller chuckled. "If I didn't know better, I'd say that was a threat, Special Agent Rose."

"The decision is totally yours, sir. If you'll excuse me, I need to get on with my investigation."

Rose opened the car door. Miller went to place his hand on her before stopping and resting it on the leather divide between them. "Speak to the FRA, see what can be done," he said.

"Thank you," said Rose, leaving the car and shutting the door behind her.

28

Lynch was wearing a white CSI jumpsuit as McBride walked up the pathway of Neil Keane's house. He noted Lynch's blood-soaked clothes secured in evidence bags. "Trouble seems to be following you around," said McBride.

"Tell me something I don't know. How's Rose coping?"

"I'd say she's in denial," said McBride. "At least it's not her sister's body in there. What made you go after Keane in the first place?"

Lynch's first reaction was to offer a defensive answer but McBride was trustworthy. "I was exploring possibilities. I was heading over to Austin when it dawned on me that the toy locomotive being placed in my car may have meant someone was dead."

"You think Mallard followed you here?"

"I have no idea. Someone did."

"Did Keane know?"

"He wasn't about to tell me; he feared for his wife's safety. It's the one thing I could respect and understand about him."

"You know Rose has put extra security on detail for your family, if that helps."

Lynch nodded. It would sound churlish to question what difference that would make; McBride was just trying to be kind and Lynch hadn't experienced much kindness of late.

They both tensed as they heard Rose leave the car. Lynch practiced some words of condolence in his head as she walked over to them, her red hair, for once, untied and falling to her shoulders.

"What did our esteemed leader have to say for himself?" asked McBride, before Lynch had a chance to offer any consoling words to Rose about her sister.

Rose took a deep breath as if she was trying to bite her tongue. "Tell me what Keane's final words were again," she said to Lynch.

"'There will be hundreds of little locomotives' was his actual phrase."

"And you asked him what he meant by that?"

"It was his last breath. Just before, however, he claimed he'd never wanted anything to do with the Railroad and that Balfour had dragged him into it."

"That all seems irrelevant now, doesn't it? Have you told Lynch our thoughts on it?" she asked McBride.

"Not yet."

"So, Lynch, what do you think? What do 'hundreds of little locomotives' mean to you?"

"I think the obvious guess would be, he plans to kill again. Some sort of mass killing, unless he plans to kill individuals once every couple of days for next few years." Lynch winced having forgotten that Abigail was missing. "I think the killer wanted us to know. It's a show of his power. Intended either for us or for Mallard."

"Okay, if we work on that assumption, how is this killer going to kill hundreds of people?"

Lynch pursed his lips. He wanted to embrace Rose, to tell her everything would be okay, but it hit him that they didn't really have that kind of relationship. "You could argue that all the homicides have been on the Texas Eagle line, aside from this one," said Lynch, looking around. "I can't see any reason why he would stop. I would keep a close eye on the signal operatives, make sure no one rogue has infiltrated the system. Though I imagine that's going to be all but impossible to achieve."

"How about an explosion on one of the trains?" said Rose.

"That would do the job as well as anything. You never did find out who was directly responsible for the explosions in the compound, did you?"

The explosions in East Texas had all but obliterated the underground site and the network of tunnels that connected it to the outside world.

"Maybe Mallard had an explosive expert working for him. Maybe that's the person we're looking for."

Rose grimaced. Lynch understood that possibilities were no good to her. The hard truth was, a hundred more locomotives could mean anything. And the person responsible for the killings so far, and those promised to come, could be anyone.

"I've told Miller we need to suspend the Texas Eagle route."

McBride whistled. "Wow, I bet he didn't like that."

"Is it a little too much? Am I overreacting?" said Rose, displaying a hint of indecision Lynch had rarely seen in her before.

The three of them stood in momentary silence. Lynch understood why Rose would think it was a good option and although it seemed implausible, and quite possibly impractical to implement, he understood why she'd reached that conclusion. "You won't hear any objections from me," he said.

"I'll get onto the FRA, see what can be done," said McBride.

Rose nodded. McBride already on his phone, walked away.

"How are you coping?" said Lynch once McBride was out of earshot, understanding how inadequate his words were before they'd even left his mouth.

"I'm trying my best not to think about it. We find whoever's responsible for killing Keane and the others, then we find Abigail. That's the only way I can deal with things at the moment. I guess we're in the same boat."

Lynch understood. It was the way he was looking at things as well. He shuddered to think how many thousands of lives had been irrevocably changed because of Mallard and the Railroad. The extensions of pain and grief snaked throughout the country, and now he doubted there was an area that didn't have someone affected by the Railroad, one way or another.

"I'm here to do whatever I can," said Lynch as McBride returned.

"So, there are four trains currently running on the Texas Eagle line at present," he said, taking his phone from his ear. "They're arguing that it would cause too much disruption to stop the trains now, and have suggested we let them run their course for today at least."

Rose was about to answer when her own phone rang. Lynch saw the color drain from her already pale features as she held up the *unknown caller* sign on her phone before pressing the speakerphone button.

"Special Agent Sandra Rose," said the caller, his voice masked as before by speech altering software. "You are having quite the week."

"Who is this?" said Rose.

"I gather Mr. Keane must have given you my message? How is he?"

"Who is this?" repeated Rose, refusing to play games with the man.

"Let me just say that you are on the right tracks," said the caller, his hollow laugh distorted by the software. "Before I go, someone would like to speak to you."

Rose's hand began to shake. "It's me, Sandy," said Abigail. "I'm fine but I can't see." Her voice sounded frail on the other end of the line.

Lynch placed his arm around her. "Abi?" she said.

"Little sis is having a rest now," said the killer.

"What have you gone to her, you sick bastard?"

"She's fine, Agent Rose. Now, I must leave you for a bit. Lots of little locomotives to prepare. Be seeing you, Agent Rose. Be seeing you very soon."

29

They decided to stay the night on the outskirts of Austin. Lynch drove Rose to a downtown hotel as McBride headed back to Longview to continue work on the Hobbs investigation.

"She said she couldn't see," said Rose as they took the elevator to their floor.

Lynch didn't know what to say. Daniel had never spoken to anyone about what had happened when he was abducted, at least not to him or Sally. But at some point Mallard, or one of his sick companions, had taken the boy's eyes. The memory still filled Lynch with an unbearable sadness, and a rage which threatened his sanity. Whoever had taken Abigail was playing some twisted variation on Mallard's game. "She wouldn't have said it that way if anything had happened to her," he said, trying to be as delicate as possible. "She's probably somewhere in the dark, blindfolded."

"You really think so?" said Rose as the elevator stopped, and the doors pinged open.

"I'm sure of it."

The corridor smelled of stale sweat. Their rooms were next

to each other. Rose loitered by her door. Lynch let out a sigh. He was so out of the loop of human life that he didn't know how to respond to the situation. Should he put his arms around her and offer her consolation, or should he let her be? Should he give her words of encouragement, or allow her to reach her own conclusions? It was as if he wasn't human anymore. He'd been locked away from the world, forced to live a solitary path and now those former instincts were gone.

"The way he spoke to you, Rose. It was like when Mallard spoke to me," said Lynch, thinking back to that bright sunny day when he'd first heard Mallard's voice on his cell phone. "As though he was taunting you, trying to get into your head."

"You don't think it's Mallard, though?"

Lynch shook his head. "The speech patterns are all wrong. It's almost as if the killer is mimicking Mallard."

"Then why take Abigail?"

"Why did Mallard do anything? I often think back to why he took Daniel. I'd always thought it was a way of him stopping any further investigation into him and organization, but now I'm not so sure. You know the things he said to me when I was in captivity? He believed we were the same. He honestly thought that taking Daniel would somehow make me see his side of things."

"You think the killer thinks I'm like him?"

Lynch shook his head. "I think he wants to be like Mallard. He wants that perverse complexity, but I don't think he quite understands it. I think he's taken Abigail because he thinks that's what he needs to do. Mallard did it to me, so it must make sense to this other killer to copy the action."

Rose opened her door. "Is it ever going to end?" she said as if talking to herself.

Lynch stood stock-still, again unable to remember how he should act. "Try and get some sleep," he said. "I'll see you in the morning."

Rose nodded. Lynch wasn't sure if her downturned eyes were because of him or not as she gently shut the door behind her.

He lingered in the corridor for a few seconds before entering his own room. He'd grown accustomed to the loneliness but felt it more acutely within his new confines, with only a wall separating him and Rose. He searched the room, but there was no minibar, and he didn't have the strength to go searching for his customary night-time drink. What he really wanted to do was to call the team looking after Daniel and Sally, to instill in them the importance of staying vigilant. But there was a reason he hadn't been given their location.

As he lay back on his bed, still fully clothed, he recalled the last words the killer had spoken earlier that evening on the phone. "I have hundreds of little locomotives to prepare." His exact meaning might still have been elusive, but the implication was obvious. The killer planned to act again and this time the victims would not be single-digit. Rose had done the right thing evacuating the trains, but she was correct, it couldn't go on forever. The potential disaster felt like an inevitability at the moment, and more than anything Lynch hated the way they were forced to wait. Here he was lying in his hotel room, while somewhere Rose's sister was hiding in the darkness, terrified for her life, and the killer was planning his next move.

Lynch thought again about the locomotive that had been left on his car seat. If Mallard was following him, then either he placed it there or he'd found whoever had. If the latter was true, and Mallard had found the killer, that could mean it was all over. But if that was the case, then Mallard would be coming for him and his family next.

That stark reality accompanied him into sleep, and when he woke at 6:00 a.m. he was covered in a layer of sweat. He didn't bother changing, wincing as he caught sight of his disheveled

appearance in the bathroom mirror as he brushed his teeth, before leaving his room and knocking on Rose's door.

Rose appeared, showered and changed, looking full of purpose as they walked to the elevator and bought coffee and pastries from reception, before heading downtown to the Austin field office. Lynch stole glances at Rose as he drove, her eyes focused intently on her laptop as she updated her notes and checked all the latest information.

It wasn't Lynch's place to say so, but he had to wonder if she should still be on the investigation. She was obviously conflicted with Abigail now being a potential victim. He'd been there once with Daniel, and they'd had to take away his badge from him before he'd give up, and he worried that similar fate was in store for Rose.

McBride called and Lynch put it onto speakerphone. "I spoke to Sheriff Morton earlier. Someone wants to speak to us directly about Hobbs. A college freshman by the name of Tyler Harris. He says it's important but refuses to talk to the local police or even me. Your fame obviously precedes you," said McBride. "Both of you."

"He mentioned us both by name?" said Rose.

"He did. He said he'd speak directly to either one or both of you, but will only do so face-to-face. I have him here at the station now."

Rose reset the screen on the car's dashboard. "Okay," she said to Lynch as she entered in the address for the county sheriff's office in Longview.

"I guess we'll be seeing you in a few hours then," said Lynch, hanging up before taking a U-turn back out towards I-35.

[#]

Sherriff Morton offered them a curt welcome when they arrived at his office four hours later.

"The sheriff has kindly put Mr. Harris in an interview room for us," said McBride.

"But he only wishes to speak to you, Special Agent Rose," said the sheriff, his upper lip curved upwards in an approximation of a smile. "And of course, you as well, *Mr.* Lynch. I would hope you would share any information you gather with us afterwards?"

"Thank you for your hospitality," said Rose. "We'll pass on what we can. Now where can I speak to Mr. Harris?"

"Interview room number twelve. Speak to the sergeant over there, she'll show you the way."

"Has he said anything more to you?" Rose asked McBride as the sheriff walked off.

"No one's speaking to me," said McBride. "I've put together this on Harris. Twenty-two years old. He left high school aged eighteen, didn't graduate. Works in a local deli. Apparently, he was a good student but things changed when he was seventeen, when he went off the rails. Lives with his parents. Haven't spoken to them yet; thought you'd want to see what this was all about first."

"You want to go in there alone?" asked Lynch.

"No, you come too. Perhaps you can accidently have your phone on record," said Rose, heading over to the duty sergeant who showed them to the interview room.

Tyler Harris didn't stand as they entered the room. He was tall but slight, his large, oval green eyes and prominent cheekbones giving him an almost other-worldly look.

"Special Agent Sandra Rose and Acting Special Agent Samuel Lynch," said Rose, displaying her badge. "May we sit?"

"Of course," said Harris. "I'm Tyler."

"I understand you wanted to speak to us, Tyler," said Rose as they both sat opposite.

Tyler's eyes shifted from one to the other. "I saw you over by the railroad tracks," he said, scratching his chin, "when you found the body."

"When we found Rogan Hobbs' body?"

Tyler closed his eyes and squirmed as if he was fighting off a bout of stomach pain. "Hobbs, yes."

"Do you know anything about his death?" asked Rose.

"Only what I've read or been told. He was murdered, like the others you've been investigating."

"And what do you know about that?" said Lynch.

Tyler shook his head and smiled. The expression lit up his eyes. "Again, only what I've read. I'd heard about, you know, the Controller, and what you both did to stop him."

Lynch sat back in his seat. They hadn't so much as stopped the Controller as postponed his actions.

"Why are we here, Tyler?" asked Rose. She spoke softly, but Lynch sensed the impatience in her words.

"I have an idea why Hobbs was murdered. At least, why someone would want to do that to him."

"We're all ears, Tyler. Do you mind if we record this?"

Tyler began shaking his head. He was clearly agitated and eventually Rose placed her hand on his wrist to stop him shaking.

"It's just that I don't want anyone to know. Well, not really. I want you to know, of course, but I don't want it to come out. Do you understand? My life has already been ruined by what Hobbs did to me. I don't want it to be defined by it as well."

"Mr. Hobbs did something to you?" said Rose, her hand still gently on the young man's wrist.

"I worked for him when I was in high school. A few of us did.

I guess we were interns of sorts, hand-selected by Hobbs himself."

"You used to work in his office?" asked Lynch.

"Yes, mainly. Sometimes in his house. It was nothing much. We used to help with his social media, did some research for him, that sort of thing. The school endorsed it, and I thought it would look good for my college application. Though that sounds like a bit of a joke now." Tyler turned away.

Rose withdrew her hand. "What happened?" she said.

"I've thought about this hundreds of times. It started out of nothing really. The odd gesture… an inappropriate comment here and there. I'd heard rumors before but never really believed them."

"What rumors?" said Lynch.

"That Hobbs had a thing for young boys. College students. That's why we always made sure we went in pairs. It was just hearsay in the school, and I don't think our parents even knew about it. But then one night I was working late in Hobbs' office. My friend from school, Wayne Jackson, hadn't turned up and Hobbs was paying me more attention than normal."

"He did something to you?" said Rose.

Tyler's face froze, his large, green eyes reddening. "I don't know, I can't remember. All I can think is that he must have given me something. I came to in the office and it was the middle of the night. I could feel that something had happened, do you know what I mean? But I couldn't be sure."

"Were your parents not worried?"

"I was seventeen. I would often work late or go out with my friends afterwards. My parents were often asleep before I got home, and I don't think they realized I hadn't come in."

"Just to be clear, Tyler, you think Mr. Hobbs assaulted you?"

A couple of tears dropped from Tyler's eyes. "There was blood, I'm sure of it."

Lynch glanced at Rose. It felt important to keep Tyler on Rose's side, so he felt obliged to ask. "Why didn't you go to the authorities, Tyler?" he said, trying to be as gentle as he could.

"I didn't think anyone would believe me. I know that's ludicrous, but there was a type of stigma to it, do you understand? If I'd came out and accused him, my life wouldn't have been worth living, one way or another. If only I'd understood it would never be the same again from that point onwards anyway, I might have done things differently."

"Things started going wrong for you in school after that?" asked Rose.

"I quit working for Hobbs. It was the first thing I did, but I couldn't concentrate at school anymore. I couldn't trust anyone. There's one more thing."

"What's that?" asked Rose, gently.

"When I woke, there was a camera in the room. A video camera on a tripod. I looked through it but there were no images on the hard drive, and nothing on the memory card. I think he left it there for me to see. As a warning. So if you're looking for someone who would have had motive to kill Mr. Hobbs, then I guess you could look at me. It wasn't me, but I'm glad he's dead and I know for a fact that I'm not the only one."

Throughout the conversation with Tyler Harris, Rose had tried her best to focus, but all she could think about was Abigail.

I can't see.

Rose fixated on that more than anything else. Just thinking about what Mallard had done to Daniel made her shiver with revulsion, and the thought that it could be happening to Abigail terrified her more than anything she'd ever experienced.

Tyler's revelations about Rogan Hobbs weren't much of a surprise. It was clear something had been hidden from them the

moment they'd arrived at the crime scene. She looked at the boy, for although Tyler was in his twenties, he was still a child to her, and she understood clearly how his life, and innocence, had been ruined by the politician.

But Hobbs had made a mistake filming Tyler. "Thank you for speaking to us, Tyler," she said. "I do understand how hard it must be for you, and I know you want this off the record, but I implore you to make a formal statement. If there are others, like you think, then they could be suffering too. We can help get some justice for you."

"You can't arrest a dead man," said Tyler.

"No, that's true but we can make sure his crimes come to light and there are other courses of action you can take."

"I don't trust the sheriff."

"Any particular reason?" asked Lynch.

Tyler shrugged. "It's a small town. He must have had an idea what was going on, but he never did anything to stop it. The only time he took an interest was when this corruption scandal started."

"We can assign a team for you, Tyler," said Rose. "I can get you to speak to one of my people. We'll take an official statement from you, keep your name out of it, and we'll begin investigating. The sheriff doesn't need to get involved." She could see the boy was wavering, wanting to trust her, but not quite knowing how. "It's what we do, Tyler. You were brave coming forward to us; let us help you now."

"Okay then," said Tyler, wiping his eyes.

After Rose had found someone from her team to take a statement from Tyler, she went with Lynch to speak to the sheriff in his office.

He didn't stand as they walked in, glancing at his computer screen before giving them his full attention. "What did Mr. Harris have to say?" he said, crossing his arms.

"Tyler Harris is going to give us a statement on the record," said Rose. "I think you may have an idea as to what it will be about."

"Enlighten me," said the sheriff.

"Have there ever been any accusations of sexual misconduct against Mr. Hobbs during his time in office?"

The sheriff lowered his eyes and nodded slowly. "I thought it might be something like that. There's been rumors. There was one accusation from one of his interns, Adam Coleman." The sheriff sat up in his chair, typing on his laptop. "Said he'd been roofied, lost about ten hours of his life when he'd been interning at Hobbs' office."

"What happened?" asked Lynch.

"The boy dropped the case. We tried our best, but he didn't want to proceed."

"And the parents?" asked Rose.

The sheriff shook his head. "I got the impression that something changed their minds, if you know what I mean. No red Ferraris, but they received something."

"And you didn't do anything else?" asked Lynch.

"You know how these things work, Mr. Lynch. Off the record I thought about leaking it to the newspapers, but it would have been career suicide. The boy who'd come to me had a couple of misdemeanors - drug-related crimes – to his name. You go up against Hobbs with that, you're not going to win. I kept an eye on it after that. I had a quiet word with the principal from the high school, made sure Hobbs' interns always went in pairs, that sort of thing."

"We're going to conduct an investigation ourselves," said Rose.

"Why don't you just take over the whole department?"

"I'll keep you updated," said Rose, standing up. "I know you did your best."

"You patronizing—"

Rose took a step forward, stopping the sheriff mid-sentence. "No one's patronizing you, Sheriff Morton. It's just the way things have to be. I will share my results with you on the full investigation but for now this whole thing is an FBI operation." A part of her wanted him to respond, to give her a reason to give him a piece of her mind, but he backed down.

"Where are we going?" said Lynch outside as Rose strode towards the car.

He had been quiet ever since they'd said goodnight the previous evening. He'd always been a quiet man and she understood that he probably didn't have the words to deal with what she was going through at that moment, what they were both going through. Every time she closed her eyes she thought about Abigail in the darkness. She wanted to scream, wanted to grab everyone involved and throttle the truth from them, so she could find her sister before it was too late. But it wasn't the way to do things. She had to keep being methodical, work through each of the killings until they found the one thing that linked them all, that would lead them to the killer, and hopefully Abigail.

Despite his quietness, there was no one she would have rather been with at that moment, even McBride, as they drove to the Hobbs' ranch on the edge of the town. Silence was easy with Lynch. Even though right now it gave her maybe a little too much time to think about Abigail's predicament, it felt preferable to having to speak about her fears.

"Haven't they put up some court order against us?" said Lynch as they pulled up outside the gate.

"She'll want to speak to us if she knows what's good for her," said Rose, leaving the car running as she pressed the intercom.

"Mrs. Hobbs, it's Special Agent Sandra Rose," she said as the woman answered.

"I'm not speaking to you without my lawyer present."

"That's understandable, Mrs. Hobbs, but I thought you'd want to know about a very interesting conversation I've just had, one I'm considering sharing with the local press."

"What are you talking about?"

"It's about one of the interns who used to work for your late husband."

Mrs. Hobbs didn't reply. Rose stood still, her hands interlinked behind her back as the winter air breezed across the back of her neck, sending a shiver through her body, until finally the electric gates to the property eased open.

30

Mrs. Hobbs greeted her at the front door of the ranch. She was dressed in jogging wear, her face coated in makeup, and led Lynch and Rose through to a vast living room area where a man dressed in a black suit was standing. The place was more palatial than Lynch had anticipated. He was no expert, but everything seemed finished to the highest specification, from the solid oak floors to the marble tabletops.

"Do I need my lawyer?" asked Mrs. Hobbs, sitting on a taut leather sofa where she drank some form of green smoothie.

Lynch sensed the unease Rose had created by mentioning the press. It was clear something was off about the Hobbses from the second they'd met the widow. Not everyone openly grieved, but Lynch hadn't sensed a hint of sadness from Mrs. Hobbs. She was too preoccupied with protecting herself. The fact that she had wiped three laptops clean after her husband's death already suggested she was far from legit.

"If you feel that is necessary," said Rose, not waiting to be invited to sit opposite the woman.

"I feel that you just threatened me," said Mrs. Hobbs.

Lynch caught a look between Mrs. Hobbs and the man in the black suit, and wondered if the conversation was being recorded. He reached into his pocket, where he had his phone primed, and pressed record.

"I have no idea what you're talking about," said Rose as Lynch sat down next to her. "As I mentioned, I have received some serious allegations from one of your late husband's interns that I would like to talk to you about."

"I don't know anything about that."

Rose nodded, staring at Mrs. Hobbs. Lynch had an understanding of what she was going through at that moment. Despite her best intentions for the investigation, Rose would be fixating on her sister. He needed to monitor things, be ready to step in should Rose cross the line, but for now he was content to watch her make Mrs. Hobbs squirm.

"I have been told by one of Mr. Hobbs' former interns that your husband sexually abused him, and taped the act," said Rose, after the silence had grown uncomfortable.

Lynch studied Mrs. Hobbs response. She wasn't much of a poker player, the left side of her face twitching as Rose went through the details Tyler had given them. "I certainly don't think he was the only one. What do you think, Mrs. Hobbs?"

"I don't know what you're talking about," said Mrs. Hobbs, her voice barely a whisper.

"I think we should call Glenn," said the man.

"And you are, sir?" asked Lynch.

"Chris Moffatt. Family friend."

"Glenn is your lawyer, Mrs. Hobbs?" said Rose. "I met him the other day."

Mrs. Hobbs nodded.

"You are, of course, free to call him. Maybe you could ask him – now this new information has come to light - how you can explain the fact you were trying to flee your house with three

wiped laptops on the day your husband died. Because to me, Mrs. Hobbs, it looks like you erased some very important evidence."

"Maybe you should be concentrating on finding who killed Mr. Hobbs?" said Moffatt.

"Maybe you should keep quiet?" said Lynch.

Moffatt scowled and turned away as Rose lent forward. "Mrs. Hobbs, you must realize you are an accessory. I don't know how much you knew about what your husband did, but if you help us now, we can help you later."

It was a stretch - they both knew it - but Lynch could see Mrs. Hobbs' resolve fading. "Can you leave us, Chris?" she said.

"I'll call Glenn," said Moffatt.

"It's fine, Chris. I can sort this. Please."

Moffatt glared at them and Lynch sent a text to McBride to run a check on the man as he left the room.

"I didn't know what he got up to," said Mrs. Hobbs as Moffat closed the front door behind him.

"But you knew he was doing something?" asked Rose.

"Listen. Let's stop wasting time. What is it you want from me?"

Rose frowned and looked away, momentarily lost in thought. Lynch wondered what was going through her mind, if she was stuck thinking about Abigail and the terrible things that could be happening to her. "I need to know who your husband was working with. These things... People tend to group together. Share things. You understand what I'm saying, don't you, Mrs. Hobbs?"

Mrs. Hobbs yawned, the color draining form her face, a sign that she might be about to faint.

"Can I get you some water?" said Lynch, concerned the woman was about to pass out.

Mrs. Hobbs shook her head. “He kept all that stuff away from me. I don’t know what he did and I don’t want to know.”

“But you helped him. We all know it. There was something on those laptops. You wiped them and were on your way to destroy them.”

Mrs. Hobbs shrugged and sat back in her chair.

“We’ll find the evidence,” said Lynch. “It’s only a matter of time. You have one chance and this is it. Think carefully about what you want to tell us.”

Lynch understood what Rose was trying to achieve. If she could get Mrs. Hobbs to talk and they found more people involved then it could lead them to the killer. But it was hard to remain positive. Even if Mrs. Hobbs did talk, the chances of finding the killer felt so remote, especially considering the fact that, at any second, he could put whatever plan he had in motion. While they didn’t know his endgame, Lynch knew that whatever it was, it would result in the deaths of many innocent people.

“I need protection, and so do my boys,” said Mrs. Hobbs, sitting bolt upright as if she’d had an epiphany.

“We can do that,” said Rose, “but you need to start talking.”

“You don’t understand. It’s not about what Rogan did, though I guess it’s linked in its way. It’s more than that. If I say anything to you, my life will be in danger, and so will the boys’.”

“We can put you into protection. We know the dangers of dealing with these sorts of people. I promise you we can keep you safe.”

Rose kept her eyes focused on Mrs. Hobbs. Lynch thought he’d heard her voice catch on the word *promise*. Although she’d meant it, she had to be thinking about the brittleness of any guarantees when it came to safety with her sister missing.

“I need that it in writing, and I need to get my boys here now.”

"You can call your lawyer, but you need to give me an idea of what you know. What you can tell us."

Mrs. Hobbs stood up, sighing. "I think I know who is responsible for all these killings," she said, picking up her phone.

[#]

Rose called Miller as they waited for Mrs. Hobbs' lawyer to arrive. Sending people into protection had become so commonplace that everything could be arranged within a matter of days. This time next week, Mrs. Hobbs and her family would be living a different life somewhere else in the country and Miller put up little in way of objection despite the considerable potential expense involved. The FBI's attorneys were contacted and by the time Glenn Morrison, Mrs. Hobbs' lawyer, arrived a video conference had been set up in the living room.

"She could be playing for time," said Lynch as they waited outside for Mrs. Hobbs to have her conversation with her lawyer.

"If she is, she'll be arrested."

"You can't really believe she didn't know anything about what her husband was up to?"

"I believe it's possible she didn't know the full extent. She wouldn't be the first wife to turn a blind eye, but at this moment I don't care."

"It's times like this that I wished I smoked."

Rose was surprised to find herself smiling. She was trying her best to be patient, but it had taken everything she had not to force the truth from Mrs. Hobbs.

"How are you coping?" asked Lynch. "I know, idiotic question."

"I'm trying not to think too much about it," said Rose,

though her mind had other ideas, providing an image of Abigail with her eyes removed that was so clear, it felt like a memory.

Lynch went to respond when the front door opened. Rose noticed his hand move towards his holster as Mrs. Hobbs' three sons rushed through the opening, each giving them a brief look before moving into the living room. "They got here quick," said Lynch.

"As if they've been on standby."

It was twenty minutes before Mrs. Hobbs' lawyer was ready to speak, another hour before he gave Mrs. Hobbs' the clearance to do so – a hurried agreement having been struck with the FBI's legal team.

Glenn Morrison introduced himself and ran through the agreement before Rose was able to begin questioning. With the FBI lawyers and Director Miller watching by video link, she asked Mrs. Hobbs to repeat what she had said a few hours ago.

Mrs. Hobbs was careful with her answers, clearly trying not to incriminate herself. Rose didn't want to rush things, but she needed information. "You said you think you may know who was responsible for killing your husband."

The lawyer tapped Mrs. Hobbs on her shoulder as she looked over to her three boys. "As I told you, I don't know anything about those accusations. All I can say is that Rogan's behavior has been odd these last three years. It began with these proposals for redevelopment. I thought nothing of it to begin with, but the more I looked into it, the odder I thought it was."

"In what way?"

"It just wasn't like Rogan. He appeared to be working with firms and people I'd never heard of before, and I know he stopped listening to his closest advisors, the people who'd been with him from the beginning. His behavior was becoming erratic. He was drinking more, staying out late. I confronted him

about it, but he claimed it was all down to work and that things would improve."

She glanced over at the boys again before continuing. "Then one day, I returned home and he was here. I was surprised as it was so early, and there was a man in the living room with him. The television was on, and they were both sitting in silence. The man introduced himself as Mr. Waugh. Zachary Waugh."

The name wasn't familiar to Rose. She glanced over at Lynch, who shrugged before sending a message on his phone. "And what did Mr. Waugh want?"

Hobbs looked at her lawyer, who nodded. "He made some over-the-top introduction. He was trying to be funny, or charming, or something, but I could tell it was all wrong. It was then he played the video."

"What was on the video?"

Hobbs lowered her eyes. "It was Rogan. With one of his interns. I only looked for a second but..."

"Go on, Mrs. Hobbs."

"The intern... he didn't appear to be awake."

[#]

Rose consulted with Miller and the team of FBI lawyers before continuing. She couldn't tell if Mrs. Hobbs was more dismayed by what her husband had done, or by her own confession. Rose would probably never know for sure, but from what she'd seen from the look on her son's faces this was all new information to them. They'd appeared shell-shocked and had retired to another room with Mrs. Hobbs and her lawyer, no doubt to question their mother about their departed father's secret history.

"Obviously we need to find out who this Zachary Waugh

character is," said Miller when the lawyers had finished giving their advice.

"No hit yet," said Lynch. "Maybe we should show Mrs. Hobbs a picture of Mallard. See if it was him."

"I agree. Let's find out the extent of the blackmail. Presuming that was what it was."

Rose didn't believe Mallard would show his face so readily. In all the years she'd been investigating the Railroad, there were only a handful of people who claimed to have seen the Controller in the flesh, Lynch being one. "We need to look at this land project Hobbs was trying to put through. I've seen different values mentioned. It would be good to have a definitive number to see if it would have been worth Mallard's direct involvement."

The three Hobbs sons still appeared traumatized by proceedings, each wearing a glazed look in their eyes as the parties returned to the living room area, where Rose resumed questioning. Mrs. Hobbs was less readable, her expression neutral as she sat down next to her lawyer.

"Thank you for your last disclosure, Mrs. Hobbs. That must have been difficult for you," said Rose, glancing at the three sons before sitting down opposite Hobbs and her lawyer. "This man, Zachary Waugh. He presumably threatened you with this video?"

"It was all a blur to begin with. I felt physically sick. I knew Rogan had... affairs, but this?"

"How did your husband respond?"

Mrs. Hobbs shook her head. "Everything changed in that moment. I don't just mean that horrible video. It was as if me finding out was enough for Rogan to reveal himself. The real him. He didn't apologize, or try to explain his actions. Even after it was over, he refused to talk about it. He asked Waugh what he wanted to keep it quiet."

"Which was?"

"As I said before, he wanted the land agreement to be changed. And not a little – totally."

"And this is what your husband did?"

"To begin with. At least, that is what he pretended to do. Waugh threatened to show the film to everyone if he didn't comply. Rogan agreed, but as soon as Waugh departed, he started calling everyone in to find out who Waugh was. But it was as if he didn't exist. Of course, Rogan didn't think he was using his real name but still, he was like a ghost."

Rose showed Mrs. Hobbs a picture of Mallard on her iPad. "Was this the man?"

Hobbs shook her head. "Nothing like him," she said, without hesitation. "Waugh was short and stocky. He had thinning hair, and a much larger head. I would go so far as to say it was a little abnormal looking."

Rose took the iPad back, and flicked through some more images. "Abnormal?"

"That could be the wrong word. Distinctive. You would certainly recognize him if you saw him again."

"So what happened when Mr. Hobbs couldn't locate him?"

"That's when he tried to change things. At least on the outside. He hired a new team of lawyers and had to call in a lot of favors from the local area. But he was never going to let it happen. That's what no one understood."

"He wasn't going to let Waugh take over the development?"

"No, not in the end. He couldn't."

"Why?"

"I'm not really sure. We weren't really on a talking basis by the end, but I got the impression that the people he was dealing with, the original developers, were more of a threat to him than Waugh."

Rose turned to Lynch, who raised his eyebrows. He was

clearly thinking along the same lines: that the other involved party was somehow linked to Mallard. "Did Mr. Hobbs tell Waugh he wasn't going to go through with his development?"

"Indirectly. You might be aware of the chaotic few weeks we've had here, with Rogan forcing through another vote to change back to the original developers. Well, seven days later, he was dead."

31

Lynch assisted with the questioning as a member of Rose's team worked through an e-fit of Zachary Waugh with Mrs. Hobbs. Lynch was assigned the older of the three sons – Eli Hobbs – who worked as a lawyer in Dallas.

The man was understandably distracted as Lynch asked him questions about his father and the involvement of Zachary Waugh in their lives. He claimed no knowledge of either Nigel Hobbs' criminal behavior, or of having met or known about Zachary Waugh, and for now Lynch was inclined to believe him. The young man's father had only been dead a couple of days, and the strain of now finding out he'd been a violent sexual predator was taking its toll.

"Did you ever give your father legal advice?" asked Lynch.

Eli's gaze was elsewhere and it took him a few seconds to respond. "No. Not directly at least. Dad didn't like me getting involved. He saw it as a conflict of interest, but would ask me the occasional question."

"Such as?"

"Technical stuff mostly, to do with the use of land and what have you."

"He ever mention the name Zachary Waugh to you?"

"No, sir."

"This must be distressing. To hear these things about him."

This seemed to get Eli's attention. "Yes and no. I didn't know anything about this... this stuff with the interns," he said with a grimace. "But... listen, what you need to understand is that this is a very dysfunctional family. It might not appear it from the outside, but the older I get the more I realize we are far from normal. I'm not going to sit here and cry about my childhood, but let me tell you it was far from idyllic. For all of us."

"Did your father—"

"No, of course not," said Eli, interrupting Lynch before he could finish formulating his question. "Nothing like that. It's more that this family was never blessed with... Oh, I don't know how to say it. Love, I guess."

"Love?"

"Don't get me wrong, our parents looked after us. They sent us to the best schools, and we never went without, but there was little by way of an emotional connection. You understand that, Mr. Lynch?"

Lynch nodded. "You boys seem to have done well for yourselves though."

"Well, we come from a privileged background. None of us are married, or in a serious relationship. I don't think my brothers are bad people, and I hope I'm not either, but, speaking for myself at least, we struggle to get close to people."

"You all rushed back here quick enough."

"We have duties. Even though he didn't show us any love, he was still our father."

"And your mother? How do you think she will cope with this?"

"Oh, don't worry about her. As long as she receives the life insurance, she'll be fine."

[#]

Later, Lynch replayed the conversation with the eldest Hobbs brother to Rose as she showed him the e-fit Mrs. Hobbs had created of Zachary Waugh on her iPad. "I'm not surprised," she said. "It's the same with the other boys. As for the mother... what can I say?"

Lynch studied the image on the screen, trying to formulate something worth saying to Rose. She looked as he felt, as if all life had been drained from her. They both needed a good night's sleep for sanity's sake, but he doubted there would be any of those until they found Abigail. "Handsome brute, isn't he?" he said.

If the e-fit was to believed, the man the Hobbses had known as Zachary Waugh was as distinctive looking as Mrs. Hobbs had stated. His hairless head was an almost perfect egg shape, his eyes wide, his lips small and pinched. The drawing was close to being a caricature, and no matches had yet come up via the NGI – the Next Generation Identification system.

"According to Mrs. Hobbs, Waugh is about five-five. Short and stocky," said Rose, taking the iPad back.

"Not someone you are likely to miss."

"No," said Lynch, shaking his head.

"What are you thinking?"

Lynch continued shaking his head. What he was really thinking was how he should have killed Mallard when he'd had the chance at the compound. It would have been a long shot – Mallard had been flanked by guards at the time, and Lynch would certainly have lost his life trying – but if he'd managed to get a strike in, it may never have reached this stage. People wouldn't be losing their lives left and right, Rose's sister wouldn't be missing, and he wouldn't have to be nursing this melancholy death wish as he fought to win an impossible wager. Instead, he

said, "I was wondering if this Waugh worked for Mallard or not."

"And?"

"If I hadn't have spoken to Mallard, I would have thought they were working together. But now I'm not so sure. We should show the Hobbses the other victims. See if they have had any interaction with them."

"Good idea," said Rose. She was staring at him as if waiting for him to speak.

"You want me to talk to Melinda Simmonds again, don't you?" he said, finally picking up on her signals.

"If you don't mind. I'm going to be busy managing this train business. That okay?"

"Of course," said Lynch. "Always enjoy speaking to that lovely specimen of humanity."

[#]

Lynch sat in on the final interview with the Hobbs family before departing for the new black site where Melinda Simmonds had been moved. Final agreements were being put in place before the Hobbses were due to start their new life in whatever town had been arranged for them. Lynch didn't envy them their future. Life as they had experienced it was over for them, and no amount of money or comfort would be able to make up for that.

Rose connected her iPad to the living room television and uploaded photos of the Railroad victims, omitting for now images of Mrs. Anderson and her two sons. She flicked through the images of the dead men – Nathan Anderson, Bradley Shepard, Tariq Ramović, Travis Mayweather, and Neil Keane – as Lynch studied each member of the Hobbs family, searching for a hint of recognition.

He spotted it in the younger son, Jamie: a nervous, sideways glance. Rose saw it too. "You've seen them before, Jamie, haven't you?" she said.

Jamie shuffled in his seat as his family turned to look at him. Jamie had worked closest with his father, having been part of his staff in the mayor's office. He looked first to his mother, and then his lawyer, before turning his gaze towards Rose.

"Well?" said Rose, sounding like she was at the end of her patience.

Jamie turned back to his lawyer, mouthing something to the man behind his hand.

"May I remind you that any relocation offer is contingent on your full cooperation," said Rose. "And that means all of you."

The lawyer nodded and Jamie took a deep breath. "I've met all of them, except him," said Jamie, pointing to Travis Mayweather.

"You've met them?"

Jamie Hobbs appeared flushed. He was six years younger than Eli, but had a pitted complexion that aged him. "They all worked for the original development firm, Vertex Inc. Sort of."

"Sort of?"

Jamie talked to the lawyer again. "My client is concerned that he will incriminate himself by talking further."

"Your client or his family won't be going anywhere until I get some answers. If this is about some backhand dealing then you can assure your client I couldn't care less. I need to know what exactly these men were doing and how they were linked."

The lawyer began to speak but Jamie held out his hand. "It's fine," he said. "They were all involved one way or another in our work, but they were off the books, if you know what I mean."

"Enlighten us," said Rose.

Jamie Hobbs sighed. "Mr. Anderson. He was a lawyer?"

"I think you know he was."

Jamie shrugged. "I'm not sure what he did exactly. He was employed by the Vertex firm but I never saw his name on anything. He oversaw contracts. They were, are, using a variety of holding companies. I think he was there to ensure we never really knew who we were dealing with."

"And the others?"

Jamie looked at his mother, who evidently had no idea about any of this. "Ramović and Shepard." said Jamie. "I guess you could call them muscle. I didn't know Ramović was one of your... team at the time."

"What did he do for you?" asked Lynch.

"Let's just say there were some people who were being obstacles to the development."

"And him?" said Rose, pointing to an image of Balfour's ex-colleague, Neil Keane.

"Well, he was the man we originally thought we were working for."

32

Rose called Abigail's phone, just to hear her voice on the answer message.

She was working out of Longview PD. It was the day after the final meeting with the Hobbs family, who had been allocated their safehouse somewhere in the country. That fact still rankled with her. It seemed unjust that the Hobbses wouldn't have to pay for their wrongs when Abi was still missing, even if they had given them potentially pivotal information.

It was all too easy to believe that Neil Keane had been involved with the Railroad from the beginning. During the investigation into the man who'd been Balfour's closest ally during his years in the FBI, she'd been sure of his involvement with the Railroad but had never been able to prove anything. She'd had to watch as Keane had been allowed to retire with a full pension and his reputation intact, her attention focused on more pressing concerns.

It was obvious now they'd been looking in the wrong places. Mrs. Hobbs had given them documented evidence that Keane had been working for Vertex Inc, the development company her husband had hired, for at least the last six years, long before the

explosions that had taken place in East Texas. Whether they could prove a link between Vertex Inc and Mallard was still up in the air, but there was no doubt Keane had been lying throughout his career in the bureau.

An in-depth forensic financial search was currently being made into the holding company, though it was already proving to be a logistical nightmare, involving hundreds of smaller companies scattered throughout the world.

None of these were linked directly to Neil Keane, Balfour, or Wilberforce Mallard. Over years, Mallard had created a labyrinthian network of companies. Many had been closed down – some successfully by the FBI – but that didn't stop the emergence of more and more. Mallard would have access to some of these accounts, but he was too smart to have his name anywhere near them. It was the way he worked. His network of people was legion as well. It was a perfect counterbalancing act. If you worked for Mallard then you could rest assured that someone was monitoring you, and whoever was monitoring you was also being watched. The cost of going against Mallard was evident to all, and in the last few years Rose had examined countless examples of people going missing who had potential links to Mallard – the latest spate of deaths, a more visual and open reminder.

But what did it really matter? Mallard didn't care about tax evasion or money laundering charges. He was a wanted man. If he was ever caught, he would be spending the rest of his life behind the securest of bars regardless of whether or not they could prove his connection to any of the hundreds of dummy corporations. What mattered was finding him, and that was something that had always alluded them.

"Coffee, boss," said McBride, placing a cup next to her.

"Any luck on the e-fit?" asked Rose.

McBride shook his head. Like the other agents, McBride

wore his tiredness as a badge of honor. His face was puffy, the bags under his eyes prominent. Rose knew everyone was working that little bit harder because of Abigail but also understood how close to breaking point they were. "It would be handy to speak to Mallard to check out who this Zachary Waugh guy actually is," he said.

"Wouldn't it just," said Rose with a wry smile. "Hopefully Lynch will get something out of Melinda Simmonds."

McBride nodded again and sipped his coffee. She knew what he was thinking. Even if they did get confirmation of Waugh's identity, would it really help? From what evidence they had, it seemed either Waugh had murdered Anderson and the others, or Mallard had. At this point, knowing Waugh's true identity felt trivial.

But if there was any chance it could help find Abigail, and prevent the existential threat to Lynch and his family, then they needed all the help they could get.

Miller called as Rose took her first sip of coffee. "Sir," she said, mouthing Miller's name to McBride with a roll of her eyes. It was the fifth time she'd spoken to the director since the revelations from Mrs. Hobbs. Miller had made director partly for his role, for what that was worth, in the arrests following the compound explosions, as well as his promise to eradicate corruption from the bureau. Because of this, the news about Neil Keane's involvement, on top of the earlier revelations about Ramović, had not been met positively. Miller sensed he was close to losing his job, and hadn't been slow in suggesting to Rose that she would be following in his wake.

"I have just got off a conference call with Amtrak, the FRA, the STB, and the White House," said Miller, with no preamble. "The upshot is, normal train services from Chicago to San Antonio resume tomorrow."

A sharp pain moved from Rose's stomach to her chest. She

knew the ban on the trains couldn't last forever but had hoped for a few more days. "We're going to need personnel on every service," she said, already formulating how they were going to continue monitoring the four Texas Eagle trains that could be running at any one time.

"I can only give you a week working this way, Sandra."

"He will strike again, sir, but we're getting nearer to finding him."

"I would suggest you hurry then, Agent Rose, for all our sakes. I want a proposed staffing plan on these trains and budget for the next seven days before lunch," said Miller, hanging up.

Rose shared the conversation with McBride. "Short of driving every train ourselves and populating it with officers, what difference can we make?" he said.

McBride was right but Rose didn't want to believe it. The killer had taken Abigail, had shown he was prepared to do anything, and no amount of FBI presence was going to change his goal. Each train would be checked top to bottom before departing, but what if he was playing the long game? She didn't want to think about it, but Lynch had waited years before seeing Daniel again. He'd dealt with the unknowing in his own particular way, but Rose feared she didn't have the courage.

She needed to find Abigail. And that meant finding Zachary Waugh before he struck again.

[#]

Melinda Simmonds' new prison was a replica of the one where Lynch had last seen her. He believed he was somewhere in Texas, but had spent the last six hours being ferried from one blacked-out SUV to another. The personnel had changed, a new set of dour-looking guards leading him to a shinier version of the glass capsule where he'd last seen the prisoner.

Simmonds wore the same self-satisfied smirk on her features as last time, her scalp hairless and slick as Lynch stood before her once more.

"Back so soon, Mr. Lynch?" said Simmonds, nodding to the chair outside her glass prison.

"From what you told me last time, you know more than I do."

"To be fair to you they've been doing a good job of keeping me in the dark since you left. Quite literally at times. Did you tell on me, Mr. Lynch?"

Lynch had to marvel at Simmonds's grim humor. It was good to know he had the slight upper hand, and he would have to drip-feed her the details of Neil Keane's death and the intelligence they had obtained from the interview with the Hobbs family.

"I think everything is coming to a head, Melinda. Though I'm sure you already knew that."

"Then why are you here? Why aren't you out catching the bad guys?" said Simmonds, shaking her head. The chains, connected to the glass dome, rattled like puppet strings.

"I thought I'd appeal to your softer side," said Lynch, trying not to avert his eyes as Simmonds broke into hollow laughter.

"We both know I don't have one of those."

Lynch didn't want to play these stupid games, but he had to humor her. She was the closest thing they had to Mallard's organization and if they were to uncover Zachary Waugh's true identity, then she was the most likely source.

"You know this man?" said Lynch, standing and pressing the screen of his tablet to the glass wall, causing the four armed SWAT guards in the hanger-like arena to tense and lift their MP5s.

Lynch ignored them, and the voice in his earpiece telling him to step back from the prisoner. Instead, he watched

Simmonds's response intently. Her eyes barely flickering as she looked at Zachary Waugh's image.

"What is it you want from me?" she said, her chains clanging once more as she moved back from the glass division.

Lynch took a step back, sitting down again and pocketing the iPad before continuing. He thought, for once, that he might have the advantage.

"We believe this is the man responsible for the recent spate of railroad killings. He's been going by the name of Zachary Waugh, though we're sure that's an alias."

Simmonds's upper left lip rose, her eyes squinting as Lynch said the name.

"You're right about that," she said.

"So, what is his real name?"

If Simmonds talked, then perhaps they would have a chance. They could locate whoever Zachary Waugh was and stop whatever plans he had in motion. Maybe that would save Rose's sister, maybe it would alleviate the threat against Lynch's family, or maybe it would mean nothing.

"Nothing's changed since the last time you were here, Mr. Lynch," said Simmonds. "You may have starved me for information but I'm never going to betray him. I thought you, of all people, would understand that."

Lynch sighed. A part of him didn't want to acknowledge that he understood what Simmonds was saying. He had to try another tack.

"You know about Rogan Hobbs. What do you know about the other killings?" he asked.

"Up until the day you last saw me, I could tell you something about all of them. The lawyer and his family, the ex-con, your colleague. That must have hurt," said Simmonds, her eyebrows rising.

"You know any of these men?"

"Not personally, no. I've been a bit out of the game."

"Well, let me tell you a little about them all," said Lynch, proceeding to inform her of their links to the development company headed by Neil Keane, the one they believed ultimately belonged to Mallard.

Simmonds shrugged, her chains swaying inside the glass dome. "Is that supposed to mean something to me?"

"Don't you see, Melinda?" said Lynch. "They were all working for Mallard – your beloved Mallard – and now they're all dead."

"You know as well as I that they're not the first of Mr. Mallard's employees to be killed in the line of service."

Lynch got to his feet again, once more ignoring the warnings in his earpiece as he took out his iPad and opened a different image.

"The thing is, Melinda, I don't think Mallard has been killing these people. You recognize this man, I'm sure," he said, showing her the photograph of Neil Keane's death scene.

Simmonds licked her lips, and Lynch had to stifle a grimace.

"We know Keane was working for Balfour and Mallard all these years. This happened a few minutes after I'd spoken to him. Someone is killing Mallard's connections and you're the most high-profile of the ones remaining."

It nearly didn't register but Lynch caught the indecision in Melinda's eyes. She looked almost disappointed, as if it was finally dawning on her that Mallard wasn't the all-seeing, all-knowing demigod she'd once believed him to be. And if that was the case, that meant her life was at risk. And where she'd been willing to sacrifice it for Mallard, maybe that wasn't the case if he wasn't controlling things anymore.

"I would need another move. Somewhere a little less private," said Simmonds, clanging her chains.

"Tell me who this is and where we can find him and you have my word," said Lynch.

Simmonds gave him a hollow laugh. "You know that's not how this works."

"If we go through all those hoops, we will be here for days and more people will die," said Lynch, realizing as he said it that he was wasting his breath. "And you might be one of them," he added, before she had a chance to respond.

"Are you saying I'm not safe here, Mr. Lynch?"

She was grinning but seemed unnerved. "Tell me where to find him, and I will help you," said Lynch. "You have my word."

Simmonds sat back, her chains relaxing. Lynch could see she was making a mental calculation. Whether or not she believed him about the possibility of moving location was immaterial at this stage. Her calculations would be based on her chance of survival, and on that basis, she would need to consider how much a threat the man they knew as Zachary Waugh was.

Lynch sat in silence, waiting for her to speak. He found his thoughts returning to Rose, Sally, and Daniel. He was doing this for them. If he could have made the watching guards leave, he would have forced the truth from Melinda Simmonds by whatever means necessary. Instead, he drummed his fingers against his legs and waited for her to speak again.

"I'm surprised Mallard didn't just kill him," said Simmonds a few minutes later.

"Zachary Waugh?" said Lynch, sitting up straight.

Simmonds laughed, the humorless sound echoing in her glass dome. "I would never say Mr. Mallard had a weakness, but he let Zachary get away with things he would never tolerate in others. I think he may have seen something of himself in the man. I didn't see it myself. I always thought he was off."

"Off?" said Lynch, trying not to think too hard about the

irony of the convicted psychopath having the gall to accuse anyone else of being "off."

"He thought he could take over. He never said it directly, but I often suspected it."

"So why didn't Mallard take action?"

"He did eventually, but Mr. Mallard isn't the type of person to be overconcerned by threats. If anything, he probably welcomed the challenge."

"He was part of your inner sanctum?" asked Lynch, recalling the harrowing group of individuals he'd encountered when he'd first been introduced to Mallard.

Simmonds repeated her hollow laugh. "I think that's your term. But yes, he was close to Mr. Mallard."

"And what happened to drive them apart?"

"That I'm not so sure about. There was a disagreement and he was banished."

"Banished?" said Lynch, unable to hide his incredulousness. "Bit of an archaic way of putting it."

"You don't really understand, do you, Mr. Lynch? Do you ever wonder why you are still alive? Mr. Mallard could have killed you at any time."

Lynch had considered that very thing every day since he'd escaped. He knew Mallard could have snuffed him out at any time, a surety that had been confirmed when he'd arrived at his hotel room the other day. He had his theories. Mallard liked his games, and Lynch remaining alive was simply more fun for Mallard than him being dead. But there was more to it than that. Mallard had always been of the opinion that Lynch was similar to him in a way Lynch had never been able to entertain. Perhaps that was why he'd kept Waugh alive. "So, what were the terms of this... banishment?"

"He got to live as long as he didn't cross Mr. Mallard again," said Simmonds with a sneer.

"And when did this happen?"

"About two years before this," said Simmonds, looking around her.

Lynch told her about the competing corporations vying for Rogan Hobbs' contract. "You think Waugh thinks it's his time to take over?"

Simmonds listened with intent. "I don't know anything about these companies, but I know Mr. Mallard isn't responsible for these deaths."

"So, what can you tell me about Zachary Waugh?" asked Lynch.

Simmonds hesitated, taking in a deep breath. "I can tell you his name. His real name."

"Okay, that would be a start."

"Richard," said Simmonds.

"Richard?"

'Yes," said Simmonds, taking in another deep breath. "Richard Mallard."

33

Rose had taken the decision to travel to St Louis. The first of the reinstated Texas Eagle trains was due in the station early evening, and it felt like as good a place as any from which to manage everything.

The train had left Chicago twenty minutes ago. At present, it was carrying four FBI agents who would be changing along the route, two scheduled to disembark here in St Louis.

Further south, Lynch was helping with the relocation of Melinda Simmonds. Despite the agreement he'd struck with her, her new location was going to be another high security black site, any chance she had of moving to a less secure area dependent on the validation of the information she had given them.

Rose was still coming to terms with what Simmonds had told Lynch. The man they knew as Zachary Waugh was actually Richard Mallard. He was the Controller's son.

According to Simmonds, Richard had been raised in secret. Mallard had employed various tutors throughout his life, and had seemingly groomed the boy to one day take over his empire.

Simmonds suggested that Richard Mallard was only twenty-five years old.

These revelations, if true, posed more questions than answers. If Richard Mallard was the Controller's son, why was he working against him? It wouldn't be the first time a crime syndicate had been brought to its knees by family rivalry, but it felt difficult to believe that Richard Mallard could so successfully undermine the Controller without facing consequences.

As a local train thundered through the station, the breeze kicking up dirt from the tracks, Rose wondered what sort of relationship existed between Mallards senior and junior. It was more than difficult to believe that Mallard was capable of love. He was a pure psychopath, and any attachment he had to his son would be twisted and narcissistic. Rose imagined that the Controller saw Richard Mallard simply as an extension of himself. She shuddered at the thought of what Mallard's son must have endured as a child. It created the real possibility that Richard Mallard was even more twisted than his father.

She tried hard not to think about what that meant for Abigail.

[#]

Lynch was having similar thoughts as he supervised Melinda Simmonds's relocation to the black site in East Texas. He didn't believe everything Melinda had told him. In all his dealings with Mallard, he couldn't recall even the merest of hints that the man had a child of his own.

Simmonds's new prison was a steel cage, placed center stage in a hangar not too dissimilar to the one she'd just been in. Lynch had assured her it was only temporary, but the guards had insisted on the prisoner being connected to a movable chain within her cell, connected to her ankles and wrists.

Lynch watched as the door was locked shut. The spotlights were turned on Simmonds. He had no iota of sympathy for her. His concern was for the veracity of her story.

"We will need you to leave now, sir," said one of the armed guards.

Lynch moved towards the door of the cell, the floor to ceiling gateway made of reinforced glass. Melinda Simmonds sat in the middle of the room, staring into space.

"Please, sir," said the guard, placing his hand on Lynch's shoulder.

Lynch shrugged the hand off. "You stay vigilant," he said. He couldn't help wondering if the guard was one of Mallard's men, and if so, whether he would kill or free Simmonds once Lynch was outside.

[#]

The drive to the perimeter of the site took thirty minutes. The dry, arid, land reminded Lynch of the journey he'd made away from the compound where Razinski had been murdered. That time, he'd travelled with Rose. Both of them had been wearing gas masks, each unsure of the other as they drove past a litany of dead agents until they'd reached the exit. No such scenes troubled him now as he sat in the back of the jeep, only the endless flat land with its occasional checkpoint to keep him company.

Leaving the compound, he was driven another thirty minutes to the outskirts of Henderson in Rusk County, where his car was waiting for him. He sat in the driver's seat and watched the unmarked jeep pull away until he was perfectly alone. Opening the window of the car, the hum of insects and the distant call of birdsong the only sound, he thought about his next move.

Rose had told him that Texas Eagle was running again today. She was waiting for the train to reach St Louis, which was at least half a day's drive. He hadn't slept in over twenty-four hours, and even if he'd had the strength, there didn't seem much point in returning. He was probably more use remaining here for the time being, on hand to speak to Melinda Simmonds if it was needed or to help if the unspeakable happened and her holding prison was breached.

He half considered taking a quick nap in the car, but his position felt too open. Keeping the window down, he pulled out in search of the nearest motel, the breeze keeping his eyes from shutting. He found a place twenty minutes later. The front of the building was peppered with broken paint, the neon sign missing two of the letters in its name – the Wildflower Motel. If it hadn't been for the vacancy sign in the window, and the two people smoking outside the entrance, Lynch would have been forgiven for thinking it was abandoned.

He nodded to the two smokers, who ignored him, before heading into the reception area. Inside was not better than out: chipped paint on the walls, tired furnishing, and a faint musty smell which suggested damp. He pressed on the bell on the desk and watched through the window as one of the smokers stamped out his cigarette and joined him.

"Help you?" said the man, in his early twenties and wearing a black AC/DC t-shirt.

Lynch thought about saying something witty about customer service but was too exhausted. All he wanted was a couple of beers, a hot shower, and a long sleep. "Room for one," he said.

"See some ID?" said the clerk.

Lynch withdrew his phone from his back pocket, not trying to hide the gun holster on his side. As he withdrew the wallet from the back of the phone, he noticed he'd missed a video

message. Handing over his driver's license, he tapped on the screen, snatching the license back from the clerk as he watched the footage of a lone female bound and gagged in a room which, from the scenery passing the window, appeared to be on a train; a woman who looked unmistakably like a younger version of Sandra Rose.

34

Rose stood frozen to the spot as she watched the video footage of Abigail, her sister blindfolded and gagged, staring blankly at a screen as behind her light played patterns through a window blind, the movements of the shadows suggesting she was on a train. Fortunately, the platform was deserted and she'd managed to contain herself by the time McBride arrived. He was holding his phone in front of him, his shades glinting in the afternoon sun as he came to an almost comical stop in front of her.

"I've seen it," she said, before he had chance to speak.

McBride took off his sunglasses, his manner reverential as if he was attending a death notice. "It has been sent to everyone on the task force," he said.

Rose felt insubstantial, her reality tainted as if she was viewing the scene through a photo lens. "It looks like she's on a train."

"The team on the train received the message at the same time, and they agreed. If Abigail is onboard, they will find her. The next scheduled stop is at Carlinville. We have further teams en route."

"What if it is too late by then?" said Rose. The killer had promised something spectacular, and sending the video file was obviously no mistake. It was another message displaying his power, his control, and if it was Mallard's son behind this then there was no knowing what he would do between now and the time the train arrived at its next station.

"I'll make some calls," said McBride as Rose's phone pinged.

"Lynch," she said, informing him before he could say anything that she'd already seen the video.

"You think it's the Texas Eagle?"

"Do you? We're in the process of trying to stop the train."

Lynch hesitated. Rose guessed what he was thinking. If her sister was onboard the Texas Eagle, and the killer had decided to send the video, then something was going to happen soon. "I would check the legitimacy of the film," Lynch said. "The killer hasn't slipped up yet. I'm sure they know we have people onboard."

Rose sucked in air. It felt good to hear Lynch's voice. Somehow, hearing him centered her and a distant part of her wondered if there might be something between them. "Are you still down by the compound?" she asked, hoping he didn't hear the desperation in her voice.

"About to book into the world's most rundown motel. You need me to come back?"

It was exactly what she wanted, although she didn't have the time to fully unpack the reasons why. Not that she would ever ask him to return just on her account. "Best you stay put. We may need you to speak to Melinda Simmonds again at short notice."

"Okay, I'm here if you need me," said Lynch, waiting a beat or two before hanging up.

[#]

Two UH-60 Black Hawk helicopters had been assigned to follow the southbound Texas Eagle, the only one currently running on the route. The train was to continue its journey until it reached Carlinville in fifty minutes' time, where it would be fully evacuated. Such emergency protocols were already in place, and were practiced routinely. Rose was sure the teams could clear the train quickly. She only prayed that either Abigail wasn't onboard, or was found in time before something happened.

A terrorist alert had been put in place for the local area, and hospitals were on standby for casualties. Rose still had no idea what the killer's endgame was. The train had been thoroughly checked for explosives before departure, but the eventuality of some kind of explosion couldn't be ruled out.

Rose joined McBride with the rest of the comms teams in one of the SUVs outside St Louis station. Together they watched live video footage of the train from the pursuing helicopters, Rose wondering if the passengers within had an inkling of what was happening. "ETA?" she asked.

"Forty-two minutes," said McBride. "Contact has been made with the driver. The passengers will be notified five minutes before they arrive that an emergency evacuation will be taking place."

Once more, Rose tried to find a rationale as to what was happening. Mallard had always claimed he'd evolved beyond mere humanity. He considered himself part of a new breed of humans, so what did that make his son? Both the Mallards were ruthless, but there was a recklessness to the killings that was different to before and Rose shuddered as she thought of what Richard Mallard would do next.

But for now, she focused her attention was on the train snaking its way through the Illinois countryside towards its destination. She tried not to picture Abigail inside, but couldn't

help herself. She found herself biting her nails as she pictured her sister bound and gagged in one of the private cars. Agents were already checking the train, but no news about Abi had reached her. Rose's skin blushed as heat rushed through her. She was never one to be melodramatic, but it was inarguable that this was all her fault. That things had got so bad between them, that she hadn't even known her sister was going through a trial separation was inexcusable, especially after all the promises she'd made to herself after their mother had died. And now this.

"What's that?" said McBride, tearing her from her reverie.

Rose squinted at the screen as one the helicopters flew past the front of the train. "Yankee Foxtrot," came the call from the first of the Black Hawks. "We have an issue here. An obstruction on the tracks. I would estimate two to three miles away. Over."

The footage was blurry but the sight of an obstruction on the tracks was getting clearer by the second.

"Looks like a truck," said McBride.

"We need to stop that train. All emergency personnel to that site now."

McBride nodded and made the call as the rest of the team moved into action. Thankfully, the driver had already slowed the pace of the train and was easing up. "We need somewhere with road access," he said.

Rose scanned through the online maps. "There," she said, pointing to a crossing.

"One and a quarter miles away." McBride turned to look at her.

Rose could tell what he was thinking - what if this was what the Railroad wanted? Rose shrugged. "We have no option," she said, knowing if there was to be an ambush it would occur either when the train stopped or nearer the obstruction.

The onboard agents were updated as the train eased its

speed. They were still twenty minutes from Carlinville, so the passengers wouldn't have been notified about the evacuation yet. "There are fields either side of the train. We'll have to evacuate in as orderly a fashion as we can to the north field," said Rose over the shared comms.

With the helicopters circling overhead, searching for potential threats, the train came to a halt. The image on the screen appeared stuck in time, the train dormant, the doors still shut.

"It couldn't be more of a sitting duck," said McBride as the first door opened and the passengers began spilling out.

[#]

Lynch replayed the video image of Abigail Rose on his phone as he sat on his bed in the rundown motel in East Texas. Advances in technology meant it would be nigh on impossible to decipher whether or not Abigail was onboard a train when the video was taken. No doubt Rose would have experts working on it, but it was more than possible that the image of Abigail had been superimposed to look as if she was in a moving railroad car.

Wilberforce Mallard was not beyond such banal cruelties as this, but their focus had to be on the man's alleged son. Looking back on their most recent meeting, Lynch had noticed an indecision – or at least something akin to indecisiveness – in Mallard's manner that he hadn't encountered before. He'd hid it well, but the fact that it had been his son he'd wanted to find changed everything.

Lynch lay back on his pillow. Mallard having a son was something he would never be able to come to terms with. If felt criminal that Mallard had been allowed to procreate, and he wondered what madness had gone into raising Mallard junior, what traumas the child had suffered to make him the way he

was now, a man following so closely in the footsteps of his father.

He was half asleep when McBride called to inform him an obstruction had been placed on the tracks close to Carlinville. The line wasn't secure enough for McBride to share video footage, and he'd promised to keep him informed before hanging up. Lynch appreciated the gesture, but now more than ever he felt like a fifth wheel. He should have been back there in St Louis with Rose, helping to organize things, rather than in the middle of nowhere lying on the threadbare linen of bedcovers almost as old as he was.

Trying to sleep was pointless, so Lynch brewed some coffee in the ancient-looking machine. As it percolated, Lynch's mind was swarmed with thoughts of Abigail Rose, and the insanity of the Mallard father and son duo. The track near Carlinville had obviously been purposely blocked, but for what reason? Rose and the team would be working to the theory that an ambush of some sort lay in wait. That seemed the most logical conclusion, though from what McBride had told them there was currently no obvious threat in the surrounding area.

Lynch poured his coffee into the hotel's paper cup and waited for the oily liquid to cool. As this was the first journey of the Texas Eagle since its suspension, the train had been monitored in minute detail and agents were onboard so the chance of explosive devices being found seemed unlikely. So why force the train to stop there?

It made no sense to target the first train, which would be protected by a heavy security detail. Mallard and the Railroad had never taken unnecessary chances, and although Richard Mallard appeared a little more reckless than his father, Lynch was sure it wasn't the type of mistake he would make.

On his phone, he opened his maps application. He was back close to where it had all happened before. The underground

bunker where Mallard had created his perverted utopia was less than three hours' drive from here. Not for the first time, Lynch felt as if he'd been manipulated from the beginning: the Controller being true to his name, maneuvering Lynch and his colleagues like chess pieces. Had he wanted Lynch here all along? Perhaps as a reminder, a taunt, to what had gone before. Or had Mallard junior returned here in an attempt to emulate the work of his father? Was he seeking to orchestrate a new trail of destruction from his childhood kingdom of misery?

If the latter was true, then Mallard must have known what his son had in mind. The site was defunct but as far as Lynch knew wasn't currently being monitored. It was still a dead zone, with no internet or cell phone connection. The blockage across the tracks was either a distraction, or would be handled by Rose and McBride. He was just wasting time being here.

Lynch gulped down the rest of his coffee, and retrieved his bags. Throwing some cash on the motel counter, he checked the trunk of his car and decided he would make a quick stop for more ammunition before heading to the place he'd hoped never to see again.

35

Rose's body tensed as she watched the evacuation of the train. Her labored breathing was audible as she searched for any glimpse of Abigail amidst the commotion. The onboard agents had spread out across the length of the train, and the emergency team on site were doing their best, but people were rushing from the cars in panicked unison. The killings were national news and no doubt the passengers were aware of the potential threat – the bookings on the train were down three-quarters from this time last year, despite having been suspended the last couple of days – and the sight of the helicopters added to the enforced stop would have been more than enough to create the panic Rose was witnessing.

Passengers scattered from the train in small packs, scurrying into the surrounding fields and beyond, watched by the cameras on the circling helicopters. More images appeared on the bank of screens in the SUV as the agents switched on their body cams and began checking the train from front to back.

Rose couldn't deny nearly all her focus was on finding Abigail. Every time she saw a door opened on one of the screens, she hoped to see her sister.

But within ten minutes, every possible hiding place in the train had been searched, and every passenger onboard had been accounted for.

McBride stood next to her, but his focus was not on the screens. He was watching the ramps being erected for the EOD robot to enter the train as secondary robots were placed beneath the vehicle to check for explosives.

Rose sensed he wanted to say something – probably to offer words of consolation – but was holding his tongue. Everything at the scene seemed calm, but it was impossible to believe that the abandoned truck which was still situated across the tracks had been placed there coincidentally. She was about to contact the train's staff when her phone rang. She expected news of another killing, or perhaps something worse, when she saw *Miller* on her screen.

"What's happening, Sandra?" asked the director.

"No explosives have been found yet, sir, and all the train's occupants have been accounted for."

"They're toying with us, Rose."

Tell me something I don't know, thought Rose, but didn't answer.

"You sure you're up to this? No one is going to blame you if you hand over the reins for now."

"I'm fine, sir. I'm better where I am. I know the Railroad better than anyone."

Miller took in a deep breath. If it was anyone else, Rose knew she would have been taken off the investigation. Even so, she wondered how long her connection with Miller would help her. "I had a call from the White House today, said Miller, lowering his voice. "The director of Homeland Security is showing great interest in developments."

"What the hell has it got to do with them?"

"National safety, terrorist threat, you know the score. If the

Railroad continue attacking the national infrastructure, then the DHS' involvement is a forgone conclusion."

Rose shook her head. It was the last thing they needed. "This is down to Richard Mallard. I'll find him and his associates before it comes to that."

"I hope for all our sake's that's the truth," said Miller, hanging up.

Once the train had been cleared, the EOD robot checked the abandoned truck, which was dragged from the scene once nothing was found onboard. McBride swore as he left the back of the SUV. Rose followed, placing on shades as she stepped into the bright sunshine. Although everyone was safe, the anti-climax of not finding anything onboard was more than frustrating. It was such a waste of time and resources, and she had to consider that McBride had been right and this was all some type of diversionary tactic. She glanced over at the railroad track, and called Lynch, whose phone went straight through to voicemail.

[#]

THE SIGNAL on Lynch's phone must have disappeared sometime in the last thirty minutes. He hadn't been paying attention. He'd been too consumed by thoughts of Mallard and his son, and the desire to prevent the situation from spiraling any further out of control.

The last call he'd received had been from McBride, just before setting off. He still didn't know what had happened to the Texas Eagle. For all he knew, that had been the endgame and Mallard junior had killed the passengers onboard, or inflicted some kind of horrific trauma to those involved. In retrospect, he should have informed Rose of his movements but it was too late now. He was ten miles or so from the remains of the St

Bernadette's compound where once he'd been Mallard's prisoner; where once his son, and so many others, had endured years of torment.

Rose and McBride had been there before. A mix of investigative skills and sheer blind luck had led them to the old town and its derelict church which had been written out of history. Looking around him now at the endless sweep of countryside, he understood what a mammoth undertaking that had been. It reminded him of the sacrifice Rose and McBride had made. He had them to thank for Daniel's release, and he couldn't bear the thought of Rose having to go through what he had.

Lynch had downloaded the maps to the St Bernadette's compound to his phone, and followed the route now. The FBI had spent over two years exploring for evidence in the remains of the compound and the underground tunnels, which had all but been destroyed by the explosions. But now the area was desolate. The horrors that had occurred there over the years were still coming to light, and apart from the occasional voyeuristic tourist, it wasn't the type of place people wanted to be. Lynch knew of a small astronomical community twenty miles south of the area who used the clarity of the dead zone as a means to study the night sky, but aside from that no one lived in these parts.

Five miles north of the site, and Lynch was directed onto what could be described as a dirt road, only just wide enough for the SUV. Although Lynch had returned to St Bernadette's before, he'd reached the area by helicopter. He had no idea how far the road went or what was at the end of it.

With the engine idling, he left the SUV and looked down the long corridor of brush and bushes which meandered around a corner two hundred yards further down. If an attack was imminent, there would be little chance of retreat. The road was bone dry and no tire marks were visible.

Should have called it in, he thought as he sent a message to Rose on his phone which would reach her whenever he next had signal before returning to his vehicle. Making the tight turn, he headed down the dirt road which was already testing the SUV's suspension as the vehicle bounced along the potted surface. He was being reckless, but since when had that made a difference? If it all came to nothing, so be it. But if there was even the outside chance that Mallard or his offspring were somewhere at the end, then he was prepared to risk everything.

The road narrowed after three miles, and Lynch was forced to stop and walk the rest of the way. He shivered as he pulled apart the brush spreading across the route that in twenty yards became nothing more than a trail. The sky was darkening, and the temperature was dropping. Although there were some provisions in the SUV, he had to concede that he was woefully unprepared. Continuing now on foot would be folly but there seemed little point in retreating.

Switching off the SUV, he packed what provisions he had into a small backpack and checked his phone before setting off through the bushes. The signal was still dead, and as the stars began twinkling in the darkened sky, Lynch cursed himself once more for not notifying Rose or the others about his plan.

Lynch tried to ignore the hum of insects, interspersed with the occasional sounds of wildlife, as he edged along the trail. He felt his age with every step. He'd kept himself relatively fit these last few years, but he wasn't the man he'd once been. His steps felt slow and laborious, as if he was subconsciously preventing himself from taking risks when once he would have run down the trail until he reached his goal.

By the time the end of the trail was near, the sky was lit by a blanket of stars. Lynch couldn't recall when he'd seen so many and was so distracted by their beauty that he didn't at first hear the sound of approaching footsteps. By the time the sound regis-

tered, Lynch was close to the opening at the end of the path. He switched off his flashlight, expecting to see some wildlife scurrying by, and was surprised to see the shadowy outline of a human less than ten yards away.

Lynch dropped to his knees. He checked his phone, and was again dismayed, if unsurprised, to see there was no signal. A crackling sound broke the night air – static from a walkie-talkie – and Lynch strained to hear what the person was saying.

The cliched mantra – *fail to prepare, prepare to fail* – came to mind as he waited for the person to move on. If Mallard, or his son, was using the destroyed facility as some sort of base then Lynch would have little to no chance of overcoming them. Mallard was not one to take risks, and although Mallard junior appeared to have a more scattergun approach to his criminal activities, Lynch doubted he would fail to take the necessary precautions.

Not that Lynch was about to retreat. He'd come this far and would keep going. He edged forward towards the end of the trail, which was now barely wide enough to permit him access. He heard footsteps in front of him and stopped. It sounded like they belonged to just one person but he had to be sure. Crouching down, he waited two minutes for the person to walk by the opening once more. It was a man, approximately five-ten, who didn't appear to be armed. His hands were draped by his side, the walkie-talkie connected to his belt.

Lynch peered through the opening. He didn't want to give away his presence, but wanted to see what awaited him. "Is someone there?" said Walkie-Talkie, the man's voice sounding hesitant.

Lynch jumped into action. He sprinted through the opening, directly into the surprised guard, who tumbled to the ground as Lynch tackled him.

Wide-eyed, the guard begged Lynch to stop before receiving

one solid punch to his face which all but sent him unconscious. Lynch checked the guard for weapons before taking the walkie-talkie. He drew his Glock and pointed it at the guard, who had started to come around and was now gingerly checking his nose.

"Who the hell are you?" said Lynch.

The guard was too busy checking his nose to answer immediately. Behind him, Lynch saw an open field. Even in the darkness, he knew he'd once crossed this stretch of land which led to the ruins of St Bernadette's church; the altar within leading down into the underground compound.

"Who the hell am I?" said the guard, pushing himself up, his hand still on his nose.

"Who do you work for?"

"I work for Terry," said the guard, spitting out a wad of blood onto the ground. "And he is not going to like what you have done. Who the hell are you?"

Lynch lifted the walkie-talkie. "What is going on here?" he said as static cracked and the walkie-talkie vibrated in his hand.

"Kevin, you there?" came the voice.

"Answer," said Lynch, holding out the walkie-talkie. "Tell them everything is okay."

"Fuck you, man."

"You want me to do some real damage to that nose?"

Kevin took the walkie-talkie. "Yeah, I'm fine, why?"

"Thought we heard something."

"Nah, I'm okay," said Kevin with a smile, as something that felt like the cold end of a shotgun was placed against the back of Lynch's skull.

36

Laura Belmont leaned across the train table and gripped the wrist of her son, Charlie, a little harder than intended. He was purposely teasing Bella, his younger sister, and Laura was at her wits' end. He'd been restless ever since they'd left Schriever earlier that morning, and she'd been unable to settle him down. Charlie stopped pulling the face he'd aimed at Bella, and turned his attention back to Laura, who still held his wrist. His expression was almost comical, his mouth wide open as if suggesting *what the hell are you doing, Mom?*

"You need to stop," said Laura, easing her grip. "You shouldn't upset your sister like that. Why don't you shut your eyes for a bit. Take a little rest."

"Don't wanna."

"Well, you're going to have to if you want to see your iPad again today."

Charlie's lower lip jutted out as he folded his arms and closed his eyes, every now and then opening one of them to check if he was being watched. Laura felt Bella lean against him and began to wish for the unthinkable: both her children falling asleep at the same time.

Ever since Tod left – three years ago now, six months after Bella had been born – she'd taken the train to see her parents in Benson, Arizona. After the trauma of getting onboard was dealt with, and as long as the children were behaving, Laura usually loved these journeys. Something about the movement of the train, and the gentle sweep of the passing landscape, always eased her mind. With Charlie and Bella asleep, she became attuned to the sound of the train passing over the tracks and was just about to close her eyes when she noticed the train rush through New Iberia station.

That's odd, she thought to herself. New Iberia was only a small station, and passengers didn't always get off or on, but every time she'd taken this route before the train had made a stop there. She went to check the route on her phone when the door of the railroad car pinged open.

Laura did a double take as a very beautiful young woman entered. She was tall and slender, and even managed to look elegant in the dowdy grey uniform she'd been forced to wear. For some inexplicable reason, Laura couldn't drag her eyes away from the woman as she went from seat to seat, handing the passengers a small paper bag. The woman looked so out of place, and although she was smiling, her wide, bright, eyes looked lost.

"Complimentary snacks," said the woman, her voice a breathy whisper, as she handed Laura three gift bags.

Laura felt her breath catch. Up close, the woman was otherworldly. She wondered if it was the tiredness hitting her – she'd been up at five that morning to get everything, and everyone, ready – but she thought at that moment that she'd never seen anyone more beautiful in her life. She managed to utter, "thank you," as the attendant smiled, holding her gaze for a couple of seconds before moving onto the next passenger.

What happened there? Laura wondered as she sat back in her

seat, the tension in her body fading. She couldn't stop thinking about the attendant as the train pulled into the next station. The station wasn't on the list, so perhaps New Iberia wasn't operating at the moment. Laura picked up one of the gift bags and was about to open it when she saw the attendant on the platform. She still carried that same lost look as she made her way along it as if she was gliding along a runway. Laura wanted to knock on the window, just to get a last full-on glance at the woman, but the train had already started pulling away. It eased past the attendant and Laura managed to briefly catch her eye before she faded out of sight.

Laura returned her attention to the gift bag as she heard noises from further down the train. She'd never received a gift bag before and she wondered if it had anything to do with the missed station.

"What is it, Mamma?" asked Bella, whose weight still pushed against the side of her body. Laura emptied the contents of the bag: a bottle of water, some chips, a chocolate bar, and at the bottom of the bag a small rectangular package wrapped in light blue tissue paper. "Here, you see," she said, handing the package to her daughter.

Bella sat up, a beaming smile forming on her face as she unwrapped the gift. "Look Mamma," she said as Laura found herself shivering. "It's a toy train."

37

After surrendering his gun, Lynch had been cuffed and led across the yard to this airless room within the ruins of the church, where he'd been ever since. That had been ten hours ago, and he'd only heard from the pair once during the night in which he'd managed to sleep fitfully.

Lynch took another sip of water, noting the creep of night beneath the doorframe. It was 6:00 a.m. The last time he'd been here, Mallard had shown him the underground compound with its monstrous city of shipping container prisons. Mallard had been insistent that he saw something in Lynch, a kinship that Lynch refused to accept, before finally growing tired of him.

His pissed in the bucket in the corner of the room, noting that his urine was an unhealthy yellow, and knocked on the door, but no one replied. He wondered which, if any, of the Mallards would be waiting for him should it ever open.

Eventually he succumbed to sleep again, his dreams flitting away as he heard the door unlocked sometime later. Lynch didn't bother sitting up. They had him at a disadvantage, and there was nothing he could do. "Sit back against the farthest wall," said one of the guards on the other side of the door.

Lynch remained on his makeshift bed. He had no intention of moving to the back wall, and he didn't think whoever was on the other side of the door had any way of knowing where he was situated. There were no cameras or spyholes in the door. The whole thing reeked of amateur hour. He was disappointed that they'd managed to take him, and it made him question if Mallard or the Railroad were involved in any way. "Sure thing," he said.

"You know we are carrying," said a second voice.

"Just open the fucking door."

It creaked open, and Lynch waved as one of the guards from last night pointed his semiautomatic rifle through the opening. "Sit back," said the guard as a person Lynch had never met before entered the room.

"You must be Terry," said Lynch, not moving.

The man was dressed in fatigues, possibly ex-military, and appeared to be in his late twenties. "And you're the man causing all this trouble. Now, would you like to tell me what the hell you were doing here last night?"

Lynch understood now that these men were not working for the Railroad. They lacked the competence, and surely they would have known who he was. "I could ask you the same question."

Terry took another step forward. His brow furrowed. "Shit. You're Samuel Lynch."

Why these men were here, Lynch didn't know, but they had nothing to do with Mallard. Terry appeared to be awestruck, and Lynch didn't feel under threat. "You recognize me, good. Now, how about I get out of here."

Terry rubbed his brow. "You're back with the FBI now, aren't you?"

"You seem to know a lot about me."

"It's my job to know. They know you're here?"

"Of course they do."

"Put that fucking gun down," said Terry, to the smiling man behind the door, who still had the semiautomatic pointed Lynch's way. "And get Mr. Lynch some coffee. Coffee?"

Lynch nodded. "What is going on here, Terry?"

Terry sighed. "May I?" he said, taking the lone chair in the room and sitting down. "If I'd known it was you, I would never have put you in here for the night."

"And if it was someone else, what would you have done with them?"

Terry lifted his hands. "Nothing, nothing. We would have kept them here for a while, and then driven them out of the area, that's all."

"So don't keep me in suspense, Terry; what are you doing here?"

"You ever hear of dark tourism?"

"I've heard of it. What, you're a holiday rep?"

"Kind of. People pay a lot of money to visit places like this, places where... things have happened. We... facilitate them."

"Why the guns?"

"Security." Terry shrugged. "This isn't the sort of thing you advertise on Airbnb. We're not official."

"I gathered this wasn't a legal operation."

"Let's move on, shall we?" said Terry, trying to hide the nervousness in his voice. "I know you don't have signal on your phone. None of us do. And you weren't carrying any satellite equipment."

"I hope you're not trying to test me, Terry."

"No, of course not. I just thought we could come to some kind of agreement."

Lynch wasn't exactly in a place to bargain, even if Terry didn't know it. "Terry, I couldn't give a damn about what you get up to here. If people want to pay you to visit this place, then so be it. I

am not going to get the authorities involved. But you have effectively detained a serving federal agent. I can let that slide, because I have much more important things to do, but I need to go now. Get me back to my vehicle, and you'll hear no more of it."

"Thanks, man," said Terry, letting out a sigh of relief. "If you don't mind me asking, why are you here? You think he's back?"

"You ever see any sign of him? Or any of his organization?" asked Lynch, trying to ignore the reverential way Terry had pronounced *he.*

"We've been here for months now. Rarely see anyone we're not supposed to."

"What exactly do you show people when they're here? Everything is sealed off."

"Am I going to incriminate myself?" said Terry, holding up his hands.

"Not unless you've hurt anyone."

"No, no, nothing like that. We have some guys. Some specialists. Engineers, spelunkers. We've made an access route to the compound. You can still see the remains. I can show you if you want?"

Lynch's last memory of the compound was of shooting his guard and finding Daniel. "How many of your *tourists* do you have visiting now?"

"None. We sent them home after you arrived. I'm sorry, we panicked. We shouldn't have kept you here."

"Just get me back to my vehicle."

Terry accompanied him outside where Lynch exchanged looks with the man whose nose he'd broken the previous evening.

"He's not speaking to you," said Terry as they walked across the courtyard and back towards the dirt trail.

"This the only place you do these tours?"

"Nah, we go everywhere. In fact, if you wanted some extra cash, there are a number of people I know who would like to speak to you. About your experiences. I'm talking serious bucks."

Lynch let it go. It would have been easy to get into a confrontation with the man, to ask him why he would want to return to a place where he was imprisoned and his son had spent most of his life being tortured, but he didn't think the suggestion had come from a bad place. "I'll pass," he said.

"I'll leave you here," said Terry as they reached the entry to the dirt road. "We've checked your vehicle. Everything is in order. Your bag is there as well. And your gun."

Lynch nodded. "I would leave immediately and not come back, Terry. Find some other place for your tourists."

"I understand. But. Why were you here? Do you think Mallard might show up?"

Lynch wasn't about to divulge any information to the man. The only reason he wasn't arresting him was because he didn't have the backup, or means to obtain it. "You better pray he doesn't."

"I get that. It's to do with those Railroad killings?"

"Perhaps."

"Listen. You've helped me out here. I know you could have gone harder on us than you have. If you're looking for him, there is one place you could look."

"Go on."

"I've done a lot of research on this place, and I mean a *lot*. You've probably analyzed the forums and stories online?"

Lynch summoned up his mind map of the railroad lines and wondered how many additional red pins he'd missed over the last few years. He didn't bother with the forums Terry had mentioned, which he knew were overrun with flat earthers

making uneducated guesses. "I don't want to hear any conspiracy theories."

"No, nothing like that. Just that there is this rumor I kept hearing. About another station. Long abandoned like St Bernadette's. It might be nothing, but we've tried the place a few times and there were always people there. Guards, you know? I mean serious numbers. I thought it might be government, but I'm not sure."

"Where is it?"

"Only a few hours away. I've written down the coordinates."

Lynch took the offered piece of paper from Terry. The man looked excited by his revelation, but despite his obvious naivety, Lynch needed to know he wasn't working with either Mallard. He punched him hard in the stomach. As Terry fell to the floor, he grabbed him in a chokehold. "Who put you up to this?" he said.

Terry struggled for breath, and Lynch loosened his grip. Everything seemed too convenient for his liking, and there was no way he was going to trust a note from the man. "No one, I swear."

Lynch exerted some pressure back on Terry's neck. "Last chance."

"I wouldn't lie. If I help in some way, that would be great. It would be a story to tell. Another place we could..."

Lynch let go of the man, who dropped to the ground. "You're messing around with something you shouldn't, Terry. Like I said earlier, if I was you, I would leave now and never return. You're not cut out for this line of work." Lynch headed off down the road, folding the slip of paper with the coordinates and placing it in his pocket.

38

The field office in St Louis was in turmoil. Staff – agent and civilian - were either rushing about or glued to their phones. Rose had worked through to 5:00 a.m. until the train was cleared, and had spent the last few hours trying to get some sleep. Even on the short journey over, she'd had to contend with a conversation with Miller, who told her Amtrak were threatening to sue, and that the White House had been onto him again about involving Homeland Security.

If that wasn't enough, Lynch was still AWOL, and her baby sister was still being held captive by Mallard junior. Of all her concerns, it was the latter, naturally, that occupied her thoughts. Whenever she tried to sleep, her mind was full of images of Abigail tied and bound on the train. And although that was concerning enough, Rose feared more the years of uncertainty that Lynch had endured when Daniel had gone missing. She was at her wits' end now, and although she'd thought herself mentally tough, she didn't think she could survive not knowing what was happening to Abi, especially considering what she knew about Mallard and his sick organization.

"There you are," said McBride, thrusting a coffee into her hand.

"My hero."

"You haven't seen the latest?"

Rose's heart sank as she wondered what news McBride had to share. "I guess not."

"In here," said McBride, guiding her to an office where a television screen displayed CNN.

Rose glanced at the screen, which was an amalgamation of various shots. At its heart was a train – another god damn train – being followed by what appeared to be news helicopters.

"They found out before us," said McBride. "The news channels. It's only come through these last ten minutes."

Rose sat down and drank her coffee. Her tiredness was a corporeal thing. It was as if she could feel her bones and skin ageing prematurely, her mind ready to snap. "Start at the beginning."

"It started on social media. Passengers on the train posted images," said McBride, connecting his phone to the screen in the room. "It's the Sunset Limited train, which runs from San Antonio to LA. Apparently, staff had been handing out gift bags with these in them." The next slide showed a picture of a toy locomotive, identical to the ones found at the crime scenes.

Rose felt nauseous. "An elaborate joke?" she said, but her words felt distant, pathetically hopeful.

McBride shook his head. "The train has missed two stops now. Next scheduled stop is Beaumont, Texas. So far, Amtrak and the FRA haven't been able to make contact with any staff on the train, and the driver isn't responding. The press claim to have contact with the passengers, who are telling them that armed guards are inside the train."

Rose drank the coffee and tried to make sense of what McBride was telling her, but it was all coming too fast after last

night's events. "I need to know who is in charge of the train. All the staff working it. We'll need to contact their families, check if there has been any external pressure. Timetables, possible escape routes if it stops, how we can possibly stop it. Christ, I don't need to tell you any of this, McBride."

"We're on it. I'll get an emergency team together," said McBride, leaving the office.

Rose watched the train snaking through the Texas countryside. She squinted at the screen, as if she could see through the shell into the interior and its passengers. As though, if she concentrated hard enough, she would somehow catch a glimpse of Abigail among them.

After speaking to Director Miller, Rose joined McBride and the assembled field agents in the incident room. Despite everything that was happening, she couldn't fight her tiredness. Even with her concern for Abigail, she could have easily succumbed to sleep, but instead she demanded answers.

McBride took over, using the screens in the room to display images of the timetable of the train and the staff working it. "The driver is a thirty-five-year-old male by the name of Trevor Bayliss. Married with two children, aged four and six. So far, local police have been unable to locate the family."

"What are options for stopping the train?" asked Rose.

One of the local agents, Stephen Turner, answered. "I've been liaising with Amtrak. There is an option to do so remotely, but this has seemingly been disabled at source. There is also the possibility of switching tracks, but it appears the train is going too fast for this to work. We could block the track, but we have no idea if anyone is behind the wheel, and an impact at that speed would cause untold damage."

"When will the train run out of fuel?"

"The next scheduled refueling is in Houston at 6.20 p.m., but

it could run another ten to fifteen hours, depending on the speed it maintains."

"Which is at present?"

"Approximately fifty miles an hour. Amtrak think it could reach El Paso and beyond."

Rose thanked the team and waited for them to depart before speaking to McBride alone. "Thoughts?" she said.

"I've seen some attention-seeking in my time, but this supersedes everything. If it is a hijacking then you would expect some form of communication at some point."

"But what do they hope to achieve? If it's Mallard, or his son, they're not going to want money."

"Notoriety?"

Hundreds of little locomotives.

Maybe McBride was right. How did you become a notorious killer in this day and age in America? Mass shootings were becoming close to a daily occurrence. People rarely remembered the hateful killers' names in the way they had in the past. Perhaps it took something as radical as this to fully capture the nation's interest. To hijack a train with armed guards and enough civilian casualties to ensure infamy.

Mallard already had notoriety. He was a bogeyman that would haunt the dreams of everyone for decades to come. And the only way to compete against such a legacy would be to do something as extravagant as blowing up a train full of civilians. When she'd started searching for Mallard four years ago, Rose would never have imagined she'd have to contend with his deranged progeny as well. Was this all simply a family feud? A way for Mallard junior to prove to his father he was worth something?

"Maybe it is notoriety he's after. But maybe it's something more personal," said Rose, almost to herself.

"What do you mean?"

"So far Mallard junior has proven he can kill his father's contacts, and even his closest allies. We've been thinking he's been standing up to his old man, either trying to usurp him, or prove himself. But what if he's trying to destroy him? I can't imagine being Mallard's son has been a picnic. What if everything he's done – the ritualistic killing, the toy trains, and now this public hijacking – hasn't been some desperate attempt to claim power, but a means to destroy his father's legacy?"

"If that is the case, what will he do next?" asked McBride.

"What he's always done. Copy his dad."

[#]

Lynch wondered if he was going soft as he reversed the last of the dirt road and spun the SUV round so he was facing forward. Terry's group of dark tourism guides had been there for the taking. A few years back, Lynch would have rewarded Terry's cowardice with a broken nose, but he'd let the man go free. The truth was, rounding them up and getting them out of the dead zone was too much like hard work, and he had more pressing concerns.

The sun glared into his eyes as he pulled onto something that resembled a main road. He'd been away from civilization for less than twenty-four hours but already he missed the bustle of the highways, and phones that worked. With still no signal, he drove on toward the interstate and the coordinates Terry had given him.

He continued to question the choices he'd made during the investigation as he sped along the road, sighing in relief as he finally saw another car. Perhaps he should have taken Terry up on his offer to see the remains of the compound. It had seemed pointless at the time, but what if that was what Terry had wanted him to think? What if Terry and his gang were recruits

of Richard Mallard, and that the Controller's son was still masterminding everything from within the bunker?

Lynch was ten miles from a rest stop when his phone returned to life. A number of messages began filtering in, until all he heard was a cacophony of electric noise. He scrolled through the missed calls and texts, nearly all from Sandra Rose, as he drove, one hand on the steering wheel. *At least they missed me*, he thought as he switched on the radio and waited for a signal to catch. He ran through the channels until he found a song he half recognized – an old country and western hit from his youth – and accelerated towards the rest stop, where he could finally check in with Rose.

The song ended and the station went to the news, Lynch easing off the gas as the story came in about the hijacked train. *That couldn't be the same train as yesterday*, he thought, pulling over and making a call to Rose.

"Where the hell have you been?" she said, answering on the first ring.

"Good morning to you. I just heard on the radio about this hijacked train. What have I missed?"

Rose updated him on what had happened with the Texas Eagle and the Sunset Limited, which they were still trying to make contact with. Lynch felt a tremor though the left side of his body as she told him about the toy trains that had supposedly been handed out to the passengers, liked cursed omens. "The story says the train has armed guards onboard?"

"Not ours."

"Jesus. What do you think, some sort of mass execution?" said Lynch, remembering too late that Abigail might well be on the train.

"I don't know what to think, but plenty of people do," said Rose, seemingly not taking offense.

"What do you mean?"

"Where have you been, Lynch? This is international news. The passengers are posting on social media from the train. Some are saying their goodbyes."

Lynch rubbed his left shoulder, the muscles like rods of metal. "Any news about Abigail?"

"Nothing yet. Where have you been, Samuel?"

Lynch sat back in the leather chair of the SUV. His whole body was tense, and his legs were cramped. He was momentarily breathless as the cramp spread up his body to his back and chest.

"Lynch, you with us?"

"Yes, sorry," said Lynch, catching his breath. "I've been to the site."

"The site? St Bernadette's?"

"A stupid hunch."

"You went alone? More than stupid. At least that explains why you weren't answering."

"The train line the Sunset Limited takes, that's New Orleans to LA?" asked Lynch, some energy returning to his body.

"Yep, it is currently between Lake Charles, Louisiana, and Beaumont, Texas."

"Wait there. I'm going to send you some coordinates." Lynch fumbled for the piece of paper Terry had given him. "There," he said, sending the image to her.

"Hang on," said Rose, talking to others in the background. "What is this, Lynch? The route passes straight through it."

"An urban legend, apparently," said Lynch, telling her what Terry had told him.

"Could it be a setup?"

Lynch went to answer but the pain had returned and he needed to shut his eyes.

39

"Lynch? Lynch are you there? God damn it," said Rose as the line went dead.

"McBride, come here," she said. "What's this location?" She zoomed in so she could see the co-ordinates Lynch had sent her.

"St Xavier's train station?" asked McBride, making keystrokes on his laptop. "Not a stop on the route." He pointed to the screen. "The track passes by, between Beaumont and Houston, but the station is gone, has been for over seventy years."

"Just like St Bernadette's," said Rose.

"Where did you get this information from?"

"Lynch. He's been back to the site."

McBride looked at her, wide-eyed. "St Bernadette's?" he said as if doubting his own words.

"Supposedly, yes."

"And where is he now?"

"Not there, thank God. He just called me, and the line cut out, probably on the fringes of the dead zone. How long until the train reaches St Xavier's?"

McBride made a few more keystrokes. "At its current speed? I would say two hours."

"Get a helicopter ready. We need to get there. And I want a covert plan for that area. If there's any chance something is going to go down there, we don't want them to know we know."

McBride nodded and left, Rose packing her belongings into a gym bag. She tried Lynch again, but although the phone was ringing, he didn't answer.

"Not now, Lynch," she said, checking his location using the GPS tracker from his phone. He was forty-five minutes from the dead zone. If he was still in the car, it wasn't moving. She showed the location to one of her colleagues and instructed him to send out emergency vehicles to the location.

"Call me the second you find him," she said, leaving for the roof.

McBride was waiting by the elevator.

"They're just refueling now," he said as they stepped inside. "Any luck with Lynch?"

"The phone was ringing, but he didn't answer," said Rose as the elevator rattled before ascending.

"Any chance he was speaking to you under duress?"

"It's something I may have considered," said Rose, snapping at McBride. "Sorry," she added. "He sounded breathless. Something must have gone down at St Bernadette's, but he didn't have time to tell me what."

"I can stay back here and co-ordinate things," said McBride as they reached the top of the building.

"I know you're scared of flying, McBride, but you're not getting out of it that easy." Rose lowered her head and moved towards the chopper. Sitting in the back, she belted herself in, putting on her headset and introducing herself to the pilot.

"You have the co-ordinates?" she said.

"Yes, ma'am."

"I don't want you to fly directly over. For now, keep a five-mile radius and we'll see what we can see."

McBride belted in next to her.

"It'll be five more minutes," said the pilot, making last minute checks on his instrument panel.

"We need emergency teams at the periphery, but we don't want to alert anyone inside the area to our presence," said Rose, taking her iPad from her bag and scrolling through the latest social media posts. As she'd mentioned to Lynch, everything had gone crazy these last few hours. She suspected it was a ploy by the hijackers of the train. They'd allowed the passengers to keep their phones, and so far they'd counted over two hundred people who'd sent direct messages or had posted on social media accounts.

Rose looked at the latest post on Facebook. A lone woman, Laura Belmont, with her two children, Bella and Charlie. Laura had posted pictures of Bella on the train, holding the toy locomotive she'd been given. Rose read through the post from Laura, trying to remain detached:

To all my friends and family, I'm here on the Ford Express with my 2 children, we are on our way to see our parents in Benson, AZ. There are armed guards spread throughout the train and we've been told not to leave our seats. Whoever is responsible for this, I'm begging with you, please let my children go. I am happy to stay, but please, please, let my babies go.

"We're ready to go, folks," said the pilot.

Rose placed the iPad on her lap, McBride sneaking a glance at her but not speaking as the helicopter lifted. Although Rose was desperate for her sister to be safe, a part of her wished that

Abigail had been one of the social media posters. She just needed to know where her sister was, even if it was on the train.

The helicopter lurched in the air, Rose's phone ringing as the chopper took a hard right towards the railroad tracks.

"Ma'am, this is Special Agent Tyler. Local police have found Samuel Lynch. He was in his SUV. From what I understand, he's okay, but he's been taken to hospital. They wouldn't give me much more but from what I've ascertained, it's a suspected heart attack."

40

Lynch opened his eyes, blinking against the sunshine filtering in through a set of unfamiliar blinds.

"Let me get those for you," came a voice. Soft and female.

"Where am I?" said Lynch, trying to sit up in his bed, his body covered in a cold film of sweat.

"You're at McAndrew's Hospital in Texas," said the voice, which he now saw belonged to a nurse who didn't appear old enough to have actually attended nursing school.

Lynch glanced around him, his eyes settling on the door less than fifteen yards from where he lay. He recalled speaking to Rose, who'd told him about the hijacked train, and then everything went dim.

"How did I get here?"

"You were brought in in an ambulance," said the nurse. "I think someone had called in your location. You're a bit of a star around here. We've been told to keep you in the greatest comfort."

Lynch shuffled up until his back was against the headboard.

He felt a tightness in his chest and glanced at the IV drip connected to his arm.

"Is anyone here," he said, nodding towards the door, "from law enforcement?"

"We have a couple of rangers in the corridor," said the nurse, handing him a tumbler of water. "You're not under arrest, though; those guys go to different wards."

"I need my phone," said Lynch, sipping at the cold water, shivering as it trickled down his chest.

"I don't think that's a good idea, Mr. Lynch. Best not get you too excited. Dr Harrington will be here to speak to you shortly."

"Nurse, I appreciate everything you're doing for me, but please, get me my phone."

The nurse placed two long fingers across the back of his wrist as she glanced at her watch, nodding after fifteen seconds.

"Let me speak to Dr Harrington. You take it easy for now."

Lynch took a deep breath as the nurse left. The door was unlocked, which eased his concerns. He jiggled his arms and legs, making sure everything was still in working order. He'd given the co-ordinates of St Xavier's to Rose, but he didn't know if she'd received them. The place was less than forty minutes away and everything within him told him that was where he needed to be. The IV bag was still half-full, and he kept it connected as he leant to the side and searched the bedside cabinets.

"Now, now, you shouldn't be doing that," said a male voice as the door opened, and Lynch grabbed his phone and placed it beneath his sheet.

"You must be Dr Harrington," said Lynch.

"That's me, Mr. Lynch. I'm glad to see you with us. You had a bit of a scare, I understand." Dr Harrington glanced at the charts at the foot of Lynch's bed.

"Too much action, not enough rest," said Lynch, not about to go into detail of his time at St Bernadette's compound.

"You were unconscious when you were found in your car Mr. Lynch. Your breathing was shallow, and your pulse was low. Things have improved," he added, nodding towards the chart. "Nevertheless, it's a strange situation we find ourselves in. I would like to perform an angiogram on you if you would give me permission."

"You think I've had a heart attack?"

"I'd just like to rule out all possibilities," said Dr Harrington. "I've been given your medical file by your employers."

"My employers?"

"The Federal Bureau of Investigation. I see there's a history of heart problems in your family, Mr. Lynch. We need to perform this procedure."

"I understand, but I need to be somewhere. I'd be happy to get it done at some later point."

"You don't understand, Mr. Lynch. I think you may have already had a minor heart attack, at least one. Let's just get this procedure done and then we can see where we are. We have a spot later in the afternoon. Once we get a clearer picture, we'll know best what to do. Okay, Mr. Lynch?"

Lynch nodded, waiting until the doctor had left before retrieving his phone. He glanced at the list of missed calls from Rose before checking the internet for the latest on the Sunset Limited train. As she had told him, the press and social media were alive with stories from passengers. If it was what they wanted, then the Railroad couldn't have wished for a better publicity campaign. They were everywhere now, as were the old reports on Mallard and St Bernadette's, Lynch seeing occasional mentions of himself as he scrolled through the endless news.

Time was still a blur but if he was correct with his calculations then there was still an hour before the train would reach

the co-ordinates he'd been given for St Xavier's. He'd managed to get that news onto Rose before he'd passed out, so no doubt she would be on her way.

Lynch grimaced as he pulled the IV tube from his vein, deciding that no matter what, he needed to be there as well.

[#]

Rose scanned the barren Texan landscape. Her noise-cancelling headset had deadened her senses, the whirr of the constant blades nothing but a murmur, by the time she caught sight of the railroad track slicing through the desolation.

"We're in a holding pattern five miles from the co-ordinates you gave me, ma'am," said the pilot. "Do you want me to go any nearer?"

"Not at this point," said Rose.

She checked satellite images for the co-ordinates Lynch had given her on her iPad. But even using the FBI's high-resolution imagery there appeared to be nothing there beyond endless fields of dried mud and weeds.

"Teams are in position," said McBride. "We'll be ready to go if the train stops there."

It was thirty minutes since they'd been informed of Lynch's suspected heart attack. Rose was doing her best to put it to the back of her mind, where it was fighting for attention with her concern over Abigail. She told herself that halting the train and finding those responsible was the best thing she could do, both to rescue Abigail and even to help Lynch. But it still felt as if she was prioritizing the wrong thing.

"Sandra," said McBride as he turned her iPad towards her.

On the screen was the Sunset Limited, meandering its way through the countryside.

"Does that look like it's slowing to you?" he said.

The train was being followed by two Black Hawks, the media choppers having been warned off. The images they could see were coming directly from the onboard camera and McBride was right, the train was definitely slowing down.

Rose patched herself in.

"Falcon One," came the call from the pilot.

"Falcon One, this is Special Agent Sandra Rose. We have sight of the Sunset Limited from your cameras. Can you confirm that the train is slowing down? Over."

"It appears that way, ma'am. We are currently between Nome and China. As you can see, the train is running parallel to the interstate. There's a crossing ahead. We estimate the train is running at forty mph, although that does appear to be slowing. Please hold, ma'am. Over."

"Who do we have there?" said Rose as the train visibly began to decelerate.

"Local sheriff's department is two miles away, everyone along the track is on standby, but it's too big a distance to have everything covered."

"Special Agent Rose, Falcon One. The train is slowing to ten mph, do you want us to attempt a landing? It's definitely stopping, ma'am. Five mph, four mph."

"Land if you can," said Rose, watching the images on her screen as the train came to a halt and as if from nowhere a number of vehicles began approaching it.

Rose ran a hand through her hair. It was as if every nerve ending in her body was on fire. Fatigue had hit and her muscles ached in a way she could never recall. The images on her screen became scrambled as the two helicopters searched for a landing spot.

The images of the train appeared and disappeared. Rose found herself clenching the leather upholstery of the seat in front of her, trying to control her anger and frustration as she

caught glimpses of the train doors opening. Images flitted in and out of sight on the iPad, the occasional figure leaving and shutting the doors behind them, the vehicles picking up the departing passengers and scattering in various directions.

"Special Agent Rose, Falcon One again. I guess you're seeing what we're seeing. We've counted eight vehicles so far, twelve people having left the train. The vehicles are heading towards the interstate, do you still want us to land or to give chase?"

Rose looked at the map for the local area. As the pilot had suggested, the road dissipated into a number of tributaries less than half a mile away. Within minutes, the majority of the vehicles could be going in opposite directions. No doubt plans were in place to switch vehicles and the best they could do was choose one of the vehicles to follow.

"Falcon One, stay with the train, let's give it a couple of minutes before landing. Falcon Two is to choose one vehicle and to follow."

"Yes, ma'am," said Falcon One as McBride pointed to his iPad, where the train had started moving again.

"Sir, I must insist."

Lynch was standing in the hospital corridor, flanked by two nurses and two Texas Rangers. The insistence had come from the more senior of the two rangers who was currently blocking his way. Lynch was dressed and ready to go and although his body hurt, the IV had rejuvenated him.

"You do know who I am?" he said to the ranger.

"I do, sir, but I'm under strict instructions to keep you here." The ranger was a six-foot-four slab of pure muscle. He must have been ex-military, his hair cut forensically short, his wide blue eyes neither friendly nor hostile.

"I understand that, but I have more pressing problems. Call

Special Agent Sandra Rose, hell, call Director Miller for all I care, but I'm leaving here in the next minute."

"Please wait there, sir," said the ranger, clearly uncomfortable to be in this predicament.

Lynch watched him move to the end of the corridor, where he took out his phone.

"Mr. Lynch, you could be putting your life at risk."

It was the nurse from earlier. Her soft hand was on his shoulder and despite himself Lynch welcomed the touch.

"I do appreciate everything you're doing for me," he said, "but I have to go."

The ranger returned.

"Sir, it goes against our better judgement, but we have no legal right to keep you here. I urge you to reconsider. I wouldn't forgive myself if something happened to you."

"How old are you, son?" said Lynch.

"Twenty-five, sir," said the ranger, surprised by the question.

Lynch nodded, "You're going to make a fine officer. Now if you'll excuse me, I must go. And tempted as you might be to follow, please don't, for your own safety... and national security reasons."

"I'll walk you to the car," said the ranger.

Leaving the air-conditioned hospital behind, Lynch felt the heat of the outside world more oppressively than before.

"Some water and provisions, sir," said the ranger, handing him a bag.

"You haven't put any tracking devices in here, have you?" asked Lynch, provoking a short smile from the young officer.

"No, sir, doctor's orders. You need to stay hydrated."

"I'll take that onboard," said Lynch, getting into the SUV.

He thanked the ranger and waited for the SUV's AC to kick in before heading off. He tapped in the co-ordinates Terry had given him for St Xavier's and was surprised to see he was nearer

than he'd been before his accident, the location now only twenty minutes away.

He tried to blink away the fatigue as he joined the back road out of the small town. He called Rose first, then McBride, but neither agent was answering. He tried to find a news channel on the SUV's radio, but the signal was weak and getting weaker and he wondered if he was entering another dead zone and if this one had been erected on purpose by the Railroad.

Like at St Bernadette's, he found himself turning onto a single-lane road. His phone was at one bar when he called Rose, his heart racing when this time she answered.

"Samuel, are you okay?" she said, her voice distant and full of concern.

"I'm fine," he said, "what have you heard?"

"I heard you had a heart attack."

"Not me," said Lynch, his hand going to his chest. "That was a bout of indigestion, nothing more."

Rose updated him on the situation, how the train had stopped, and the eight vehicles that had disappeared into traffic.

"We have eyes on one of the SUVs now and another helicopter still following the train."

"How far are you from St Xavier's?" asked Lynch.

"I think the train is still an hour away. It appears the armed guards have left it. We're getting messages, more social media posts. The emergency brake system's not working, and the driver can't be reached."

"And we still don't know what they want?" asked Lynch, taking a sip of the water provided by the ranger.

"No demands yet."

"And Abigail?" said Lynch, softening his tone as much as he could.

"No, nothing."

Lynch sucked in a breath and took another sip of the lukewarm water.

"I'm half a mile from the co-ordinates," he said.

"I think you could be wasting your time. Our satellite images show there's nothing there, not even a derelict church and train station this time, just trees," said Rose.

"I think my signal will go if I travel any further."

"Are you sure you're okay, Samuel? Maybe you should return to the hospital, let us deal with this."

"I'll pop in and see what I can see, and I'll come straight back. How's about that for a deal?"

"It's not the best offer I've ever had but I know there's no point trying to negotiate with you. You stay safe, Samuel."

"You too," said Lynch, hanging up, his signal going dead thirty seconds later.

41

Rose regretted not having done more the second she hung up on Lynch. From what she understood, he'd had a suspected heart attack and was now about to go into unknown territory, against an unknown enemy. But as she'd said to him, there was little she could have done even if she'd been face-to-face with him. Lynch wasn't someone easily talked out of anything, and things were now reaching a desperate point.

The helicopter was still circling a five-mile radius from the St Xavier's area. Although all her instincts told her to order the pilot into the zone to find Lynch and to rescue him, it wasn't the most sensible option at this stage.

Lynch's signal had died. As he had suspected, the area – like St Bernadette's – was a dead zone. If they entered now, not only would they risk losing communications, but they would risk notifying either the Mallards, or the Railroad, or whoever was behind the atrocities.

Further away, only one of the vehicles that had fled the scene was under surveillance, the rest having disappeared into traffic. The vehicle was an old VW Passat, and the Falcon Two heli-

copter was holding above it as the local county police remained in pursuit.

The train was now less than thirty minutes from St Xavier's, but Rose had to wonder if it was actually going to stop there. From what they could ascertain, and the video feeds coming in from onboard, the armed guards had left. What that meant for the passengers she didn't know, but making an unscheduled stop now seemed unlikely. She watched on her screen as more and more images from the train filtered through. Unsurprisingly it was pandemonium onboard. Passengers were smashing windows and trying their best to get through to the driver, who was protected by terrorist-proof sliding metal doors. Other passengers remained in their seats, families and lone travelers trying to make sense of what they were enduring.

"The train is ten minutes out now," said McBride, sometime later.

"Everyone's ready?" asked Rose.

"Local police and our own teams are on standby," said McBride.

"Do you want me to get nearer?" said the pilot as Rose switched from images of the increasingly violent behavior onboard to the feed from the Falcon One helicopter, of the train making progress through the all but unpopulated fields of Texas towards St Xavier's.

"Eight minutes now," said McBride.

"Take us in closer," said Rose. "Two-mile radius."

The helicopter changed direction and moved towards the target. The intelligence on St Xavier's was minimal but they couldn't risk missing an opportunity, however unlikely. The helicopter began circling once more. Rose zoomed in on the digital maps they had for the area, the live satellite imaging showing little more than desolate green and brown barren land, densely populated with trees. The odd vehicle and farm dwelling were

visible, but she found it inconceivable that somewhere down there, Lynch was still trying to find a link to Mallard and the Railroad.

"Stand by," said McBride as the train became visible, so innocuous as it bisected the countryside. Now only minutes from the spot and the co-ordinates Lynch had given them.

"It doesn't look like it's stopping," said McBride as the train got nearer. "Current speed is an estimated sixty-two mph."

Rose found herself biting her nails, something she hadn't done since she was a child. McBride was right, it appeared the train had no intention of stopping and it ran through the co-ordinates for St Xavier's without pause.

Rose stood down her colleagues and local police who had been ready to enter the area. She went to check on Lynch, when a live video appeared on her iPad. She turned to McBride, who was looking at the same thing. It was another social media post, claiming to be a live feed from the train.

The video was of a woman bound and gagged, facing the camera. Behind her, the Texas countryside rushed by.

Beneath the video, captioned for a world-wide audience, was the headline:

FBI agent's sister captive on runaway train.

[#]

Lynch fought his way through the overgrowth on the dirt trail until he reached the clearing. Less than ten yards from where he stood was the railroad track where the Sunset Limited would pass. There was no platform or signs of a hidden compound, only the metal tracks glistening in the sun, and on the other side, thirty yards off, a belt of trees and bushes, which stretched out as far as he could see from his vantage point.

Lynch recalled the mind map he'd made of the railroad lines

across the country. He could picture this specific line, but the name St Xavier's wasn't anywhere to be found. The nearest town he could recall was a hamlet called Abingdon, three or four miles away, where three children had gone missing over a period of fifteen years. He could see the red pins marking their homes as sure as he could see the railroad track before him now.

Circling the area was a Bell 407 helicopter. That had to be where Rose and McBride were.

He tried not to doubt himself, but he knew that he was only here on the word of a dark tourist guide. However, while he didn't believe in anything as trite as destiny, or hunches, something deep in his blood told him he was in the right place.

He heard the vibrations on the railroad tracks and knew it wouldn't be long. With no signal on his phone, he unclipped his holster, sucked in a breath and sprinted across. He didn't hesitate, running across a patch of barren land until he'd reached the trees.

He took out his gun and stepped under the canopy. The air was dank, the sounds within the forest muted as if it contained no wildlife. The tourist guide, Terry, had spoken with a near reverence about this place but if there was anything here it was well hidden.

Lynch stepped through the undergrowth, ignoring the doubts still troubling his head. It almost didn't come as a surprise when a man stepped out from behind one of the trees, his hands already held in the air in deference. Lynch didn't hesitate, pointing his gun squarely at the man's chest.

"No need for that," said the man, his hands still in the air.

Lynch had been duped too recently and glanced around him, looking for a second person or a surprise attack, but no one else was there. He turned his attention back to the stranger.

"There's no one else here but you and me," said the man. "You're Samuel Lynch."

"Who the hell are you?" said Lynch, taking a step forward, his boots snapping down hard on a loose twig.

"I've been sent to collect you," said the man. "Mr. Mallard is waiting to see you."

The man had a very different countenance to the one whose nose he'd smashed at St Bernadette's, a steely confidence that suggested he'd seen enough conflict in his past not to be bothered by it.

"You'll have no need of that," he said, indicating the gun. "I'm not armed, and either is Mr. Mallard."

"You'll excuse me if I don't believe you."

"Of course. You can keep your safety blanket. Please, follow me." The man turned his back on to Lynch, a sign of ultimate confidence. Lynch had no option but to follow. Like so many times in the past, he was forced to acknowledge how Mallard continually shaped his life. He thought back to that fateful period when he first began investigating the Railroad, and how nothing had ever been the same again, how he'd hoped that finding Daniel would put an end to it all. Yet here he was again, alone and willing to confront Mallard once more. He barely hesitated, holstering his weapon and following the guard without question.

42

With the train having rushed through St Xavier's without stopping, Rose instructed the pilot to join the Black Hawk helicopter in pursuit of the train and Abigail. McBride had donned his sunglasses. He'd asked her if she was okay after the video had come to light, but hadn't spoken to her since.

On Rose's iPad, Abigail stared out at her as the Texas countryside rushed by in the background. The feed was still live on a number of social media outlets, and although it pained her to watch, Rose was glad they had eyes on her sister.

The team back in the field office, in conjunction with her people in Washington, were in constant discussion with field offices and law enforcement agencies along the Sunset Limited's route. The emergency plan changed every few miles as the train thundered past another town, and it was like nothing Rose had ever known. At the moment it seemed they had a train full of civilians, with no apparent threat, which would eventually come to a stop when the fuel ran out. Was it too much to hope that it was all a show of power, from either of the Mallards, and that the train would eventually stop, and

Abigail and everyone else would be fine? It was something to cling onto but neither man had been shy when it came to killing. That they were able to keep Abigail captive, and were maintaining a live feed of her captivity, suggested more was to come. All Rose could do was make sure they were as prepared as they could be when they found out what was to happen next.

"We've found the driver's family," said McBride, tearing Rose from a devastating vision where the train was derailed and engulfed in a ball of flames.

"Do I want to know?"

"Wife and two young children. Safe and sound with our field office in New Orleans. They had been visiting relatives when they heard about the train. Relationship with the husband is supposedly sound, neither had noticed anything off about his behavior in the last few weeks and they haven't received any direct threats."

"Speak to Miller. Maybe we can get them to post a message on social media for the husband. If he was under duress and can see his family are safe, maybe he'll stop the train."

McBride nodded, already making the call to the director. As the pilot took another turn, Rose watched the fine movement in Abigail's features as she remained in her chair, unaware the whole world was watching her.

[#]

The woodland was denser than Lynch had expected. The guard strode through the undergrowth with complete confidence, not once looking back to check if Lynch was following. Lynch focused on the man's shoulder blades, wondering how easy it would be to fire a bullet between them. He kept checking behind him, waiting for what he was sure was an inevitable

attack, until the guard stopped dead in his tracks and dropped to his knees.

Lynch reached for his gun. “What are you doing?”

“The entrance,” said the guard, unscrewing a manhole cover.

Dank air filtered up from the hole as the guard got to his feet. Lynch held his gun in front of him as he checked the trees and perimeter. “You want me to go down there?”

“It’s what you came for, isn’t it?”

It was only a glimpse, but Lynch noticed a slip in the guard’s confidence. It made him wonder if the guard’s life depended on Lynch climbing down into that hole. He checked his phone, the signal dead. “What’s waiting for me down there?”

“Mr. Mallard.”

“Let me guess, you need to stay up here to keep guard.”

“Something like that.”

The last time Lynch had been taken to one of the Railroad’s underground bunkers, there had been a little bit more coercion. Now, he would be giving himself willingly. He might have had a death wish, but he knew only too well that Mallard enjoyed his games and wasn’t beyond having the manhole shut behind him and locked. “You go first.”

“Look, Mr. Lynch, we could have taken you whenever we wanted. Now’s not the time to get squeamish.”

Lynch lifted the Glock. He thought about Abigail Rose, about Daniel and Sally. For all of this man’s professionalism, he was part of a group of sadist killers. “You can either go down alive, or not, it’s up to you.”

The guard smiled. Lynch could tell he was assessing the possibility of a bluff, and held firm. “I was told you’d be like this.”

Lynch moved the gun in the man’s direction. “Get moving,” he said.

The guard spun around and dropped to his knees. "See you down there," he said, descending via the ladder.

Lynch watched from a distance, listening as her climbed down, before walking over and shining a torch down the opening. It was far from ideal, but as the guard had suggested, they could have taken him at any time. He holstered the gun, and bent down so his foot rested on the first rung of the ladder. The metal was cold, and the tunnel had a strong scent, a heady mixture of dirt, sour air, and rust from the ladder.

He began the descent, the tunnel narrowing before he reached the ground after thirteen rungs. The man was a good twenty yards ahead down a well-lit corridor, still unarmed. He wore a smirk on his face, and a part of Lynch wanted him to attack so he could take out his frustration on the man's upper lip. "This way," said the guard. "You're going to miss all the fun."

If the place was supposed to be a replica of the underground compound at St Bernadette's, it was a poor one. The tunnels he was being led through appeared to be old mining passageways, illuminated by battery-powered lamps, some of which were not working. There was nothing of the extravagance Mallard had created in his would-be nirvana of St Bernadette's, and as Lynch was shown into a large room that may have once been a bomb shelter, he understood why.

A man was sitting in front of a bank of television screens, his back to them.

"Richard Mallard," said the guard.

Mallard junior turned to face him. "Samuel Lynch. Father told me about you."

Lynch assessed the room. There were eight monitors, each relaying images inside and out of the Sunset Limited, including one monitor showing a video feed of Abigail Rose. What he couldn't see in the room was anyone holding a weapon. He

looked back at the guard, who was still smirking, before drawing his Glock.

"There's no need for that," said Mallard junior as Lynch leaned over and smashed the butt of the gun into the smirking guard's mouth, feeling breaking teeth as he made perfect contact.

Mallard junior smiled, and turned back to his screens as the guard dropped to his haunches and grabbed his mouth. "Now, that wasn't nice, Mr. Lynch," he said, pressing a button that changed all the images on the monitor. "Look closely. Can you see?"

Lynch wasn't sure how the man was getting signal for the feeds to work in the dungeon-like room. He peered closer, his peripheral vision on the wounded guard who was spitting blood onto the stone floor. The screens displayed the undercarriage of the Sunset Limited train. The feed was in real time, the tracks speeding by. "What am I looking at?" he asked.

Mallard junior looked back. As the Hobbses had described, he was short, round shouldered, his head completely bald. "That, Mr. Lynch, is enough explosive material to derail that beautiful train and kill everyone onboard."

43

As the train sped past the station in Beaumont, Texas, a call was patched in from the Houston field office. "Ma'am, this Agent Andrew Brown. We are in conversation with a retired police officer, Eric Mitchell. We have confirmed Mr. Mitchell is on the train. Would you like to speak to him?"

"Patch him through," said Rose.

"Hello," came a voice.

"Mr. Mitchell, this is Special Agent Sandra Rose."

"Eric Mitchell," said the man.

"Pleased to speak to you, Eric. Can you tell me what is happening on the train?"

"I am in between car eight and nine at present, trying to get some quiet. There are a lot of panicked people on here, ma'am. I have let my presence and background be known, and I am working with a team throughout the train trying to get to the bottom of this."

"Have you tried to make contact with the driver?"

"Yes, ma'am. There is still a skeleton staff from Amtrak on

the train. They have keys and codes to get into the locomotive but none of them are working. The driver is not responding to our attempts at contact."

"The staff have verified who is driving?"

"Trevor Bayliss. Is that correct?"

"Yes. You can try to relay to Trevor that his family is safe and sound. We have them in protection in one of our offices."

"Bear with me, ma'am. I will relay that to one of the team up by the engine."

The line went muted for a second. "Message has been sent. Hopefully we'll get a response. Any idea what is going on? Your colleagues didn't want to tell me anything."

"You probably know as much as we do at this stage. No one has claimed responsibility, and we don't know the endgame."

"Excuse we if I'm overstepping here, ma'am, but I know who you are. I think we all know who is responsible for this."

"We have our suspicions," said Rose. "About the rest of the passengers..."

"I've also seen the live feed of your sister," said Mitchell, lowering his voice. "I can only imagine what you are going through. There are sleeper cabins towards the front of the train as usual, and everyone there is accounted for. There are also two additional cars at the rear of the train, cars thirteen and fourteen. I asked one of the staff, and this is quite unusual for this route as the sleeper cars are usually only at the front of the train. We are unable to gain access to any of the rooms at present. From what we can tell, they are vacant but perhaps..."

Rose rubbed her hand across her face. "You'll keep trying for me?"

"Yes, ma'am, of course."

"I'll send you my direct line now. Contact me as soon as anything changes, and thank you for all you're doing."

"My duty, ma'am," said Mitchell, hanging up.

"You heard all that?" Rose said to McBride.

McBride removed his sunglasses. He looked shellshocked, the recent lack of sleep hitting home. He nodded, as if it would take too much out of him to speak.

"Let's find out about those additional sleeper cars. Why they were there, how and who put them there. And for the love of God, let's find out how we can break into them, and then into the driver's cabin."

[#]

The guard had got to his feet. The screens kept alternating between the undercarriage of the train and the video feed from inside, including the shot of Abigail Rose. "Is this where you tell me your masterplan?" asked Lynch.

In the underground room with the lights of the screens splashing illumination on his features, Mallard junior looked deranged. His hairless head was pitted with grooves and patches of red skin, and his acne-scarred face seemed set in a permanent grin. He was so far removed from the measured appearance of his father that it was hard to believe the two were related. "Something like that," he said, holding his hand out towards the chair next to him.

The Glock felt like an extension of Lynch's arm as he took a seat. How easy it would be to end this now. A bullet for junior and his buddy, and a final one for himself. Mallard junior raised his eyebrows as if he was reading his thoughts, and if it wasn't for the feed of Abigail Rose on the screen, Lynch was sure he would have fired the gun directly at the man's head.

"The explosions can be stopped," said junior. "All I need to do is enter a ten-digit code into this screen and my satellites will do the rest."

"Let me guess, you want a helicopter and a million dollars?"

said Lynch, who was closely monitoring the movements of Junior's guard.

"Very droll, Mr. Lynch. Father told me you were a wit."

"Did he now? I'm sure they were some lovely father-son conversations. Tell me, Richard, is this what this is all about? You didn't get enough love from daddy when you were a kid, and now you're trying to get his attention?"

The smile faded from Mallard junior's lips. "One thing you should understand about my father, and you probably already do, is that he is oblivious to such things. I could no more attract his attention than you could arrest him."

"Is that so? Well, he seemed very interested in finding you when we last spoke."

"That's a different matter."

"I imagine it is. Now, tell me what the hell you want or I will shoot you in the knee and keep hurting you until you type in that code," said Lynch.

Mallard junior smiled, and his colleague laughed. "You think you can do anything to me that I haven't already endured?"

"I could certainly try," said Lynch, raising his gun.

Mallard junior lifted his hands in the air. "See this?" he said, showing Lynch a band on his left wrist. "This measures my heartbeat. Something Daddy used to work on when I was a teenager. Controlling your adrenaline release and your breathing were important measurements to him. He measured us all, daily. And when I say measured, well obviously there were different ways of testing that. Anyway, I digress. The upshot of this little bangle is that if my heartbeat goes over a certain level, or below, those lovely little bombs will go off. And that would be such a shame," said Mallard junior, glancing at the screen, "when it hasn't even reached its destination yet. Now, I can control my pulse rate in a way you probably couldn't imagine, but not if you go and do something like shooting me. Even I

can't stop the body's natural reaction to such trauma. Though believe me, I have tried."

Lynch had no idea if the man was bluffing, though at that moment it was more interested in something else junior had said. "You said 'us all'? Are you talking about siblings?" he asked, unsure as if he really wanted to hear the answer.

Mallard junior rubbed the scars on his face, Lynch now wondering if those little nicks and marks on his face really were the result of acne. "You could call us that. Are you my brother, Stephen?" he said, calling over to the guard.

"You know it, brother," replied the guard.

"There are lots of us," said Mallard junior, glancing back at the screen as the train rushed by another station. "At least there were. You see, when you destroyed the compound, Daddy decided to end his experiment."

"Experiment?"

"Of course, many of us were already in his little underground city. When you started interfering, pickings were not so easy for him and his clientele needed what they needed. Those of us who failed were sent there, but when it was destroyed, he took the decision to kill the rest of us anyway. At least, most of us."

"Let me get this clear. Explain this experiment to me," said Lynch, still unsure as to whether he wanted to hear the answer.

"Father. He began inseminating his female prisoners many years ago. He wanted to see if his blood would... spawn more like him."

White noise filled Lynch's head. "How many of you?"

"I was never sure. Hundreds over the years, probably."

Lynch clenched his stomach muscles, fighting the nausea. "And you? Both of you?" said Lynch, trying to deny his mind access to thoughts of Mallard's offspring.

"Some of us passed the test."

Lynch glanced between the two men, grimacing. "Passed his test to be like him?"

"I'm impressed, Mr. Lynch. But then you would understand, wouldn't you. Daddy always said you were like us."

"Us? It seems to me that you're the one in charge here. What makes you so different from the others?"

Mallard junior smiled, his eyes squinting as if he was in thought.

Lynch wanted to know the answer to his question, though the thought of more Mallard juniors out there in the world was hard to stomach. "But you're not like him, are you? Not really," he said, hoping that was true. "You're obviously standing up to him in some way. What better way than to go totally against him? Let those people on the train go free. Prove to your dad you're not like him."

"But that's where you're wrong, Mr. Lynch. I'm exactly like him."

[#]

As time passed, the interior of the helicopter began feeling like a prison. Conversations were ongoing with Eric Mitchell on the train, and efforts were still being made to contact the driver, all to no avail. Suggestions had been mooted about trying to board it somehow. Rose had seen all the movies, but getting anyone onboard a train travelling at fifty-sixty miles per hour, although not impossible, was a difficult task. Although it appeared no hostiles were onboard, unless they were in the driver's cabin, they had no idea what would happen if they managed to board. If explosives were involved, there could be a remote detonator. It was why they needed to talk to whoever was responsible.

One of the cars that had fled the scene when the train stopped had been captured and two people – the driver, and one of the armed guards from the train – were in custody and were currently being interrogated, though unsurprisingly were not talking.

"Ma'am, heads up. We will have to consider refueling at some point. Still have another hundred miles in us, but we will need to find somewhere to do so."

"Understood," said Rose. The other Black Hawk had already departed to refuel as a second helicopter had joined them in pursuit. Rose glanced at McBride, hoping for anything – a hint of why this was happening, some kind of demand, a message from the driver – but he shook his head, failing to meet her eyes.

Abigail was barely moving. If she was panicked, then it hadn't reached her face. It was likely that she had been drugged. Rose's heart fluttered every time her sister closed her eyes. It was impossible not to dwell on how their relationship had soured these last years, ever since their mother had become ill. She told herself that would all change when she rescued her little sister, but it was hard to cling onto that fantasy. She knew only too well that with the Railroad – whether controlled by Mallard, or his son – there was rarely such a thing as a happy ending. If they wanted Abigail dead – and why would they let her live? – or if they wanted the train to derail, or explode, then that would come to fruition whatever the FBI were able to throw at them.

"It's not over yet," said McBride, making eye contact with her.

Rose nodded, snapping herself out of her melancholy. "I know. How long do we estimate the train has left?"

"Another two hundred miles. Possibly four hours or so," said McBride.

"Where would they reach in that time?"

"Somewhere between Houston and San Antonio. All stations on the route have been closed, and perimeters established."

Rose tried Lynch's phone. A covert team had been dispatched and were currently searching the woodland area of St Xavier's where he'd been heading.

"Ma'am, we have a refueling station. Forty clicks along the tracks. We would lose some time, but would be able to catch it back up."

"Okay," said Rose, feeling useless, as below them the train sped along the tracks innocuously into an unknown future.

[#]

Every passing second felt wasted. Lynch didn't know how long the train had left to its final destination, or if Mallard junior could simply press a button and end it all. He was trying to understand what Richard Mallard was telling him, all the time wondering which station he'd planned for the explosions to be detonated. "You need to explain to me what is happening, Richard."

"No, I don't, but I will. I don't care about those people." He gestured at the video screens. "If they live or die, it means nothing to me. I could easily watch her," he said, pointing to Abigail Rose, "ripped from limb to limb, and this little bracelet wouldn't even register an extra beat per minute. For someone who never makes mistakes, Daddy sure made one with me." Mallard junior was now lost in reverie. "Because I am like him. A classic psychopath, I would pass the Hare test with flying colors. I suppose I have empathy but only to my siblings as an extension of myself."

"So what is this, a cry for attention?" said Lynch, interrupting.

Mallard junior appeared momentarily distracted, as if he'd never thought about things in those terms. "Despite my best intentions," he said, after a few seconds, "I find that I suffer from the same limitations as my father. I hate him, don't get me wrong." He rubbed his scarred face. "Just look at me. The things he did to me. He killed my siblings, or gave them away to the perverts at his compound. Not the best daddy material. But yet... It's hard not admire him, isn't it?"

"If you say so."

"I do. But he does have a weakness."

"Enlighten me," said Lynch.

"He created us, his illegitimate children, to start a new, pure bloodline. I am sure there is a nurture-nature argument somewhere to be found but he made us to be like him. Only his jealousy got the better of him. He wanted us to be like him, but lesser than him too. When he started seeing us, me in particular, as a threat, he got rid of us."

"Why didn't he kill you, or banish you like the others?" said Lynch.

"He did, but I escaped."

Lynch took a pause. That wasn't the information he'd been given by Melinda Simmons. "So you escaped, and what, you thought you'd teach him a lesson."

"I told you, Mr. Lynch, he wanted us to be like him. But I want to *be* him. To be better than him."

Lynch shuddered to think what he meant by "better". There appeared to be no reasoning with Mallard junior. He almost missed the comparative sanity of the man's father. "And how do you become better than him?"

Mallard junior smiled, though Lynch didn't think any humor ran through him. "First I destroy him, then I improve on his mistakes. I have killed the people he worked with, messed around with his business deals and what have you. But most of

all, I made a spectacle of him and those who worked for him. The toy trains, and the silly little killings on the railroad lines. He would have hated that. It's the sort of thing anyone could have done, and it would have hurt him to be associated with it."

Lynch could hardly believe what he was hearing. "You killed all these people for that?"

"Everyone I killed worked for Daddy in one way or another. They were all Railroad members. You know, those people you have been trying to rid the world of all these years."

Lynch felt his own pulse rising and tried to control his breathing. All of sudden, the space much felt smaller and he was reminded that he was underground. "What about Mrs. Anderson and her children? What about Abigail Rose?"

Mallard Junior tutted. "Collateral damage," he said, shrugging as if whether she lived or died made no difference to him. "I'm afraid I had to show Daddy that I could do anything he could do. He kidnapped your son. I kidnapped Agent Rose's sister. Easy, really."

Lynch felt dizzy. "Collateral damage? You really are like him," he said, the grip on the Glock firming. "But what is your endgame, you sick fuck?"

"The end game is showing Daddy that I can do what he did and better. When the train explodes, people will know I am responsible. That I was responsible for something my father could never achieve. Daddy thinks he's a god, that he's evolved, but I am going one better. I'm going to become the real Controller."

"And me? Why am I here?"

"You are something of an uninvited guest, but now you are here, you can play witness," said Mallard junior as a second guard entered the bunker and whispered something in his ear which made his skin flush crimson with anger.

[#]

Rose left the helicopter as it was refueled. Leaving the train felt like a betrayal, but there were two Black Hawks still in pursuit, Rose watching live images as she strolled along the hot asphalt of the airfield.

In the last hour, she'd made contact with the interrogating team in Louisiana who were still getting no luck from the captured train terrorists, beyond a strip search which had revealed what appeared to be genuine Railroad track tattoos. She also been in contact with the team at St Xavier's who were still looking for Lynch, and any sign of what was looking more and more likely like a mythical second Railroad compound.

"Ready, ma'am," called the pilot, the blades of the chopper already in motion.

McBride, who'd also been stretching his legs, ran over to her. "Some action at St Xavier's. It's patchy as they've been using satellite communications due to the dead zone. From what we understand, shots have been fired. Nothing else yet. We have two choppers in the vicinity, but they are unable to make any sightings as of yet."

Rose was reluctant to return to the helicopter. She wanted to be two places at once. She needed to know Lynch was okay, but needed to have eyes on the train.

"Could be anything at this stage," said McBride. "We're too far away to have any impact."

"Agreed," said Rose, lowering her head as she approached the helicopter. She clicked herself into position, her fingers drumming on the seat in front as the chopper slowly lifted into the air. On her laptop she once more opened the live footage of her sister and the train that in the next hour or two would be forced to stop, for good or bad.

[#]

Mallard junior refused to look at him as his skin slowly returned to its usual pallid state. "You brought backup with you?" he asked Lynch eventually.

Lynch didn't answer. If Rose had sent a team in after him then he found it unlikely that they would have located the entrance to the underground compound. "How many people do you have up there?" he asked.

"Enough." Mallard junior took an iPad from the second guard. Lynch craned his neck to see the images on the screen, which appeared to be live footage from outside. Lynch hadn't noticed any cameras during his trek through the woodland, and it might well have been bodycam images junior was looking at with such intensity. "We may have to speed up our process," said junior, almost to himself as he fixated on the screen.

"It's not too late," said Lynch. "Turn off your devices and I will make sure they don't harm you."

"Don't stand there. They've breached the opening," said junior, ignoring him, as the two guards scuttled out of the room, the sound of guns firing echoing through the underground chambers.

Lynch stepped away from the entrance as more shots were fired. His own gun was in his hand. In these types of situations it was best to be unarmed, as the SWAT team would have to make quick decisions on threat detection.

Mallard junior had turned to his laptop and was about to start typing, when two guards in black uniforms and ski masks stepped into the opening. They were carrying MP5 SMGs. One turned towards Lynch, the other to Mallard junior, but neither offered any instruction.

"Samuel Lynch, FBI," said Lynch, his hands by his side.

The guards parted, and through the gap stepped in a third man. “We know who are you, Mr. Lynch,” said the man, taking off his ski mask, revealing himself as Wilberforce Mallard, before pulling out a semiautomatic pistol and opening fire.

44

The helicopter had caught up with the train by the time news from St Xavier's filtered through to Rose and McBride. The information was piecemeal, but the small team that had been sent after Lynch had been ambushed and the supporting helicopter was not responding. It was impossible to get any more information because of the dead zone, but Rose ordered backup to the area.

She had spent the last ten minutes in conversation with Director Miller, forming a plan to winch SWAT personnel onto the moving train, and from there, infiltrate the cars. The team was coming in from Houston and was approximately half an hour away.

Eric Mitchell had called and updated her on attempts to reach the driver's compartment, and the additional sleeping cabins where it was presumed that Abigail was being held captive. All the doors had been reinforced, and without specialist tools none of the passengers were going to be able to access the rooms.

It was unlike any situation they'd ever faced before. A hostage situation with no hostage takers present, no one taking

responsibility, and no specific demands. The only real lead they had now was St Xavier's, and although the news at present didn't look positive, she had to hope that Lynch was making some inroads.

[#]

The sound of the gun firing echoed around the rocky interior of the underground room. It rung in Lynch's his ears as he placed his hands to his chest, half expecting them to come back drenched in blood. But the bullet hadn't been aimed at him.

Richard Mallard sat hunched in his chair. His shirt was dashed with blood but he was still breathing. The bullet had entered though his left shoulder, and blood was still pumping out in slow waves as Mallard junior grew paler by the second.

"He needs medical attention now," said Lynch.

"Now, now, Samuel," said Mallard, waving his gun in Lynch's direction. "We'll come to that if we need to."

"He's your son, for heaven's sake." Lynch had thought nothing about Mallard could ever have surprised him again, but shooting his son in cold blood without even so much as a warning had shocked him once more.

"Let's not get hung up on titles, shall we. You've done a grand job for us, Samuel. Returning to St Bernadette's was a bit of a masterstroke. Can't believe I didn't think of it myself. Careless of you to have left those mercenaries alive, mind you. Imagine making money from the suffering of others." Mallard shook his head as if disgusted by the thought. "Don't worry, we've rectified that mistake for you."

"He's dying, Mallard," said Lynch, hoping he was bluffing about Terry and his gang despite being certain they were now dead.

"Good," he said, looking directly at his son. "You've caused

me a lot of trouble." His tone was mocking. "Children can be such a disappointment," he added, turning to Lynch.

"He's the only one who can stop the explosions."

"Don't be ridiculous," said Mallard, moving towards junior and shaking his head before placing his finger in the bullet hole.

The scream ringing around the room sounded louder than the bullet had. Mallard senior moved his finger about, the screams changing in range and density as if he was playing a musical instrument, Mallard torturing his son for no apparent reason other than mild curiosity.

Lynch still had his gun, but with Mallard and his armed colleagues he would be dead by the time he reached for it. "You know how to deactivate those devices?"

"Of course I do, Samuel. Richard here – It is Richard, isn't it? – may have learnt all he knows from me, but he hasn't learnt everything I know. Yes, we can disarm this runaway train of yours. Do you think we should?"

Even in the current situation, Mallard was calmness personified. His voice was melodic and almost soothing despite the chaos surrounding him. Richard Mallard was losing color and blood fast. He was shaking, in shock, and by the look of it only had minutes left. Lynch didn't care if Mallard junior lived or died, but he did care about the people on the train. He moved towards the man, but Mallard warned him away once more with a wave of his gun.

"I want to watch him die," said Mallard, in a tone Lynch had only heard once before, when he'd had the temerity to refuse joining the Railroad. Mallard's transformation was truly horrific to witness. His voice was growl-like, and he seemed to have grown, his body looming over his dying child. Lynch understood he was seeing the real Controller, and it was something he didn't wish to witness.

"Will you at least enter the code. Stop the train from being derailed?" said Lynch.

Mallard ignored him. "You should never have betrayed me," he said, his voice still a deep growl as he turned his attention to his son. "We could have done some great things together."

A gurgling noise rose from Richard Mallard's throat. "Fuck you," he managed to say, before closing his eyes.

[#]

Soon, a third Black Hawk arrived, carrying the SWAT team from Houston. Rose was in radio contact with the gold commander and the decision had been made to deploy six SWAT agents on the roof of the train at various points, with the ultimate goal of breaching the locomotive and bringing the train to the halt.

They were still trying to make contact with the Railroad, but contacting an all but invisible enemy was proving difficult. There was only radio silence from St Xavier's, and there was no other means of contact beyond making a plea on social media, which was never going to happen.

"Ready to go, ma'am," said the gold commander.

The Bell 407 flew parallel to the Black Hawk, and Rose could see the SWAT agents hovering on the edge of the chopper, ready to make the drop. There was no time for sentiment. They were all there to do a job. She gave the order to go.

They went down in pairs, using magnetic locks to seal themselves in place on the roof of the moving train before the next pair were sent down. McBride was in radio contact with Eric Mitchell, who was going to give access to the SWAT agents through open windows along the train.

With all six SWAT agents firmly secured, the Black Hawk pulled up and the team began inching along the train to the first

point arranged by Mitchell. Rose half expected gunmen to appear from the windows and start shooting, but instead she caught sight of one of the passengers sticking his head out one of the windows.

"It's Mitchell," said McBride.

Rose instructed the lead agent to move three cars towards the back of the train where Mitchell was waiting. Fortunately, the section of the track they were on would continue in an all but straight line for another forty miles and wouldn't be passing any tunnels so they had time to make the short journey. A safety line had been uncoiled, the agents connecting their specialized harnesses to the line, their carabiners attaching to a steel cable that ran the length of the train. They inched along until they were in site of Mitchell. "Instruct him to stand back from the window and clear the area," said the lead SWAT agent.

McBride relayed the message to Mitchell, who stuck his head back inside. The SWAT agent connected himself to a lever, and was about to swivel himself over the edge and through the window when he stopped. "The train is slowing," he said.

Rose looked at McBride. "I thought we still had another hundred miles?"

McBride pressed some buttons on his iPad. "That was an estimate. The train is definitely slowing. Forty-five miles an hour," said McBride, waiting twenty seconds as they watched the train from the helicopter. "Forty-one now. Hard to tell if they are applying the brakes or if it is coming to a stop."

"What would you like us to do, ma'am?" said the SWAT agent.

"Hold tight," said Rose, trying to get a handle on what was happening, and what was likely to happen, as next to her McBride kept counting down until he'd reached the twenties.

[#]

Mallard's features snapped back into the more cordial expression that Lynch was familiar with, but not quickly enough to hide the man's psychotic joy at watching his son expire before his eyes. Lynch had long ago given up trying to understand men like Mallard.

As Richard Mallard had stated, Mallard senior had always argued that his kind were evolved from the human condition, and it was hard to disagree, though *evolve* wasn't quite word Lynch would have used. Mallard had a lack of empathy that was unimaginable to Lynch, and there was no reasoning with him. If he planned to deactivate the explosive devices, he would, but no amount of haranguing from Lynch would make him do so.

"Now what?" said Lynch, his mind filling with thoughts of Sally and Daniel as he feared they may well be the last thoughts he ever had. He tried to keep them positive, recalling his boy before he was taken and the successes he'd had with his rehabilitation since, but Mallard's mindless torture hovered on the edge of his memories as it always did. His right hand flexed. If he was quick and accurate, he could get one shot off before Mallard responded.

As always, Mallard was a step ahead. "Think about the people on the train," he said.

"You're going to help them?"

"We had a deal, didn't we? Now just slowly place that gun inside your jacket on the floor and I will stop this madness. So unbecoming, isn't it?"

This from the man who had created an underground torture colony for the rich and perverse, thought Lynch as he took out his gun and placed it on the stone floor. He had no real idea what Mallard would do next, but it would be selfish of him to act in any other way.

Mallard smiled as Lynch kicked the gun over to him, but Lynch sensed he was a little disappointed. "Very well. A deal is a

deal," he said, pressing the control pad in front of him as an explosion rang through the underground bunker and tear gas rushed towards them.

[#]

"Take us down," ordered Rose as below her the train came to a stop.

As the helicopter made its descent, Rose kept waiting for the explosions to begin. Her eyes were fixated on the screen where she could see Abigail responding to the train slowing down. Her sister was screaming through the gag in her mouth, and as the helicopter hovered over the ground McBride had to lay his hand across Rose to stop her from trying to exit too soon.

The pilot gave them the nod, and they both jumped out, the sound of the swirling blades drowning out the commotion coming from the train.

"Permission to enter the train?" asked the SWAT agent in her earpiece.

"Go, go," screamed Rose as she ran from the helicopter, head down, while the first of the passengers began spilling from the cars.

The doors didn't appear to be opening, so the passengers were smashing windows and climbing through the openings before sprinting away from the train. Rose caught sight of a young mother with two young children in tow, one under each arm, who was fleeing from one of the cars, her face coated in crimson.

"Nearest town is six miles away," said McBride. "Emergency services are on the way."

Rose barely heard him. All her focus was towards the end of the train where the additional sleeper cars were located and she hoped to God she would find her sister.

45

The train had stopped of its own volition. Trevor Bayliss was certain of that. He'd made sure not to engage the brakes, had kept the train at the correct speeds throughout as he'd promised. He'd upheld his side of the bargain, had kept the train running until it ran out of fuel, so everything had to be okay.

They'd appeared two nights ago, had been waiting for him in his garage. They'd shown him things he wished he'd never seen, things he knew he would never rid his mind of, and ended the presentation with promises that the same things would be done to his family if he didn't do what he was told.

Trevor hadn't needed any more persuading than that. He wasn't a brave man, and he hoped he wasn't a stupid man either. He'd seen what had happened these last few weeks. It appeared to him that the authorities had no better idea about what to do than he did. It hadn't even crossed his mind to go to them. All he could do was drive the train as he'd promised, ignore all communication requests, and wait for it to run out of fuel.

It had been hard – especially when they'd relayed the

messages from his wife and son – but he'd done it. The train was safe, and he could see the passengers fleeing to safety now.

Trevor stood as the intercom rang. This time he answered it, the adrenaline leaving his body and making him feel dizzy. "Sir, this is Special Agent Clive Gonzalez. Can you confirm you are okay, and alone in the cab."

"This is Trevor Bayliss. I am alone. I'm sorry for everything that has happened."

"Let's not worry about that now, shall we. We need to get you to safety."

"Of course."

"Can you give me the combination to access your room?" asked Gonzalez.

"That has been deactivated, I believe," said Trevor. "It has to be opened from this side."

"Okay. Go ahead when you are ready," said the agent.

Trevor's hand was shaking. It felt as if his whole body had been in a rack these last few hours as he'd driven the train through from Louisiana to Texas, all the while praying that his family were safe and wouldn't have to endure those terrible things he'd seen. "I'm entering the digits now," said Trevor, typing in the code the two men had given him. As he pressed unlock, he just had time to think about how he would get to see his children tonight, before a thousand pieces of metal rushed through his body and killed him instantly.

46

The explosion stopped everyone. Rose was rooted to the spot, McBride next to her, as the front of the train all but disappeared in a fireball which was spreading to the adjoining cars.

All at once, the scene rolled back into action, the desperation and panic even more acute than before. "Update," said Rose, forcing her legs onwards to the end of the train, which was still untouched by the spreading flames.

All but one of the agents who'd boarded responded.

"Agent Gonzalez, please respond," said Rose, breathless as bodies moved past her in the opposite direction, a cloud of black smoke descending over them.

"Gonzalez was evacuating the driver," said one of the other agents.

"Jesus," said Rose, slowing her pace. "Continue the evacuation. I need a team towards the rear of the train." Her vision was all but obliterated by the falling smoke as bodies stumbled and fell around her.

"Here," said McBride, hauling her up onto the train. The

explosion must have unlocked everything." He pulled her through the open door.

The car was free from smoke, and mercifully free of people. "Through here," said McBride, running through to the additional sleeper cars.

The explosion had unlocked the sleeper cabins as well, all but one. Rose banged on the door, as outside she heard the approaching sound of emergency sirens. "Abigail, are you in there?" she screamed, watching her sister's blank response on her iPad.

"I can see you," said Rose. "We're here. Can you move any further back from the door?"

On the screen, Abigail continued staring. "Emergency personnel to rear of the train," screamed Rose as she banged on the door, and McBride tried to pry the metal divide open with his bare hands.

[#]

The tear gas was accompanied by the sound of shots fired. Lynch's training kicked in and he dropped to the floor, the smoke already forcing acidic tears down his face. It was impossible to see more than a few inches in front of him. The smoke burned his eyes when he tried to open them, and the fumes that had reached his lungs made him feel like he was being boiled from within.

"Down on the ground," came a voice from the gloom, followed by two more shots.

Lynch was face down on the ground. He didn't know if these new voices were friends or foes, and didn't much care. He was convinced that Mallard had entered the requisite code in time. He heard shouts and screams as more shots were fired and bodies hit the ground, and told himself as he closed his eyes, the

pain now pressing down on his chest in an unbearable manner, that somewhere Rose was being reunited with her sister, and that his family would be safe, and that felt like a good way to be leaving everything behind.

[#]

“Ma’am, space please.” The fire department had boarded the train, and bundled Rose and McBride out of the way. “Best if you wait outside,” said one of the crew.

“In there,” said Rose, handing the firefighter her iPad.

The man looked at Abigail’s ghost-like features on the screen and nodded. “The fire doors are stopping the spread of the flames. We’ll get her out. Now please, outside.”

McBride gently pulled at Rose’s elbow, and she allowed herself to be guided outside. The plume of black smoke was fading but lingered in the air as emergency personnel dealt with the few remaining survivors onboard and those who’d been injured escaping.

It was impossible to concentrate on anything else, and Rose seconded leadership to McBride as she waited for the firefighters to break through to Abigail.

“We need to move back,” said McBride after a time. Rose didn’t know if he’d been next to her all this time, or if he’d moved away and returned. “The bomb squad believe there are still live devices beneath the train.”

“What? You need to tell them,” said Rose, pointing to the fire crew.

“They know. Come on, Sandra, no use putting yourself in danger.”

Rose put up a fight but allowed McBride to pull her out of the explosion radius. She was helpless without the iPad, and felt

she was once more betraying Abigail, as if not being able to see her was condemning her to being alone forever.

And then there she was, being carried from the train. McBride went to hold her back but Rose broke out of his grip and ran to her sister. Rose half expected another explosion as she reached the firefighter carrying Abigail and was prepared to wrap herself around her sister's body, to totally envelope her to protect her from the detonation, but there was no need. Rose stopped and touched her sister's cheek, which was stone cold.

"I'm sorry," said the firefighter, walking to the safe area and placing Abigail's body onto the hard ground.

Rose took the iPad from the man. On it, the recorded video loop of Abagail that had duped them all day stared back at her, locked forever on the train.

EPILOGUE

SIX MONTHS LATER

Rose woke from the same dream. The doctored feed of Abigail seemed to haunt every second of her life, both asleep and awake. It was no comfort to know that Abigail had died long before she'd been placed on the train, that the feed she'd been viewing had been recorded in advance and nothing she could have done that day would have saved her sister. It had been a cruel and pointless game by Richard Mallard, but still she questioned herself over every move. How she'd believed Abigail had responded to her on the train when she'd told her to stand back, how if she'd done things differently then maybe fewer people could have died that day.

None of this made the pain any easier. How could it? Rose had been offered three months' bereavement leave after Abigail's death, but had been back to work within a month. Even now, she didn't know if that return had been a way for her to distract herself from what had happened, or was simply a desperate attempt to remain on top of things, to make sense of the multitude of tragedies that had befallen them, and to somehow stop them getting worse.

Special Agent Gonzalez had been one of two agents to die

that day on the train. The driver, Trevor Bayliss, was one of seventeen civilian casualties. Both numbers rose significantly when the incidents at St Bernadette's and St Xavier's were taken into account, notwithstanding the homicides that had taken place on or near the Texas Eagle during that period.

McBride was waiting for her in the incident room. The pair of them had been working together these last few months, going through every last detail of the Railroad. Like before, Rose felt they'd been wading through treacle. Richard Mallard's death had taken some heat off them – he'd been held accountable for all the deaths on the Texas Eagle line - but in so many ways they were still in the dark. It would be more than presumptuous to believe the Railroad as an organization was over. Mallard junior's breakaway had highlighted the cell structure used by the Railroad. Although there had always been one leader, each individual cell acted independently, albeit often under the gaze of other sister cells. The upshot being that although Richard Mallard was dead, another breakaway could never be ruled out.

"Coffee?" said McBride, nodding to the cup by Rose's desk. "You're a bit late so it might be cold."

"Everything ready?" asked Rose, sipping the still-warm drink.

"Trip of a lifetime, all ready to go. You want to say goodbye to him before he goes?"

"He's not going to war, McBride."

"Isn't he? The journey itself would kill most men."

"Don't exaggerate. Come on," she said.

They walled to another room where Samuel Lynch was going through another debrief. It wasn't the first time Rose had seen him since that day, yet she was immediately buoyed by seeing him again, all but ignoring the agent instructing him on how the day would progress.

Lynch had been followed to St Xavier's by the Texas Ranger

he'd met at McAndrew's Hospital. The young man had seemingly taken a shine to Lynch and had worried about him heading to St Xavier's alone. He'd witnessed the attack on the SWAT team by Mallard's men and had called for backup before mounting a surprise counterattack. When he'd finally recovered Lynch from the scene, Lynch had gone into cardiac arrest and been flown to the nearest hospital, where he'd undergone a triple bypass. Rose had spent practically every free hour she'd had those first two months by Lynch's side, helping to nurse him back to strength. In part it had been an avoidance strategy, the enormity of Abigail's death too huge to appreciate; in part, it was a debt of honor for everything she'd put him through. But mainly, she'd done it because she'd wanted to be there for him, and took great solace and comfort in his presence.

"You ready then?" she asked when the agent had stopped speaking.

"This is a bit overboard, isn't it?" said Lynch.

Though they both knew it wasn't.

[#]

Lynch walked over to the waiting SUV, a tightness in his chest. This time the feeling came from the four-inch scar in his sternum from the operation that had saved his life. The truth was, he was probably in better shape now than he'd been in years. The scar was a timely reminder that he needed to keep taking care of himself.

That was why he hadn't told his physician where he was going.

Rose and McBride wished him luck as he pulled closed the door of the blacked-out SUV. This was to be the first of between two to six vehicles he would be travelling in today. The number of vehicles, routes, drivers used, and duration were determined

randomly and at present no one knew how long the journey would take. Somewhere, this was all being orchestrated by an anonymous analyst who wouldn't know what exactly they were working on. The precautions deemed necessary to prevent anyone trying to free the Controller.

Lynch put in his earphones as the SUV pulled away. It was like travelling in a luxury coffin, and he took some deep breaths to allay any onset of claustrophobia. He had no memory of what had happened following the deployment of tear gas by the Texas Ranger's team. The next thing he remembered was waking from the operation, Rose by the side of his bed. The only other person to have survived was Wilberforce Mallard the 6th who, like his son, had taken a bullet to the shoulder in the rescue attempt.

It was days before Rose had told him about Abigail. He still worried that she hadn't fully processed what had happened that day but knew from his own bitter experience that acceptance wasn't something he could force upon her. All he could do was wait for it to happen, and to be there for her as she'd been for him.

[#]

He was in the fourth vehicle of the day by the time they reached their destination. Mallard's prison was the highest-level black site, created in conjunction with the DHS, and for their own safety neither Rose nor McBride had been told where he was being held. Lynch left the fourth SUV, groaning with the effort as he was led through a neon-lit tunnel into the hangar-like area where Mallard was being kept.

It was as if nothing had changed. Another black site, another prisoner. Only this time it was someone he never thought he'd see behind bars.

Mallard was inside a reinforced glass box. His arms and legs

were connected by chains to a pulley system that allowed him to walk the entirety of his prison area. Armed guards were positioned on each side of the box, with another in a gantry position looking down on him.

"It's all a bit much, isn't it, Samuel?" said Mallard, who hadn't been facing him when he arrived.

"Possibly not enough," said Lynch, sitting in the solitary chair in front of the prison within a prison. Lynch noticed the guards exchanging looks with another, and no doubt behind the scenes a team of analysts were watching with mouths wide open. From what he had been told, the words Mallard had just spoken were the only words he'd uttered, aside from *"Samuel Lynch"* since his incarceration.

"You wanted to speak to me?" said Lynch as Mallard sat opposite him.

Mallard chuckled, nodding as he tapped on the reinforced glass. "Seem to have got myself in a bit of a pickle, haven't I?"

"Haven't you just."

"And what can we do about it, Samuel?"

"You tell me, Mallard."

"This isn't very nice, for starters," said Mallard, shaking the chains.

"You haven't been very cooperative, have you?"

There was a hardening to Mallard's eyes, similar to the transformation Lynch had witnessed when the man killed his son, that vanished as quick as it appeared. "There doesn't seem to be anything like due process here, Samuel. I've received no offers to speak to my lawyer."

"No?" said Lynch, pretending surprise.

"In fact, I get the distinct impression that I am dead. Am I dead, Samuel?"

This time Lynch was surprised. He tried not to show it, but Mallard was a master at knowing if someone was telling the

truth. As he'd guessed, Mallard senior had been declared dead at the scene. Lynch didn't understand the legalities, but it had been felt on high that it was the only way to manage the situation. It also meant that Mallard would never be able to enter the prison system. "I think there would be a lot more flames if you were dead, Mallard."

"Maybe so. You ever wonder about that though, Samuel? Hell? Here's my problem. Taking it literally of course. Why would the devil punish the sinners? Surely it makes more sense for him to punish the good. The meek. Much more fun in that, don't you think?"

"Is that what you think?"

"Just a musing. Anyway, Samuel, to business. I have something you want, now what can you offer me?"

"It depends what's on the table."

"No. No, it doesn't, Samuel. You think *this* bothers me?" said Mallard, looking around at his glass surroundings. This is little more than a welcome rest."

"Then why do you want to bargain?"

"I still need my fun, Samuel."

"We could take those chains off for a start," said Lynch.

"That would be good. An improvement on the food wouldn't go amiss."

"Put a fucking menu together for all I care. But you need to give me something."

"I could tell you things you wouldn't believe," said Mallard, in a bad impression of Rutger Hauer. "Apologies, paraphrasing again. But there are so many things I can tell you. We could spend a lifetime discussing them. Maybe we will, Samuel? Would you like that?"

As Lynch left an hour later, he wondered at that last remark. Mallard had given him some information to work on, but there

was so much they didn't know about the man and the organization he'd headed for so long.

So far, Mallard had indicated that he would speak to no one else and Lynch wondered if the rest of his life was now destined to be monthly visits to see Mallard at some godforsaken time, at some unknown location, until one of them passed away. Somehow, he thought it wouldn't come to that, but he was so drained by the time he slumped into the back of the SUV, he couldn't foresee a future without Mallard in it.

[#]

They sat on the information for a month, the fear being that it was a potential setup. Lynch's conversation with Mallard was analyzed over and over, and eventually a team was prepped. Rose had spent much of the last month dealing with the increasing red tape over Mallard's so-called death.

With both Mallards *dead*, they'd hoped for a complete collapse of the Railroad infrastructure, and although they had little insight into the organization itself this didn't seem to be the case. Not one person had come forward about either Mallard, Mallard junior, or the Railroad, and so far Rose had fielded calls from senior partners at four different law firms demanding to see proof of Mallard's death.

Only claims of national security were holding that at bay, but it wouldn't last forever. They couldn't sit and do nothing. Mallard had obviously chosen the information carefully. Maybe it had been to get a response from Lynch, or to ensure that the lead was followed up, but they had no choice but to do so.

And so, Rose found herself back in Illinois, where the latest chapter in Mallard's monstrous life story had begun with the murder of the Anderson family. Only they weren't visiting the

capital city of Chicago but the backwater town of Rendville Mallard had given them.

Precautions couldn't have been higher as they approached the area. The address was in a remote woodland area to the north. The access was surprisingly easy but they weren't taking any risks. The house was positioned behind a set of sugar maple trees. A drone was flown above, the video footage revealing a picturesque cottage set back from the woodland. Rose knew better than to take first impressions at face value and a TALON robot was sent through the trees first.

"Stop it," Rose instructed, one of the agents as on her iPad a young girl came into view. Rose gave her iPad to McBride for verification – she didn't want to make the mistake she'd made with Abigail again – and he nodded, showing the aerial view from the drone on his own tablet.

"I'm going in," said Rose.

"Not alone," said McBride.

"I don't want to scare the girl."

"Hello, is someone there?" came a voice, from the other side of the trees, the iPad screen showing a woman who appeared to be in her late teens or early twenties.

Rose stepped through the trees, a cursing McBride following close behind. "Sorry to alarm you, ma'am, my name is Special Agent Rose and this is my colleague Special Agent McBride."

Despite the tranquility of the scene, and the perceived lack of threat from the young woman and the little girl, Rose was prepared for anything to happen. The girl looked at the woman, her eyes wide. "What's happening, Mommy?"

"Go inside," said the young woman.

"Best stay out here for now, ma'am," said Rose. "Please could you tell me your name?"

"Abigail," said the woman.

Rose fought the dizziness. She refused to beaten by Mallard's

little tricks. He might have not killed Abigail directly, but he was to blame for her death and this was just another of his little games. "May I come closer, Abigail?" said Rose, showing her badge.

The young woman grabbed her daughter and nodded as McBride instructed the rest of the team to enter the house. "What is this?" she asked.

"It will just take a second," said Rose. Mallard had been ambiguous about what they would find at the house, stressing that Lynch and the others would find it of significant interest. Ten minutes later, the team retreated from the building.

"Nothing, ma'am," said the lead agent.

Rose hadn't known what to expect. She'd had visions of another underground compound, not this beautiful cottage that looked straight out of a fairy tale. "Abigail, have you ever seen this man before?" she asked, displaying a picture of Mallard on her iPad.

Abigail squinted, a smile forming. "That's my husband," she said, her smile revealing a number of missing teeth.

The little girl jumped up on her mother, grabbing the iPad. "Daddy," she said.

[#]

Lynch was on his third beer when Sally walked over. "It was a good idea, don't you think?" she said, standing next to him, her back against the wall, the pair of them gazing at the view. Less than twenty yards away, Rob was grilling burgers, while Rose and McBride were deep in conversation with Daniel as dreadful Eighties music filled the early evening air.

"The best," said Lynch, clinking his bottle against hers.

Sally and the family remained under surveillance but there seemed little point in keeping them in witness protection.

Even from prison, Lynch understood that Mallard could get to them at any time. He'd had to accept the man's word that they would not be harmed even if that was dependent on making monthly visits to the unknown site where Mallard was being held.

Not that Mallard was always forthcoming. The discovery of his wife – a loose term as there didn't appear to be any record of the marriage, and the woman knew him as "Mason Aspinall" – and child had revealed very little beyond the fact of their existence, and Mallard refused to talk further about them.

At first, Lynch had wondered if it had been a sign from Mallard, a suggestion that he wasn't the evil personified everyone claimed him to be. Then Lynch would recall how the man had played with the bullet hole in his dying son's shoulder and dismissed the notion out of hand.

The last bit of information Mallard had given him had proven more fruitful. Lynch and Rose had been led to a commune in Oceanside, Oregon, where they'd discovered a community including seven children aged three to sixteen who according to DNA reports were all fathered by Mallard.

"It's not an experiment as such," Mallard had told him. "I was just curious."

"How many children do you have?"

Mallard had shrugged, and talk had changed to what privileges he would get next.

"Another one?" said Sally, noting his bottle was empty.

"Why not?" said Lynch, glancing at the label which read "Alcohol Free".

Lynch followed his ex-wife back to the party, and accepted with a smile the chicken kebab Rob offered from the BBQ. Looking around at the smiling face, it felt like more, much more than he deserved. He was less than forty minutes away and saw Daniel at least once a week. He couldn't have been prouder of

how the boy had developed, and now it was almost as if his enforced disabilities didn't exist.

It was only when he was alone later that night that it hit him, as it usually did during those long dark hours. Things had changed, but they felt the same. Mallard was still controlling his life, just in another way. But that was something he had to accept for now. His family was safe, and he was alive. And more than that, he wanted to remain alive for the first time that he could remember.

[#]

Rose had left the BBQ with McBride. They had work to do the following morning and would both need a clear head. She'd wanted to tell him as they drove back to the local hotel but hadn't wanted to spoil the evening.

The week before she'd accepted a new role at the behavioral center which meant in six months' time she would be leaving their specialized team. It would mean a promotion for McBride, but would also mean they would no longer work together.

She'd tried so very hard to continue the work on the Railroad, but everything was clouded by Abigail's death. So much about Mallard and his organization was still left unresolved, but she'd slowly reached the conclusion that she wouldn't be the one to unravel it all.

"See you tomorrow, boss," said McBride as they reached their rooms.

"Night, McBride," said Rose, closing the door.

She poured herself a sliver of vodka from the freezer before retiring to bed, hoping it would aid her sleep, but her mind had other ideas. It replayed, as it always did, the video footage of Abigail she'd thought had been real. Rose tried not to think what her sister had endured during that time, how real the fear

in her eyes had been as she stared helplessly at the camera, but she knew too much for that to be a reality. It was some consolation that the man who killed her was now dead, but nothing would come close to healing her pain until Mallard followed his bastard son out of this world.

Still unable to sleep, she returned to the kitchen and made herself some cocoa. As children, her mother had given her and Abigail the drink on special nights and told them that it would ease them to sleep. It seemed unfathomable that both women were no longer with her, and after it was made, she raised her cup in celebration of them and returned to her bedroom.

The drink burned her tongue as she drank too fast. Not for the first time since accepting the new position, she wondered how she would be able to face the next six months when everything about Mallard reminded her of Abigail. She waited for the drink to cool, and although it was after midnight, she sent a text to one person she thought would understand.

Struggling to sleep, she sent.

Her heart skipped as three moving dots appeared on her screen before Lynch answered:

Tell me about it.

ALSO BY MATT BROLLY

Lynch & Rose

The Controller

The DCI Lambert series:

Dead Water - prequel novella

Dead Eyed

Dead Lucky

Dead Embers

Dead Time

DI Blackwell Series:

The Crossing

The Descent

The Gorge

The Mark

The Pier

The Bridge

Other novels:

Zero

The Running Girls

The Alliance